FRANÇOISE BOURDIN

Françoise Bourdin a le goût des personnages hauts en couleur et de la musique des mots. Très jeune, elle écrit des nouvelles ; ainsi, son premier roman est publié chez Julliard avant même sa majorité. L'écriture se retrouve alors au cœur de sa vie. Son univers romanesque prend racine dans les histoires de famille, les secrets et les passions qui les traversent. Elle a publié une trentaine de romans chez Belfond depuis 1994 – dont quatre ont été portés à l'écran –, rassemblant à chaque parution davantage de lecteurs. Françoise Bourdin vit aujourd'hui dans une grande maison en Normandie.

Retrouvez toute l'actualité de l'auteur sur : www.françoise-bourdin.com

DANS LE SILENCE DE L'AUBE

DU MÊME AUTEUR
CHEZ POCKET

L'Homme de leur vie
La Maison des Aravis
Le Secret de Clara
L'Héritage de Clara
Un mariage d'amour
Un été de canicule
Les Années passion
Le Choix d'une femme libre
Rendez-vous à Kerloc'h
Objet de toutes les convoitises
Une passion fauve
Berill ou la passion en héritage
L'Inconnue de Peyrolles
Un cadeau inespéré
Les Bois de Battandière
Les Vendanges de Juillet *suivies de* Juillet en hiver
Une nouvelle vie
Nom de jeune fille
Sans regrets
Mano a mano
D'espoir et de promesse
Les Sirènes de Saint-Malo
Le Testament d'Ariane
Dans les pas d'Ariane
Serment d'automne
Dans le silence de l'aube
Comme un frère
BM Blues
Un soupçon d'interdit
La Promesse de l'océan

Françoise Bourdin
présente
Galop d'essai

FRANÇOISE BOURDIN

DANS LE SILENCE DE L'AUBE

belfond

MIXTE
Issu de sources responsables
FSC® C003309

Pocket, une marque d'Univers Poche,
est un éditeur qui s'engage pour
la préservation de son environnement
et qui utilise du papier fabriqué à partir
de bois provenant de forêts gérées
de manière responsable.

ISBN : 978-2-266-19650-5

À Patrick Lec, en souvenir de ces inoubliables galops de l'aube, de ces petits matins magiques, mais aussi de l'infinie tristesse qui leur a succédé.

Et à Mary-Ann, mon amie, qui était déjà là et qui l'est toujours, après quarante ans d'une complicité jamais démentie.

1

Les semelles de ses bottes enfoncées dans la terre du talus central, Axelle attendait. Le brouillard, assez dense, allait l'empêcher de voir arriver ses chevaux de loin, mais elle les entendrait. Rien qu'au rythme de la foulée, elle saurait. Des jumelles pendaient à son cou, inutiles par ce temps, d'ailleurs elle ne s'en servait jamais, même si elle les trimballait partout. Sur les pistes le matin, aux courses l'après-midi, elle les touchait comme un talisman sans jamais les porter à ses yeux.

D'abord, il y eut une sorte de vibration dans l'air, puis un bruit sourd, cadencé, qui s'amplifia jusqu'à devenir un martèlement. Axelle se redressa, aux aguets, cherchant à percer du regard cette brume épaisse qui noyait le paysage. Enfin, elle distingua la masse compacte des quatre pur-sang de front, lancés à pleine vitesse. Macassar avait une encolure d'avance et il allait facilement. Sachant qu'au bout de huit cents mètres il commencerait à se détacher, Axelle l'avait placé à l'extérieur afin qu'il ne lui masque pas les trois autres. En une fraction de seconde, elle enregistra tous les détails du spectacle. Le petit alezan tenait sur les nerfs, veines saillantes et naseaux dilatés, il avait un vrai mental de gagnant. Le gris, qui prenait des départs fulgurants, n'était là que pour servir de lièvre et commençait à fatiguer. Crabtree luttait vaillamment contre Macassar mais ce serait peine perdue, l'autre allongeait encore sa foulée, aérien, magnifique.

Dans un grondement de tonnerre, les chevaux défilèrent devant elle, projetant de la terre jusqu'en haut du talus. L'instant d'après, happés par la brume, ils s'effacèrent et disparurent. Axelle baissa la tête vers ses bottes maculées qu'elle observa distraitement, perdue dans une intense réflexion.

« Il a l'étoffe d'un champion. Bon sang, je l'ai toujours su ! Quand Benedict va savoir ça… »

Elle se retourna, laissa passer une dizaine de chevaux d'une autre écurie qui effectuaient un canter, puis elle dévala le talus et traversa la piste descendante. Ce matin elle était venue en voiture, mais il lui arrivait de faire le chemin à pied, sa maison se trouvant tout près de l'enceinte d'entraînement. Avant de rentrer, elle alla se poster le long d'une allée bordée d'arbres par où reviendraient ses cavaliers. Le retour au calme, après un tel effort, nécessitait un long temps de pas, rênes longues.

Dès qu'il l'aperçut, Antonin leva la main en signe de triomphe. Macassar marchait devant les autres, tête basse, parfaitement détendu, déjà reposé.

— Alors, c'était comment ? s'enquit Axelle.

— Facile, tu l'as vu.

Elle lui avait posé la question par acquit de conscience, certaine d'en savoir autant qu'Antonin malgré toutes les sensations qu'il avait dû éprouver pendant ce galop. Elle observa les flancs du cheval, ses naseaux, l'écume à la commissure des lèvres, puis elle lui expédia une joyeuse claque sur l'encolure sans qu'il bronche.

— Rentrez-les et allez déjeuner !

Un rapide coup d'œil sur le reste de sa petite troupe lui apprit que l'alezan soufflait beaucoup, toujours très énervé, et que le gris était en eau. Crabtree, égal à lui-même, profitait de l'arrêt pour arracher quelques brins d'herbe mouillée au bord de l'allée.

— Empêche-le de faire ça, grommela-t-elle à l'adresse de l'apprenti.

Il fallait vraiment avoir l'œil à tout. Est-ce qu'aucun de ces gamins n'avait entendu parler de coliques ? Incroyable ! Avec la rhino-pharyngite, c'était pourtant le cauchemar de tous les entraîneurs de Maisons-Laffitte.

Elle récupéra sa voiture et gagna la maison en deux minutes. Si elle voulait joindre Benedict, elle avait intérêt à se dépêcher. Dans peu de temps, il serait enfermé dans sa salle de bains et ne répondrait plus à personne. Prenant le téléphone de la ligne fixe, elle composa le numéro, compta sept sonneries puis entendit avec soulagement la voix grave de son grand-père.

— J'ai bien cru que j'allais te rater, Benedict ! Comment vas-tu ? Il fait beau en Angleterre ?

— Horrible, comme toujours. Tu parais hors d'haleine… Un problème à l'écurie ?

— Oh, non ! Enfin, si, mais d'abord il faut que je te parle de Macassar. Écoute-moi bien, Ben, ce cheval a une classe extraordinaire, il vient de distancer Crabtree dans un vrai train de course. Et il a fait ça sans se donner aucun mal. Antonin en avait plein les bras, il ne l'a jamais sollicité.

— Je n'y crois pas ! glapit son grand-père. Tu les as lâchés pour un botte à botte sans que je sois là ?

— Il fallait que j'en aie le cœur net. D'ailleurs, tu ne devais rentrer que dans dix jours.

— Comment ça, je *devais* ?

Elle s'assit sur le coin du bureau, poussant des tas de papiers d'un revers de main.

— J'ai besoin de toi ici à la fin de la semaine, annonça-t-elle d'une voix hésitante.

— Et pourquoi donc, je te prie ?

— À cause de ce dîner avec les Staub. Ils ne viendront pas si tu n'es pas là.

— Nom d'une pipe en bois ! explosa-t-il. Il faudrait que je prenne un avion, toutes affaires cessantes, pour un foutu dîner ?

— Benedict, c'est toi qu'ils veulent voir, évidemment. Tu es la légende, tu sais bien.

En disant cela, elle leva les yeux sur les nombreuses photos qui tapissaient les murs de la pièce. Sa préférée était celle où Benedict, quinze ans plus tôt, posait à côté de la jument qui venait de lui faire gagner le prix de Diane.

— Si je viens, ma petite-fille, ce sera pour dire à ces gens-là ce qu'ils refusent d'entendre. L'entraîneur, c'est toi. Et depuis deux ou trois ans, la quasi-totalité du palmarès, c'est toi.

À force de se renvoyer poliment la balle en affirmant que c'était l'autre qui avait du génie, leur numéro de duettistes était très au point. Elle se mit à rire et perçut en écho le rire de son grand-père.

— Très bien, miss, tu as gagné. J'avance mon retour à vendredi, vol habituel.

— Je serai à l'aéroport. Prends soin de toi, Ben !

Soulagée, elle raccrocha. Les Staub étaient des propriétaires méfiants et capricieux qui ne confieraient leurs chevaux qu'au célèbre Benedict Montgomery, pas à une jeune femme de vingt-sept ans qu'ils prenaient pour une gamine.

Gamine, Axelle avait cessé de l'être très tôt. À quinze ans, elle avait perdu ses parents, disparus en mer à bord de leur voilier. Puis, le jour de ses dix-huit ans, l'accident de Benedict l'avait contrainte à arrêter ses études pour assurer l'intérim à l'écurie. Et plus tard, lorsque Ben l'avait officiellement investie du titre d'entraîneur, elle s'était aperçue qu'elle ne comptait plus que des ennemis, son frère le premier.

Quittant l'appui du bureau, elle s'approcha des photos qu'elle détailla une fois encore. Elle le faisait presque chaque jour, sûre d'éprouver la même satisfaction. Sur ce mur s'étalait toute l'histoire de la famille Montgomery depuis quatre générations, avec ses hauts et ses bas, ses victoires et ses drames. Le plus ancien des clichés était celui de Gus, son arrière-grand-père, qu'elle n'avait pas connu.

Homme de cheval et Anglais pure souche, Gus était venu s'établir en France après guerre, en 1949. Il pensait alors que l'organisation des courses était meilleure de l'autre côté de la Manche, et que les gains valaient la peine de s'expatrier. Installé à

Maisons-Laffitte, sa première écurie ne comptait à l'époque qu'une vingtaine de boxes où il avait logé ses cracks.

En quelques années, la réussite fut au rendez-vous, car non seulement Gus savait entraîner ses pur-sang, mais surtout il possédait le don de les engager dans la bonne épreuve. Ses résultats, ajoutés à son accent britannique et à son flegme, attirèrent chez lui de nombreux propriétaires, le contraignant à déménager. Il fit ainsi l'acquisition d'une nouvelle écurie de trente-six boxes qui s'articulaient autour d'une jolie cour en U. Au bout se trouvait une maison vaste et biscornue, que Gus transforma avec plus ou moins de goût en manoir anglo-normand, par nostalgie de son pays.

Outre ses chevaux, Gus avait emmené dans ses bagages femme et enfants. L'aîné, Benedict, montrait de réelles dispositions pour le métier d'entraîneur et suivait son père comme son ombre sur les pistes ou sur les champs de courses. Le cadet, Jarvis, très chouchouté par sa mère, manifestait au contraire une répugnance certaine pour la rude ambiance des écuries, et il ne s'intéressait aux pur-sang qu'à condition de les voir de loin, au fond d'un pré par exemple. Rapidement, Jarvis demanda à son père de retourner en Angleterre pour faire ses études à Cambridge. Là-bas, il découvrit qu'il pouvait très bien se passer à la fois de sa mère et de la France. En revanche, il remarqua que tous ses amis lui parlaient avec admiration de son père, le fameux Gus Montgomery, l'homme qui s'était expatrié pour aller battre les *mangeurs de grenouilles* sur leur territoire. L'intérêt suscité par les courses de chevaux était immense parmi la classe sociale huppée que Jarvis aimait fréquenter, et il comprit vite qu'il ne lui fallait surtout pas renier ses origines.

Pendant ce temps-là, à Maisons-Laffitte, Gus continuait d'engranger des victoires avec ses chevaux, de plus en plus secondé, voire devancé, par Benedict. Le jour où, de l'autre côté de l'avenue, juste en face de chez eux, une écurie se trouva à vendre, ils s'empressèrent de l'acheter afin d'y loger tous leurs nouveaux pensionnaires. En effet, Gus et Benedict se partageant une renommée toujours croissante, les gens se battaient pour mettre leurs chevaux à l'entraînement chez les Montgomery.

Il y eut ainsi la « grande » cour, avec ses cinquante boxes, et la « petite » cour qui en comptait toujours trente-six. Du côté de la petite cour se trouvait donc la maison et, du côté de la grande, les chambres des apprentis, les greniers à foin et les réserves de matériel.

Benedict, bien que très pris par son travail, avait trouvé moyen d'épouser une charmante jeune femme qui lui donna tout de suite un premier fils, Norbert, puis un second, Constant.

Les années passèrent, Gus mourut des suites d'une bronchite mal soignée. À cette époque-là, Benedict était déjà quasiment seul aux commandes de l'écurie et la disparition de Gus ne posa pas de problème professionnel. En plus, il eut une bonne surprise au moment de la succession, car Gus s'était considérablement enrichi en France durant les vingt années qu'il y avait passé. Benedict s'envola pour Londres et tint avec son frère Jarvis un véritable conseil de famille.

Jarvis avait épousé une Anglaise titrée et fortunée, menait une vie oisive et confortable, et n'avait pas besoin d'argent. Néanmoins, il se serait bien trouvé une quelconque activité pour échapper à l'ennui qui le gagnait peu à peu. Certes, il était un jeune père, il venait d'avoir une adorable petite fille prénommée Kathleen, mais il ne pouvait pas passer ses journées à pouponner. D'emblée, Benedict lui proposa de faire l'acquisition d'un haras, l'élevage étant une occupation très respectable et fort peu contraignante. En réalité, Jarvis n'aurait rien à faire hormis regarder les poulains s'ébattre dans les prés, car Benedict assurerait l'organisation et la bonne marche du haras grâce à un personnel trié sur le volet.

Les deux frères se voyaient rarement mais s'appréciaient beaucoup. L'idée du haras plut à Jarvis qui donna aussitôt son accord. Élever d'élégants pur-sang allait lui permettre de se distraire, il pourrait se rendre aux courses en jaquette et haut-de-forme les jours de grand prix. De surcroît, Benedict serait bien obligé de venir régulièrement, ce qui leur offrirait enfin l'occasion de se voir.

La famille Montgomery, de part et d'autre de la Manche, continuerait donc à s'illustrer dans le monde des chevaux. Fort de cette certitude, Benedict commença à regarder ses deux fils avec attention, s'interrogeant sur leur avenir. Norbert, l'aîné, semblait assez doué. Il montait le matin à l'entraînement, étudiait l'après-midi, courait les filles le soir, passait ses week-ends dans les tribunes de Longchamp ou d'Auteuil, et trouvait encore le temps de consacrer ses vacances à sa passion de la voile. Un garçon très prometteur. Ce qui n'était pas du tout le cas de son frère, Constant. Celui-ci possédait un caractère très doux, rêveur, presque dolent. Bien que médiocre cavalier, il aimait beaucoup câliner les chevaux et leur parler à l'oreille. À l'école, il était mauvais élève, pourtant il passait un temps fou plongé dans ses livres. Benedict s'inquiéta, le surveilla d'encore plus près et finit par admettre, consterné, que son fils cadet était un peu benêt. Un gentil et serviable benêt ! La découverte fut difficile à digérer. Benedict s'en ouvrit à son épouse qui lui fit remarquer que, si Constant se montrait parfois niais, il n'était pas pour autant un crétin, et qu'il pourrait parfaitement trouver sa place dans l'écurie, à condition de ne pas lui donner de responsabilités.

Benedict suivit le conseil de sa femme, n'essayant jamais d'obtenir de son fils cadet des choses que celui-ci ne pouvait pas faire. Patiemment, il laissa Constant redoubler à peu près toutes ses classes au lycée, puis il le nomma premier garçon, c'est-à-dire chef palefrenier, et lui octroya un salaire décent.

Norbert, de son côté, tenait ses promesses. Brillant, sportif, intelligent, il s'intéressait de près aux chevaux. Lorsqu'il fut trop grand et trop lourd pour monter à l'entraînement, il se mit à suivre Benedict partout, comme celui-ci l'avait fait avec Gus en son temps. Tels pères, tels fils !

Il y eut ensuite une assez longue période de prospérité. Les premiers produits du haras de Jarvis commencèrent à arriver et se révélèrent d'assez bons poulains. Pas encore des champions, mais capables de gagner leur avoine sur les champs de courses de province. Les propriétaires continuaient à chanter les louanges de Benedict, et l'écurie tournait à plein régime. Constant prenait son rôle à cœur, essayant tant bien que mal de superviser les apprentis, et sa gentillesse faisait qu'à défaut de le respecter, on l'aimait bien.

Norbert avait épousé une ravissante jeune femme, Solange, passionnée par la mer et les bateaux. Elle trouva le temps de faire un premier enfant juste après son mariage, mais elle attendit quatre ans avant d'en avoir un autre. Axelle était donc née en 1980, et Douglas en 1984. Ravi d'être grand-père, Benedict fut tout de suite fou de ses petits-enfants. Il leur acheta des poneys et les initia à l'équitation dès qu'ils furent en âge de marcher. Chaque été, pendant que Norbert et Solange naviguaient sur les océans, Benedict profitait des deux gamins comme il ne l'avait jamais fait avec ses propres fils. Axelle, jolie poupée blonde comme les blés, le rendait particulièrement gâteux, aussi, lorsqu'elle se mit à adorer les chevaux à son tour, le bonheur et la fierté de Benedict ne connurent plus de borne.

Mais la chance abandonna soudain les Montgomery. Au mois d'août 1995, le voilier de Norbert et Solange disparut en mer. Durant des semaines, Benedict se persuada que son fils et sa belle-fille allaient revenir. Il imaginait tous les scénarios possibles, se racontait à longueur de nuits blanches d'improbables sauvetages, et il ne se rendit enfin à l'évidence qu'au moment de Noël : Axelle et Douglas étaient devenus orphelins.

Orphelins. Le mot lui parut si terrible qu'il trouva le courage de surmonter le deuil de son fils aîné. Axelle avait quinze ans, elle était encore adolescente, quant à Douglas, à onze ans il n'était même pas sorti de l'enfance. Il fallait faire front, se comporter en grands-parents responsables, et Benedict s'y employa. Un temps, sa femme tenta de l'aider à assumer la tâche mais, malgré tous ses efforts, elle sombra dans la dépression. Obsédée par un drame qu'elle n'acceptait pas, elle mourut deux ans plus tard.

Benedict s'arc-bouta devant ces coups du sort. Il décida que rien au monde ne le détournerait des objectifs qu'il s'était fixés : élever ses petits-enfants et continuer à entraîner ses chevaux. Il se levait à cinq heures en toute saison, ne se couchait guère avant minuit, s'occupait de tout et de chacun.

Jarvis, consterné pour son frère, l'appelait chaque soir pour prendre des nouvelles, bavarder et plaisanter, bref lui remonter le moral comme il pouvait. Il proposa même de lui envoyer sa fille, Kathleen, afin qu'elle puisse donner un coup de main. Benedict déclina l'offre dans un grand éclat de rire. Kathleen arrivait à la trentaine, c'était certes une jeune femme charmante mais elle avait bien d'autres préoccupations que son oncle et ses petits-cousins de France. Mondaine, frivole, elle suivait les traces de son père en pratiquant assidûment l'oisiveté. Sa place était à Londres, dans les soirées chic, certainement pas dans une écurie de la région parisienne.

Constant avait beaucoup pleuré son frère Norbert, puis il s'était mis en tête de prendre ses neveux sous son aile. Il les entourait d'attentions, préparait lui-même les chevaux que les deux enfants montaient à l'aube avant de partir pour l'école, avait acheté un livre de recettes pour leur confectionner les gâteaux du goûter. Bien sûr, l'ambiance de la maison avait changé, ils étaient désormais quatre à table au lieu de six, mais peu à peu la vie reprit son cours.

Axelle et Douglas étaient aussi bons cavaliers l'un que l'autre et ils se disputaient le privilège de monter les galops. Les voyant tous les jours côte à côte, Benedict remarqua que Douglas restait très petit pour son âge. À quatorze ans, il ne faisait qu'un mètre trente-huit et pesait à peine quarante kilos. Était-ce le choc d'avoir perdu ses parents qui bloquait sa croissance ? Ou devait-il sa modeste stature à Solange, sa mère, qui avait été une toute petite femme ? En tout cas, il faisait le poids idéal pour entrer au centre de formation des apprentis jockeys. Consulté, Douglas explosa de joie et fila s'inscrire.

Benedict pensait avoir retrouvé sa bonne étoile, cependant le destin en décida autrement. Un matin du mois de mai 1998, alors qu'il se trouvait dans le box d'un cheval ombrageux, il reçut un violent coup de sabot. La colonne vertébrale touchée, il fut transporté à l'hôpital où il resta plusieurs jours entre la vie et la mort avant d'être opéré. L'intervention fut un échec mais Benedict survécut. À soixante-sept ans, il possédait une constitution robuste qui l'avait probablement sauvé et qui lui permit de supporter près de six mois de rééducation.

À l'écurie, tout le monde avait été sous le choc. L'accident de Benedict était arrivé le jour où Axelle fêtait ses dix-huit ans et s'apprêtait à passer son bac. Il n'y eut ni anniversaire ni examen. Axelle quitta le lycée la semaine suivante, déterminée à assurer la bonne marche de l'entraînement. Elle connaissait tous les chevaux, tous les jockeys, apprentis et palefreniers de la maison, et surtout le programme des engagements en course pour la saison. En fait, elle était vraiment la seule à pouvoir sauver les meubles. Elle commença par rassurer les propriétaires, affirmant sans rougir de son mensonge que Benedict allait revenir très vite.

Par bonheur, le milieu des courses n'était pas spécialement misogyne. Il y avait des femmes cavalières, des femmes entraîneurs, des femmes soigneurs, et l'important restait toujours la victoire. Tant qu'on gagnait des courses, le savoir-faire n'était pas mis en doute. Après tout, la très célèbre Christine Head, à Chantilly, avait entraîné un cheval capable de s'imposer dans le prix de l'Arc de Triomphe.

Évidemment, le problème d'Axelle était son âge. Certes, elle s'appelait Montgomery et elle avait l'habileté de débuter toutes ses phrases par : « Benedict a dit que… », mais comment oublier qu'elle n'était qu'une jeune fille d'à peine dix-huit ans ? Deux propriétaires quittèrent l'écurie en emmenant onze chevaux. Le mouvement aurait pu s'étendre si plusieurs victoires coup sur coup n'avaient endigué la catastrophe. À Longchamp, un quinté remporté de haute lutte vint confirmer ces bons résultats.

Depuis sa maison de convalescence, Benedict avait communiqué ses ordres, ses conseils et ses questions. S'il ne tenait plus les rênes en main, il avait continué à superviser. Axelle lui racontait les galops du matin et les courses de l'après-midi avec un tel luxe de détails qu'il avait l'impression de tout voir à travers les yeux de sa petite-fille. Bien sûr, il rêvait de rentrer à la maison, toutefois ce retour l'effrayait. Il n'était plus le même, il était *diminué*. De quelle façon les gens allaient-ils le regarder ? Avec compassion ? Il ne devait en aucun cas inspirer la pitié s'il voulait redevenir le fameux Benedict Montgomery. Dans cette optique, il lui fallait élaborer une stratégie sans faille, ce à quoi il s'employa du fond de son lit.

En tailleur strict et hauts talons, Axelle se rendait aux courses chaque fois qu'elle avait un partant. Sur le rond de présentation, elle faisait ses dernières recommandations aux jockeys avant qu'ils se mettent en selle, puis elle les accueillait au pesage après l'épreuve avec des commentaires bien sentis. Elle avait « l'œil », elle connaissait son affaire et se faisait respecter bon gré mal gré. Lorsqu'elle avait un doute, elle se cachait dans un coin pour appeler son grand-père.

Au mois de novembre, Benedict revint. Il arriva dans son fauteuil roulant, comme si de rien n'était, et défila devant tout le personnel de l'écurie médusé. Ce fauteuil, il s'entraînait depuis des semaines à le manipuler et il en faisait ce qu'il voulait. Axelle avait bien gardé le secret, elle était la seule à savoir que Benedict ne remarcherait jamais. Pour tous les autres, encore quelques mois de rééducation et il serait sur ses deux pieds.

Dans la maison biscornue, on effectua des travaux en urgence. La chambre de Benedict fut aménagée au rez-de-chaussée, avec une salle de bains attenante, et pourvue de tout le confort indispensable à un handicapé. Il avait suffisamment appris à se débrouiller pour se passer d'aide, il refusa tout net d'être traité en infirme et renvoya l'aide-soignante prévue.

L'accès aux pistes d'entraînement se révéla plus problématique, mais un second fauteuil, motorisé et équipé de roues larges, finit par faire l'affaire. Dès ce jour, tout le petit monde hippique de Maisons-Laffitte prit l'habitude de voir côte à côte les deux silhouettes d'Axelle et de Benedict, elle debout et lui tassé dans son fauteuil roulant. La jeune fille ne poussait pas son grand-père, il allait tout seul, et parfois prenait de l'avance sur elle.

Au printemps de l'année suivante, il parvint même à conduire une voiture spécialement conçue pour lui par Citroën, ce qui le rendit totalement autonome. Le cheval qui l'avait privé de l'usage de ses jambes était toujours dans l'écurie, mais jamais Benedict ne parut lui garder rancune. Il se contentait de l'appeler « Cet-abruti-de-cheval », un surnom qui lui resta, et il le traitait comme n'importe quel autre. À Constant, qui s'émerveillait d'une telle mansuétude, Benedict répondit qu'il avait trop de travail pour perdre son temps en bêtises.

Car du travail, il y en avait ! D'abord, restaurer une image de marque écornée et faire accepter aux gens le binôme du grand-père et de la petite-fille, ensuite, entraîner ces maudits pur-sang fragiles comme du verre. Axelle avait commis quelques erreurs, effectué certains mauvais choix, mais, dans l'ensemble, l'écurie ne se portait pas trop mal. Quelle autre jeune fille aurait pu maintenir à flot une cavalerie de cette importance ? Benedict estima que le chapitre des drames était clos, et il le clama sur les toits pour conjurer le mauvais sort.

Lorsqu'il eut seize ans, Douglas quitta le centre de formation et commença à monter en course. Comme pour donner raison à son grand-père, il eut tout de suite beaucoup de chance. Doué, rusé, volontaire, il se battait pour gagner et il y arrivait. L'idée qu'il y ait un jockey dans la famille Montgomery ravissait Benedict. À la fin de sa première saison, Douglas se retrouva en tête du classement des apprentis jockeys, un succès aussi inespéré qu'incontestable. Mais Benedict ne sabla le champagne qu'avec parcimonie, car il avait remarqué que son petit-fils grandissait et grossissait. Ce fut particulièrement visible durant l'hiver, le jeune homme faisant soudain une véritable crise de croissance. Au printemps, il fallut le faire monter en course d'obstacles, son poids ne lui permettant plus les courses de plat.

À Auteuil, Douglas connut quelques chutes sévères dans des steeple-chases. Il était fatigué, écœuré, et une première fracture lui fit découvrir l'appréhension. Pire encore, malgré les régimes et les privations, il continuait à forcir. Attristé, Benedict le regardait et devinait sans mal la suite de son parcours.

En 2005, alors qu'il n'avait que vingt et un ans, Douglas arrêta sa carrière et raccrocha définitivement ses bottes. Il mesurait un mètre soixante-quinze et pesait soixante-douze kilos, les courses lui étaient désormais interdites. Mais Benedict n'avait pas attendu sa décision pour prendre les mesures qu'il jugeait nécessaires. Trop avisé pour laisser s'installer d'inutiles rivalités dans sa famille comme dans son écurie, quelques mois auparavant il avait officiellement nommé Axelle entraîneur de l'écurie Montgomery. Il savait que Douglas allait vouloir le poste un jour ou l'autre afin d'opérer sa reconversion, et en désignant Axelle, il lui avait barré la route. Que pouvait-il faire d'autre, hélas ? Depuis sept ans, tout le monde s'était habitué à elle. Petit à petit, avec une habileté consommée, Benedict l'avait mise en avant. Il l'envoyait récolter les lauriers sur les champs de courses, c'était elle qu'on voyait sur les photos des journaux hippiques, et il ne ratait pas une occasion de chanter ses louanges dans toute la profession. Il avait même repris régulièrement le chemin de l'Angleterre pour la laisser seule de temps à autre. Et force était de constater qu'elle s'en sortait vraiment bien.

Le jour où Douglas posa la question fatidique de son avenir au sein de l'écurie, Benedict dut lui faire comprendre, la mort dans l'âme, qu'il n'y avait pas de place définie pour lui. Autant on avait pu cantonner ce doux rêveur de Constant à un rôle subalterne, autant Douglas ne l'accepterait pas, Benedict le savait.

Le soir même, Douglas fit ses valises. Il loua un appartement dans le centre-ville de Maisons-Laffitte et ne donna plus de nouvelles durant quelque temps. Benedict apprit qu'il multipliait les bêtises, jouait, buvait, bref qu'il se défoulait de toutes les années où il s'était privé pour monter sur la balance au pesage. Le mieux était de lui laisser jeter sa gourme, il finirait par se calmer.

Ainsi Benedict, ayant atteint l'âge de soixante-seize ans, pouvait considérer que sa vie avait été bien remplie. De l'œuvre de Gus, son père, il avait fait une très belle réussite malgré toutes les embûches et les drames. Sa passation des pouvoirs était presque achevée mais il sentait qu'il devait durer encore un peu, le temps de remettre Douglas sur des rails et celui d'ajuster sur les épaules d'Axelle un costume un rien trop grand pour elle.

*

Les matinées se déroulaient selon un ordre immuable. La sortie d'un premier lot de chevaux avait lieu dès le lever du jour. Ce groupe comprenait toujours les meilleurs éléments et ceux qui allaient courir dans les jours à venir. Après le petit déjeuner, souvent composé d'un steak frites ou d'œufs au jambon, le deuxième lot sortait. Puis, en fin de matinée, le troisième lot était celui des poulains et pouliches en début de travail.

Pendant que les cavaliers galopaient sur les pistes, une intense activité régnait dans l'écurie. Chaque box était nettoyé, on y remettait de la paille et des rations d'avoine dans les mangeoires. La cour était balayée en permanence, les pelouses tondues et les fleurs bien entretenues dans leurs bacs de pierre. À tour de rôle, les lads recousaient les couvertures des pur-sang, imperméables ou couvre-reins, chemises et guêtres, protections de transport. Tous les cuirs, selles et brides, devaient être graissés quotidiennement, les mors lavés, les brosses et les étrilles désinfectées. Outre deux selleries, il y avait une infirmerie pourvue de nombreux médicaments, des douches avec lampes à infrarouge, un emplacement réservé au maréchal-ferrant, enfin une salle de soins où un vétérinaire pouvait examiner un cheval en toute sécurité.

Benedict exigeait que l'ensemble soit impeccable, et Axelle appliquait strictement le même principe. En théorie, c'était Constant qui supervisait le personnel, mais Axelle passait souvent derrière lui pour vérifier tel ou tel détail.

Ce jour-là, vers midi, une fois le lot des poulains rentré, elle jeta un dernier coup d'œil sur la cour puis décida qu'elle en avait assez fait pour la matinée. Alors qu'elle montait les marches du perron, elle entendit Antonin l'appeler.

— Tu m'offres un café ?

La main sur la poignée de la porte, elle hésita une seconde avant de se retourner. La familiarité d'Antonin l'agaçait, combien de fois lui avait-elle demandé de garder ses distances ?

— Je voudrais te parler de Macassar, ajouta-t-il d'un air penaud.

— Très bien. Viens…

Il la suivit dans la maison après avoir pris soin d'essuyer ses boots sur le paillasson. Comme toujours, le hall d'entrée présentait un indescriptible désordre.

Une très jolie commode croulait sous le courrier, les trousseaux de clefs en vrac, les téléphones. Sur les deux fauteuils cabriolets qui l'encadraient, des blousons et des pulls étaient abandonnés, tandis qu'un guéridon supportait une pile de journaux et de programmes des courses tout froissés. À une rangée de patères en cuivre pendaient des casquettes et des cravaches accrochées n'importe comment. Ce capharnaüm tranchait étrangement avec l'apparence toujours impeccable de l'écurie.

— Oui, je sais, il faudrait que je range, soupira Axelle qui avait surpris le regard d'Antonin. Je le ferai avant le retour de Benedict.

Elle le précéda à la cuisine en sifflotant.

— Tu es bien gaie, aujourd'hui !

— Macassar m'en a mis plein la vue, je suis aux anges. Ce cheval était tardif, mais j'ai toujours cru en lui, son travail de ce matin me donne raison. En plus, je reçois les Staub cette semaine, et si tout va bien, ils devraient nous confier plusieurs chevaux.

— À propos de Macassar, enchaîna-t-il, dans quelles courses vas-tu l'engager ?

— Je te dirai ça quand j'aurai fait mon choix.

Pensait-il vraiment qu'elle allait prendre son avis ? Elle déposa une tasse de café devant lui, sur le carrelage du comptoir, et se servit un verre de chablis. Comme tous les jockeys, Antonin était au régime une bonne partie de l'année, aussi ne lui proposa-t-elle même pas de sucre.

— Allez, insista-t-il d'une voix caressante, ne me fais pas languir.

Au lieu de lui répondre, elle but une gorgée, fit claquer sa langue en signe de plaisir, puis se décida à ébaucher un sourire. Antonin possédait un charme fou dont il usait sans compter. Un regard noisette pailleté d'or, des traits réguliers et un gentil sourire le rendaient très séduisant malgré sa petite taille. En plus, il avait un bon sens de l'humour et savait s'y prendre avec les femmes. Jockey vedette de l'écurie Montgomery depuis plusieurs années, il terminait presque toujours dans les premiers du classement pour la cravache d'or, mais ne l'avait jamais obtenue.

— J'en discuterai avec Benedict d'abord, dit-elle posément, et jc te tiendrai au courant, promis.

Il eut une moue dubitative, devinant sans doute qu'elle n'avait pas besoin d'en parler à son grand-père. La carrière du cheval était toute tracée, après une course de moyenne importance où l'on pourrait vraiment juger de ses qualités, il serait vite engagé dans un grand prix.

— Je te retrouve à Saint-Cloud ? demanda-t-il en se levant.

Exactement comme elle le prévoyait, il s'approcha d'elle, la prit par le cou et essaya de l'embrasser. Elle le repoussa, amusée, avant de le reconduire jusqu'à la porte. Bien sûr, elle avait commis une erreur en couchant avec lui. Leur aventure, très discrète, ne s'était guère prolongée, mais Axelle se la reprochait. Pourquoi avait-elle cédé ? Parce qu'il était mignon ? Parce qu'elle rêvait d'amour ? Benedict ne surveillait pas ses relations, ses flirts ou ses liaisons, cependant il s'était montré catégorique sur un point précis : « Jamais avec quelqu'un de l'écurie. Ils vont tous te courir après, jolie comme tu es, mais ce ne sera pas la raison de leur empressement. Je me fais bien comprendre ? »

C'était la voix de la sagesse, pourtant elle avait négligé son conseil en se glissant dans les draps d'Antonin. Et dès la première fois, elle s'était posé des tas de questions. Comment démêler la part de l'attirance qu'elle exerçait sur ce garçon et l'intérêt évident qu'il trouverait à s'attacher la petite-fille de Benedict

Montgomery ? Comment lui donner des ordres, l'engueuler après une mauvaise monte ? Comment l'empêcher de devenir familier, protecteur ?

Elle lui avait fait part de ses doutes, et forcément il s'était récrié, défendu la main sur le cœur, sans pour autant la convaincre. Quelques regards apitoyés de Douglas, qui était encore à l'écurie à ce moment-là, avaient achevé de décourager Axelle. La rupture semblait avoir bouleversé Antonin, néanmoins il était resté amical. Là encore, Axelle avait été tentée d'en déduire qu'il ne pouvait pas faire autrement. Trois mois plus tard, lorsqu'elle devint l'entraîneur officiel de l'écurie, elle se félicita d'avoir rompu avant que les choses ne se compliquent davantage.

De retour dans la cuisine, elle termina son verre, songeuse. Si elle voulait trouver l'amour, elle serait obligée d'aller le chercher en dehors du monde du turf, où elle était désormais connue comme le loup blanc.

Elle entendit la porte d'entrée claquer, puis le pas lourd de Constant.

— Tu vas manger quelque chose ! s'exclama-t-il en entrant. Ne pars pas aux courses le ventre vide. Tiens, je vais te préparer un sandwich à ma façon.

La gentillesse de Constant dépassait de loin ses talents culinaires, mais il confectionnait des sandwiches très originaux. Ils échangèrent un sourire pardessus le comptoir et elle lui céda la place pour qu'il prenne ses ingrédients dans le réfrigérateur. Installée sur le haut tabouret qu'Antonin avait occupé cinq minutes plus tôt, elle observa son oncle avec indulgence. Il faisait vraiment ce qu'il pouvait pour rendre la vie agréable à chacun, et jamais il ne manifestait la moindre aigreur, même quand Benedict ou Axelle hurlaient devant l'une de ses innombrables négligences. Des Montgomery, il avait le nez droit et les yeux bleu azur, mais le reste de ses traits semblait brouillé, comme mal fini. Trop gros, il s'habillait de vêtements informes, pantalons de velours, pulls de camionneur et sempiternels rangers aux pieds. « Tu es insortable ! » lâchait parfois Benedict, pourtant il n'excluait Constant d'aucun dîner, d'aucune mondanité. C'était son fils, il l'assumait, la famille passait d'abord.

— Ben va rentrer plus tôt que prévu, annonça-t-elle. Il sera là pour recevoir les Staub.

— Parfait ! s'enthousiasma Constant.

Il possédait aussi la capacité de se réjouir de toutes les bonnes choses et d'ignorer superbement les mauvaises. Le sandwich qu'il lui présenta avait un drôle d'aspect mais elle mordit dedans avec confiance. En avalant la première bouchée, qui avait un goût de concombre et de fines herbes, elle repensa au galop de Macassar. Si ce cheval tenait ses promesses, l'année serait belle.

*

Jarvis freina juste avant le mur, appuya sur tous les boutons de l'accoudoir avant de réussir à tourner, puis il accéléra et passa devant Benedict en trombe.

— Génial ! s'exclama-t-il.

— Arrête avec mon fauteuil, tu vas finir par le casser.

— C'est aussi amusant que si tu changeais de voiture chaque année, répliqua Jarvis. Il y a toujours des améliorations ou de nouveaux gadgets que je meurs d'envie de tester.

Il revint près de son frère qui était installé dans une confortable bergère. De part et d'autre, sur deux tables volantes, se trouvaient les journaux du matin, un téléphone, une tasse de thé, une assiette de biscuits. Jarvis s'assura d'un coup d'œil que rien ne manquait, puis il abandonna le fauteuil roulant et se mit à arpenter la pièce.

— Tu n'es pas chic de partir si tôt. J'avais prévu plein de réjouissances…

— De quel genre ?

— Peu importe, puisque tu t'en vas. Je ne voudrais pas te donner de regrets !

Benedict tendit la main vers son fauteuil roulant et le tira vers lui. Selon son habitude, Jarvis ne chercha ni à l'aider ni à regarder ailleurs. Il avait été le premier à comprendre que Benedict voulait être autonome, et que tout apitoiement serait très malvenu. Mais la manière dont il avait aménagé le rez-de-chaussée de sa maison de Londres prouvait à quel point son frère comptait pour lui. Toutes les portes avaient été agrandies, toutes les poignées changées de hauteur. L'accès au jardin, à l'arrière, se faisait par une rampe en pente douce, et dans chaque pièce la disposition des meubles permettait une circulation facile. Les mêmes transformations avaient été effectuées dans la propriété du Suffolk où Jarvis passait ses week-ends et où son épouse, Grace, vivait toute l'année. Quand

Benedict leur rendait visite là-bas, il y disposait du même confort.

— Que faites-vous enfermés ici ? s'écria Kathleen en entrant dans le salon. Vous n'avez donc pas vu le soleil, dehors ?

Elle se précipita pour écarter les lourds rideaux de chintz fleuri.

— Ton père essayait de casser mon nouveau fauteuil, ironisa Benedict.

— Ne le laisse pas faire parce qu'il va forcément y arriver ! Allez, arrêtez de vous prendre pour des plantes de serre, sortez un peu.

La quarantaine allait magnifiquement à Kathleen, pourtant elle n'avait toujours pas choisi l'élu de son cœur parmi ses innombrables soupirants. Jarvis prétendait que sa fille unique était trop attachée à sa liberté pour la sacrifier sur l'autel du mariage, toutefois le temps passait et Kathleen finirait par se faner. En attendant, elle était superbe, sculpturale, d'une élégance folle et toujours prête à s'amuser. De tous les membres de la famille, c'était elle qui réussissait le mieux à ignorer l'infirmité de Benedict. Elle n'avait jamais eu un seul mot de compassion à son égard et avait été la première à oser des plaisanteries sur le fauteuil roulant ou sur la manière dont les meubles s'alignaient le long des murs, faisant ressembler toutes les pièces à des salles d'attente.

— Il paraît que tu nous quittes plus tôt que prévu ? s'enquit-elle en ouvrant l'une des portes-fenêtres. Encore tes fichus chevaux, je suppose.

— Je gagne ma vie avec eux, répliqua-t-il d'un ton badin.

Dans le jardin, profond mais étroit, une profusion de rosiers en fleur masquait les murs. Près d'un petit bassin surmonté d'une fontaine, des meubles en teck huilé luisaient au soleil. Le bruit de la circulation leur parvenait distinctement, pourtant le quartier Saint James's était assez calme à cette heure de la journée.

— Marquons la date d'une pierre blanche, pour une fois il ne pleut pas, fit remarquer Jarvis.

— Vous êtes deux vieux grincheux, soupira Kathleen. Le printemps est splendide, regardez donc mes roses qui s'épanouissent comme des choux-fleurs !

— Ce ne sont pas *tes* roses, chérie, ce sont celles du jardinier. Il n'y a que lui qui s'en occupe.

Content de sa réflexion, Jarvis éclata de rire. Kathleen leva les yeux au ciel avant de s'asseoir tout au bord d'une chaise longue. Elle croisa ses jambes interminables, appuya un coude sur un genou puis son menton sur sa main dans une pose très étudiée. Ses cheveux blonds éclaircissaient encore au soleil, exactement comme ceux d'Axelle. Leur ressemblance s'arrêtait là car Kathleen n'avait pas les yeux bleu azur des Montgomery. Au contraire, son regard était sombre, impénétrable. Très grande, un peu trop maigre, elle pouvait porter n'importe quelle tenue avec chic.

— Je voulais t'emmener à un match de cricket au Lord's, dit-elle à Benedict. Et je t'avais également pris une place pour le concert du Wigmore Hall vendredi soir.

— Tu te trouveras un cavalier plus présentable, répondit-il en lui souriant. Pensais-tu vraiment t'encombrer d'un *vieux grincheux* ?

— Je me serais donné l'air d'une sainte en poussant ton fauteuil.

— Ne sois pas stupide, il avance tout seul.

— Avec les gaz à fond, renchérit Jarvis, il avance même si vite que tu aurais été obligée de courir derrière !

— Bon, vous êtes impossibles tous les deux, je vais aller vous faire du thé pour vous calmer.

Elle se leva et s'éloigna, caressant au passage l'épaule de Benedict d'un geste très affectueux.

— À cette heure-ci, je préfère le brandy ! lui cria Jarvis.

Il se tourna vers son frère et s'assura que celui-ci était assez couvert.

— Ce n'est pas un soleil d'Andalousie, n'est-ce pas ? Mais, pour Londres, estimons-nous heureux. Quand vas-tu revenir, Ben ? Tu me manques déjà.

— Je dois me rendre au haras à la fin du mois.

— Alors profites-en pour rester un peu, Grace sera ravie de te recevoir, et ça me donnera l'occasion de passer quelques jours à la campagne. Je suis sûr qu'Axelle se débrouille très bien sans toi.

— La plupart du temps, elle n'a besoin de personne, admit Benedict.

— Toujours pas de petit ami ?

— Pas que je sache, mais elle est très discrète.

Il esquissa un sourire en songeant que, malgré tous les efforts d'Axelle, il avait deviné sa liaison avec Antonin. Et, chaque fois qu'elle trouvait un homme séduisant, il le remarquait aussitôt.

— C'est une fille extraordinaire, lâcha-t-il à mi-voix.

— Tu es surtout fou d'elle, tu l'as toujours été. Mais je reconnais qu'il y a de quoi.

— Franchement, Jarvis, où en serais-je aujourd'hui sans Axelle ? Tu te rends compte que le sort de l'écurie a dépendu d'une gamine pendant des mois ?

Tout le temps qu'il avait passé cloué sur son lit d'hôpital, il s'était fait un sang d'encre pour elle. Il l'imaginait toute seule sur les pistes, mignonne jeune fille haute comme trois pommes, en train de donner des ordres en espérant que ce soient les bons. Après leurs conversations téléphoniques quotidiennes, il pleurait de soulagement ou bien de désespoir. Il se disait qu'elle n'y arriverait pas, qu'elle n'avait que dix-huit ans et ne pourrait pas tenir ce pari insensé, alors il essayait en vain de remuer ses jambes sans en obtenir le moindre mouvement. Il soulevait le drap pour regarder ses pieds morts, ses genoux morts, et quand il se laissait retomber sur l'oreiller, vaincu, il avait parfois envie de se tirer une balle dans la tête.

— Un penny pour tes pensées, dit doucement Jarvis. Où es-tu parti ?

— J'aurais voulu que les choses se passent autrement. Si Norbert avait été à la place d'Axelle… Lui, c'était son tour, il avait juste le bon âge pour me succéder, et il était prêt. Mais elle ! J'ai dû tout recommencer avec elle, une génération plus tard, et je n'ai pas eu le temps de finir. On a fait de la corde raide, elle et moi. Un vrai numéro de funambules, je te jure. Elle avait beau être douée, je savais que les gens ne la prenaient pas au sérieux. Et j'avais peur que la série noire continue, qu'on ne sorte jamais du tunnel…

— Aujourd'hui, Ben, ta bonne étoile est revenue.

— Elle a perdu une ou deux branches, non ?

Les deux frères échangèrent un long regard, puis Benedict ferma les yeux pour repousser une émotion indésirable.

— Ah, il ne te manque qu'un plaid sur les genoux ! s'écria Kathleen qui revenait, chargée d'un lourd plateau. Peut-être un monocle pendant au bout de son cordon pour compléter le tableau ? Tu es vraiment mon très vieil oncle quand tu t'endors comme ça.

— Je ne dormais pas, s'indigna Benedict. J'étais juste ébloui par le soleil.

Kathleen scruta le ciel qui s'était chargé de nuages menaçants, puis elle considéra Benedict avec un large sourire.

— Je vois. Non seulement grincheux, mais aussi gâteux… Comment Axelle peut-elle te supporter ? Tu lui diras que je lui envoie toute ma tendresse.

— Ce ne sera pas très lourd à transporter, grommela Benedict.

Jarvis étouffa un ricanement en avalant une gorgée de son brandy.

— Oh, j'allais oublier, enchaîna-t-elle. Il y a eu un appel du haras. Une jolie petite pouliche vient de naître, vous allez pouvoir vous occuper à lui chercher un nom.

— Une pouliche de qui ? tonna Benedict.

Kathleen le dévisagea sans comprendre et il précisa, de mauvaise grâce :

— Le nom de sa mère, si ce n'est pas trop te demander ? Il y a onze juments pleines là-bas, on ne peut pas deviner de laquelle il s'agit !

— La mère s'appelle Lady Ann, annonça Kathleen qui s'amusait de l'impatience de son oncle. Et sa fille est alezane avec, paraît-il, une étoile sur le front.

— Lady Ann a fait une carrière honorable. Elle était régulière et elle progressait à chaque course mais j'ai dû l'arrêter pour un problème de tendon. Elle est issue d'une lignée impressionnante de gagnants, et je crois avoir bien choisi l'étalon pour la saillie. Alors, en principe, cette petite pouliche alezane est une graine de champion.

— Baptise-la comme ça, suggéra Kathleen.

— Graine de champion ? Eh bien, si ce n'est pas déjà pris, pourquoi pas ?

Benedict adressa un clin d'œil à Kathleen puis son regard devint rêveur et se perdit sur les rosiers. Il avait soixante-seize ans, verrait-il cette pouliche courir ? Combien de générations de pur-sang espérait-il encore entraîner ? Et parmi eux, y en aurait-il un pour remporter un grand prix ? Et ce vainqueur serait-il issu de l'élevage Montgomery ? Faire triompher les chevaux de ses propriétaires lui procurait de grandes satisfactions et lui permettait de gagner de l'argent, mais assister à la victoire d'un produit dont il aurait conçu lui-même l'origine serait cent fois plus exaltant.

Il vit Kathleen se diriger vers le mur, armée d'un sécateur. Elle revint avec une rose rouge qu'elle lui glissa à la boutonnière.

— J'ai un rendez-vous galant pour déjeuner, je vous abandonne. Reviens-nous vite, Ben.

Jarvis suivit sa fille des yeux puis murmura :

— Tu es vraiment le seul à être chouchouté de la sorte. Elle est volontiers hautaine, cassante, et les gens l'ennuient au bout de cinq minutes. Mais avec toi, elle est tendre comme de la pâte d'amandes !

— Peut-être parce que je ne l'ennuie pas ?

— Possible. Ton accent français doit l'amuser.

— J'ai un accent ? maugréa Benedict, vaguement vexé.

— Surtout quand tu t'énerves, c'est-à-dire la plupart du temps.

Benedict haussa les épaules avec insouciance. Certes, il avait mauvais caractère, et ça ne datait pas de son accident, mais il avait aussi de très lourdes responsabilités, un mot dont Jarvis ignorait le sens.

Entre deux nuages, le soleil effectua une brève apparition puis se cacha de nouveau.

— Rentrons, décida Jarvis, tu vas avoir froid.

C'était risible si l'on songeait à tous les petits matins d'hiver que Benedict affrontait sans se plaindre. Ni la pluie ni le gel ne le dissuadaient de se rendre sur les pistes pour voir galoper ses chevaux. Il avait même, deux mois plus tôt, essuyé une averse de fin du monde sans bouger de sa place, se bornant à relever son col et à mettre une main en visière. La plupart du temps, il arrêtait son fauteuil dans l'une des sorties qui découpaient le talus central. Axelle regardait le travail d'en haut et lui d'en bas, ensuite ils confrontaient leurs impressions. Ils étaient généralement d'accord, sauf pour Macassar en qui Benedict n'avait pas décelé toutes les qualités qu'Axelle lui prêtait. Comment avait-il pu passer à côté ? Y penser lui donna très envie de rentrer chez lui, à Maisons-Laffitte, l'endroit du monde où il se sentait le mieux.

2

Douglas sortit de la maison de la presse ses journaux sous le bras. Il jeta un coup d'œil machinal en direction de l'entrée du parc, cet endroit résidentiel qui se divisait en larges avenues bordées de maisons bourgeoises, de villas, de petits immeubles de standing. Des pelouses et des bassins, soigneusement entretenus par la municipalité, donnaient à l'ensemble une impression de sérénité et de prospérité. En fait, le parc s'étendait entre le champ de courses, situé le long de la Seine, et l'immense forêt domaniale de Saint-Germain-en-Laye. Cette position privilégiée avait rendu le marché immobilier hors de prix. Tout au fond du parc se trouvaient la plupart des écuries, proches du centre d'entraînement, et les résidents étaient habitués à voir passer des chevaux chaque matin.

En revanche, la ville de Maisons-Laffitte, beaucoup plus populaire, regroupait tous les commerces ainsi que la gare et la station de RER qui permettaient l'une comme l'autre de gagner Paris en moins d'une demi-heure. Douglas avait loué un petit appartement dans un immeuble sans grand intérêt, au bout d'une rue étroite, et chaque fois qu'il se trouvait à proximité des grilles d'entrée du parc il éprouvait une bouffée de rage. D'une certaine manière, c'était comme si on l'avait chassé du paradis. Bien sûr, il lui arrivait d'aller faire un tour chez tel ou tel entraîneur, histoire de dire bonjour aux amis, et parfois même il assistait à un canter sur les pistes, mais il venait en visiteur, ne faisant plus vraiment partie du monde hippique. Le parc n'était plus son territoire.

Sans se l'avouer, il était plein de regrets et d'amertume. La considération dont il avait bénéficié à l'époque où il montait en course lui manquait cruellement. Porter le nom de Montgomery et multiplier les victoires l'avait rendu presque célèbre, lui ouvrant toutes les portes, mais elles s'étaient refermées aussi vite. Tout le monde savait qu'il était brouillé avec Benedict, et tout le monde lui avait plus ou moins tourné le dos. Ses anciens confrères apprentis, devenus jockeys, lui témoignaient de la sympathie, rien de plus. Il se retrouvait en marge, exclu, disgracié. Pire encore : dépossédé. N'aurait-il pas dû, en toute logique, occuper la place de sa sœur ? Être celui qui donne les ordres, qui prend les décisions, qu'on vient féliciter après la victoire. À vrai dire, Axelle n'était pas mauvaise dans ce rôle, elle avait même d'assez bonnes idées, mais enfin elle restait une fille. Or une fille finissait toujours par se marier et s'occuper de ses enfants. C'était le cas de la plupart des cavalières d'entraînement qui prenaient leur licence, montaient en course deux ou trois fois puis abandonnaient tout pour fonder une famille et se consacrer à leur foyer loin des pistes. Le jour où Axelle aurait une tripotée de bambins, qu'adviendrait-il de l'écurie ?

Tournant le dos au parc, il remonta l'avenue de Longueil. Dans cette direction, le paysage était nettement moins riant. Moins d'espace, moins de verdure, moins de luxe. Et au fil des rues, moins de soleil.

Dans le hall de son immeuble, Douglas ouvrit sa boîte aux lettres et récupéra les factures habituelles, accompagnées de quelques publicités. Personne ne lui écrivait jamais, sauf pour lui réclamer de l'argent. Négligeant l'ascenseur poussif, il s'engagea dans la cage d'escalier obscure et mal aérée, grimpa jusqu'au second et pénétra dans son appartement, un deux-pièces fonctionnel qu'il n'avait pas cherché à rendre accueillant ou chaleureux. Habiter là après avoir vécu dans la maison biscornue des Montgomery était une punition. Impossible d'oublier les parquets de chêne blond, le bow-window du salon qui s'ouvrait sur la forêt, l'immense cuisine aux carreaux de faïence émaillée. Et surtout, le bruit des chevaux dans la cour, avec le piétinement des sabots, les appels des lads, les hennissements à l'heure où on distribuait l'avoine. Ici, il n'y avait rien d'autre à entendre que la circulation de la rue et le bruit des trains sur la voie ferrée toute proche. Rien d'autre à voir que l'immeuble d'en face, truffé d'antennes paraboliques.

Douglas jeta ses journaux sur la table basse et alluma la télévision. Il la laissait presque toujours en sourdine pour avoir un peu de compagnie. Avait-il peur du silence ? Peur des questions lancinantes qui tournaient dans sa tête ? D'ici peu, il aurait vingt-quatre ans, et il ne savait toujours pas quoi faire de sa vie. À l'école des apprentis jockeys, il avait été aussi bon à cheval que mauvais élève en cours. Il croyait alors son existence toute tracée et ne se souciait pas d'obtenir des diplômes. N'ayant plus ses parents pour le pousser ou le raisonner, il s'était laissé griser par ses victoires faciles sur les champs de courses et par les filles qui lui faisaient les yeux doux. Quand sa tardive crise de croissance l'avait fait tellement grandir, il n'avait pas compris que sa carrière naissante était déjà en train de s'achever. Passer du plat à l'obstacle avait été un cauchemar. Les chutes, les accidents, les séjours à l'hôpital ne l'avaient même pas empêché de continuer inexorablement à prendre des centimètres et des kilos. Le jour de ses vingt ans, il s'était décidé à tout arrêter. Il l'avait fait sans chagrin, à la fois fier d'être devenu un beau garçon de taille normale, soulagé de ne plus avoir à affronter la peur qui désormais le tenaillait à cheval, et tout à fait persuadé que son grand-père allait lui confier des responsabilités.

— Quel vieux salaud, marmonna-t-il en entrant dans la petite cuisine.

Il mit la machine à café en route, répétant deux ou trois fois l'injure. C'était devenu son expression favorite pour qualifier Benedict. Il lui en voulait au-delà de toute mesure et pensait rageusement à lui chaque jour. Dans sa colère, il oubliait que son grand-père l'avait élevé avec amour après la disparition de ses parents. Il oubliait également ses mises en garde : « Travaille à l'école, bon sang, ça te servira toujours à quelque chose ! » Et plus tard, lorsqu'il s'était acheté une moto avec ses premiers gains, Benedict lui avait demandé ce qu'il avait dans la tête. « Tu ne fais pas assez de vitesse

sur les pistes, il t'en faut aussi sur le bitume ? »
Certains matins, quand il avait passé une nuit blanche dans une discothèque et qu'il arrivait avec une tête de déterré, Ben le houspillait en le traitant d'irresponsable. Ils avaient eu quelques prises de bec parce que Douglas se contentait de monter sans trop se soucier de l'entraînement. Il ne s'intéressait aux chevaux que dans la mesure où il pouvait gagner avec eux. Pourquoi se serait-il immiscé dans les interminables conversations que son grand-père et sa sœur tenaient durant des heures sur les mérites comparés de l'avoine et de l'orge, la densité de la paille, l'opportunité des vitamines ? Décider de la distance exacte d'un travail rapide, à cent mètres près, les faisait discourir des soirées entières tandis que Douglas préférait, de loin, regarder une série policière à la télé. Était-ce la raison qui avait poussé Benedict à l'écarter ? Aurait-il fallu qu'il pinaille, lui aussi, à propos de détails insignifiants, pour mériter l'estime de son grand-père ?

Songeur, il but son café debout. Comment allait-il occuper sa journée ? L'inaction lui pesait, car depuis son enfance il était habitué à se lever avant l'aube et à se dépenser physiquement. Aujourd'hui, il pouvait traîner au lit, traîner dans les bars, traîner partout son ennui. Il aurait bien voulu travailler, malheureusement, il ne savait rien faire d'autre que monter à cheval. Et encore... L'idée de ne plus jamais se retrouver dans les boîtes de départ ou derrière les élastiques ne lui procurait pas la moindre nostalgie, bien au contraire. Toutes ses dernières courses s'étaient déroulées dans un brouillard de peur qui ne se dissipait qu'une fois le poteau d'arrivée franchi. Se mettre en selle le ventre tordu par l'angoisse et la mâchoire tétanisée, en espérant que personne ne s'en aperçoive, avait été un chemin de croix.

La sonnerie du téléphone l'arracha à ses souvenirs. Il regagna le séjour, décrocha et fut très surpris d'entendre la voix d'Axelle.

— Salut, Doug, c'est moi…

— Salut.

Après un court silence, sa sœur reprit :

— Je voulais avoir de tes nouvelles.

— Ne t'inquiète pas, lâcha-t-il d'un ton moqueur, je vais bien.

— Tant mieux. Qu'est-ce que tu deviens ?

— Rien.

— Tu n'avais pas trouvé un travail au PMU ?

— Un emploi de bureau, mais ça n'a pas duré longtemps. Je ne leur convenais pas, et réciproquement !

Il ne fit aucun effort pour s'expliquer davantage. Après un nouveau silence, Axelle enchaîna :

— Est-ce que je peux faire quelque chose pour toi ?

— Je ne vois pas quoi.

Rien que l'imaginer assise dans le bureau, à la maison, au milieu des photos de chevaux, avait quelque chose d'exaspérant. Pourtant, il ne lui en voulait pas vraiment, c'était Benedict qui mobilisait toute sa colère.

— Si on déjeunait ensemble un de ces jours, Doug ?

— À condition que tu m'invites, parce que je suis raide.

Il n'avait pas envie de la voir, pas envie de parler avec elle, pourtant elle représentait sans doute sa planche de salut. De qui d'autre pouvait-il espérer de l'aide ?

— Tu es libre demain ? On n'a qu'à se retrouver au Tastevin vers treize heures.

Elle lui proposait d'office la meilleure table de la ville, ce qui le fit sourire. Après avoir raccroché, il resta songeur un moment, contemplant le téléphone sans le voir. Pourquoi sa sœur se souciait-elle soudain de lui ? Était-elle mandatée par Benedict pour lui offrir de regagner le giron familial ? Non, il n'y croyait pas. Ben avait un caractère de cochon et ne revenait jamais sur ses décisions. Il s'était contenté de dire, au moment du départ en fanfare de Doug : « Je ne te mets pas dehors, c'est toi qui pars, tâche de t'en souvenir. » Évidemment, Benedict ne l'avait pas chassé de la maison, ni de l'écurie d'ailleurs, mais il ne lui avait rien proposé non plus. Axelle était l'entraîneur désigné, officiel, et Douglas refusait par avance d'être dans son ombre. De quoi aurait-il eu l'air ? D'un petit frère traînant derrière sa grande sœur ?

Quelques semaines plus tôt, une idée avait germé dans sa tête, un soir où il tournait comme un lion en cage entre les murs de son appartement. Pourquoi la famille ne lui avait-elle pas proposé, à défaut d'autre chose, la direction du haras anglais ? Prenant son courage à deux mains, il s'était forcé à appeler Jarvis pour tâter le terrain, mais, comme prévu, celui-ci avait été incapable de lui fournir la moindre réponse. Tout dépendait de Benedict, c'était lui qui prenait les décisions concernant les chevaux, il fallait voir ça avec lui. Écœuré, Douglas lui avait raccroché au nez, sans formule de politesse.

Avec un long soupir résigné, il tendit la main vers les journaux qu'il venait de rapporter. Leur lecture ne l'occuperait pas longtemps, mais ce serait toujours un moment de passé. Machinalement, il prit d'abord le *Paris-Turf* qu'il continuait d'acheter chaque matin alors qu'il n'était plus censé s'intéresser au monde des courses.

*

Le jour ne tarderait plus à se lever, et le premier lot était sur le point de sortir. Devant le grand tableau accroché à la porte de la sellerie principale, Benedict ronchonnait.

— Pourquoi confies-tu Crabtree à Christophe ?

— Parce qu'il fait le poids idéal, répondit Axelle en haussant les épaules. En plus, il sait très bien finir un galop, il obtient toujours le maximum.

— Eh bien, tu te trompes, ma petite-fille ! Christophe est trop nerveux pour un cheval comme ça. Trop nerveux et trop brutal, je le lui répète sur tous les tons. Crabtree a besoin d'être monté en finesse, on va mettre Antonin dessus.

— Et Macassar ? se récria la jeune femme.

— Donne-le à Romain.

Agacée, Axelle intervertit les noms sur le tableau. Elle était impatiente de voir la réaction de Benedict devant les progrès de Macassar et aurait préféré qu'il ne change pas de cavalier, mais discuter avec Ben était épuisant quand il avait une idée arrêtée.

— Les chevaux dans la cour ! appela Constant d'une voix forte.

Les portes des boxes s'ouvrirent quasiment ensemble. Chacun des apprentis, garçon ou fille, avait préparé son cheval avec soin, puis attendu l'ordre de sortir. Constant les mit en selle l'un après l'autre, les étriers étant beaucoup trop courts – et les jeunes gens bien trop petits – pour qu'ils puissent y arriver tout seuls.

— Changement de monte, déclara Axelle qui les avait rejoints. Antonin sur Crabtree, Romain sur Macassar, et Christophe prend l'Artiste.

— Tu plaisantes ? s'indigna Antonin.

Le regard glacial d'Axelle l'empêcha de protester davantage mais il eut un geste d'humeur en lui jetant les rênes de Macassar.

— À la piste ! cria Constant.

L'un derrière l'autre, les vingt-trois pur-sang défilèrent devant le fauteuil de Benedict avant de quitter la cour. Dans la lueur incertaine de l'aube, leurs silhouettes fines se distinguaient à peine, mais d'ici à quelques minutes le jour serait tout à fait levé.

— Antonin est de mauvais poil ? railla Ben.

— Il croit beaucoup en Macassar, il est vexé que tu le lui retires ce matin.

— Je me fous pas mal de ce qu'il croit !

— Et moi ?

— Toi, c'est différent. Mais je sais que tu t'es toquée de ce cheval et je ne veux pas que ce soit au détriment des autres. Crabtree finira rétif entre les mains d'un garçon comme Christophe.

Dès qu'ils furent sur le bitume de l'avenue, Benedict fit accélérer son fauteuil et Axelle dut allonger le pas pour le suivre.

— Un bout-vite botte à botte sur huit cents mètres, annonça-t-il. Tu leur diras qu'ils les laissent faire. Selon ce que je verrai, on envisagera un travail sur l'herbe la semaine prochaine. Et mets cette nouvelle jument, Pamela, avec eux. Elle a une classe folle sur les courtes distances, elle va leur tenir la dragée haute.

Ils franchirent l'entrée du centre d'entraînement qui comptait cent trente hectares, dont quatre-vingts de pistes en sable et quarante de pistes en gazon. Le reste se composait de ronds de détente, d'allées de promenade, et soixante personnes travaillaient quotidiennement à l'entretien de cet îlot vert et sablonneux réservé aux seuls professionnels.

Benedict se dirigea vers l'endroit où ses chevaux allaient s'échauffer en trotting avant de galoper pour de bon. Les observer avec attention permettait de déterminer la manière dont chacun devrait s'entraîner ce jour-là. La plupart du temps, il ne s'agissait pas d'aller vite mais d'acquérir du souffle, de l'endurance, de la combativité.

— Je te laisse donner les ordres, dit-il à Axelle.

Il ne devait pas l'empêcher d'agir à sa guise, trop souvent il avait tendance à l'oublier. D'un air faussement indifférent, il écouta les directives qu'elle se mit aussitôt à distribuer, envoyant certains chevaux sur le cercle, d'autres sur les pistes parallèles. Ses choix furent exactement ceux que Benedict aurait faits lui-même et il dissimula un sourire amusé. La petite prenait du métier, de l'assurance, elle ne se trompait presque jamais. Sauf pour Macassar, il en avait le pressentiment.

— Passe-moi tes jumelles, demanda-t-il.

Elle les lui tendit tout en répétant à l'un des apprentis qu'il devait rester au petit canter sans se laisser embarquer par son cheval. Celui-ci courait le lendemain à Saint-Cloud, il était « affûté » et n'avait besoin que d'une courte détente afin de conserver toute son énergie. Les pur-sang avaient toujours envie de foncer comme des dingues, droit devant eux, et le plus difficile était de canaliser leur influx nerveux. Chaque fois qu'un gamin perdait le contrôle, Benedict voyait rouge, pourtant il savait à quel point retenir sa monture pouvait être difficile. Il suffisait par exemple que les chevaux d'une autre écurie, lancés dans un travail plus rapide, vous dépassent à toute vitesse. L'instinct de course prenait le dessus, et l'apprenti se retrouvait emmené contre son gré, incapable de maintenir une allure modérée.

Dans les jumelles, Benedict suivit ses quatre chevaux qui se rendaient au point de départ. Bien que marchant au pas, leur énervement était perceptible. Macassar semblait plus tranquille que les autres et il entra le premier sur la piste, suivi de Crabtree, l'Artiste et Pamela. D'un coup d'œil, les cavaliers s'assurèrent qu'ils étaient bien là tous les quatre et qu'aucune autre écurie n'était en vue pour l'instant. Puis, ensemble, ils tournèrent leurs chevaux face à la longue ligne droite, large de dix mètres, tout en se dressant sur leurs étriers. Le démarrage fut fulgurant, comme prévu. Presque tout de suite, la jument prit une encolure d'avance et se mit à allonger ses foulées, mais sans pouvoir se détacher des trois autres. Au bout de deux cents mètres, ils formaient toujours un petit groupe compact lancé dans une course folle, naseaux dilatés, crinières au vent, jambes qui semblaient s'emmêler dans l'effort.

Benedict baissa ses jumelles, à présent il les voyait distinctement arriver. La piste venait d'être passée à la herse et les quatre pur-sang volaient au-dessus de ce tapis velouté. Pamela restait en tête mais Crabtree ne cédait pas, Macassar non plus, tandis que l'Artiste commençait à perdre du terrain. Le martèlement furieux des sabots sur la terre s'intensifia à leur approche. Posant ses avant-bras sur les accoudoirs du fauteuil, Benedict se souleva un peu pour les regarder passer. Il s'était placé au bon endroit, celui où les chevaux trouvaient leur second souffle ou bien lâchaient prise. Axelle devait observer aussi intensément que lui, du haut du talus, et chacun verrait des détails que l'autre n'aurait pas eu le temps d'enregistrer. Benedict se focalisa sur Macassar, qui était à l'extérieur. Il nota sa foulée puissante, facile, légère, pourtant Crabtree était en train de le doubler. Ils passèrent dans un éclair, Crabtree toujours en tête.

— Bon Dieu…, marmonna Benedict.

Il suivit du regard les croupes luisantes, les queues à l'horizontale, puis il reprit fébrilement les jumelles. Quelques secondes plus tard, les quatre pur-sang commencèrent à ralentir.

— Je n'ai pas rêvé, ton champion s'est fait battre ? lança-t-il à Axelle.

Elle venait de le rejoindre, l'air effaré.

— Crabtree a bouffé du lion ou quoi ?

— Il a voulu faire plaisir à Antonin, railla Benedict.

Ils quittèrent la piste pour regagner une des allées d'accès. Le soleil se levait dans un ciel limpide, annonçant une radieuse matinée de printemps.

— Bon, pour ce que j'ai vu, ton Macassar est une vraie locomotive. Je suis sûr qu'il va revenir frais comme un gardon ! À l'évidence, il est fait pour courir sur de longues distances, il faudra en tenir compte. En tout cas, tu peux l'engager, il est fin prêt et, à mon avis, il s'entend bien avec Romain. Laisse-le-lui à l'entraînement.

Elle acquiesça d'un signe de tête mais elle paraissait toujours très songeuse.

— La performance de Crabtree me stupéfie, finit-elle par lâcher.

— Pour être honnête, moi aussi.

— C'est le changement de monte ?

— Sans doute. Antonin est le plus expérimenté de toute l'écurie, et même quand il n'est pas en course, il veut toujours gagner. Ce matin, il était vexé, il a poussé les feux alors qu'on lui avait dit de laisser faire. En revanche, Romain a respecté les ordres, il n'a pas sollicité Macassar.

— Oui, peut-être… Ah, comme j'aurais aimé le monter moi-même, ce galop !

Benedict ne répondit pas, sachant qu'il l'avait beaucoup frustrée, quelques années plus tôt, lorsqu'il lui avait demandé de ne plus monter à cheval. « Tu ne verras rien si tu es au milieu des autres. Il faut rester à pied pour les regarder un par un, calmement. Et puis, de toi à moi, tu ne pourras jamais avoir l'autorité voulue si tu te promènes les fesses en l'air sur les pistes ! » Elle avait compris le message, consentant un énorme sacrifice.

— Pamela m'a déçu, ajouta Benedict. Pour un sprinter comme elle, il n'y avait rien d'insurmontable.

— Elle va bientôt être en chaleur.

— Tu m'en diras tant…

Il leva les yeux sur sa petite-fille et la détailla durant quelques instants. Un beau brin de femme. « Brin » était l'expression adéquate car Axelle était petite, comme sa mère l'avait été, et comme Douglas avait failli l'être. Petite mais bien faite, appétissante, avec de jolies formes et une taille fine. Malgré ses boots pleines de terre, son jean et son blouson de cuir, elle restait féminine, avec quelque chose de sensuel qui rendait facilement les hommes idiots. Ses cheveux blonds, toujours brillants, étaient attachés en queue de cheval le matin, en chignon l'après-midi si elle se rendait sur un hippodrome. À la maison, elle les portait parfois librement sur les épaules, ou bien lâchement retenus par une grosse pince. Semblable à tous les Montgomery, hormis Kathleen, elle avait un regard bleu azur intense, un nez fin et droit, le sourire déjà marqué par deux petites rides au coin des lèvres.

Le cœur serré, Benedict songea qu'elle avait l'âge de se marier et de s'occuper d'enfants plutôt que de pur-sang. Mais peut-être parviendrait-elle à tout mener de front ? Elle était assez volontaire, assez énergique pour ça et, quoi qu'il advienne, la passion du cheval était solidement ancrée en elle.

— Pourquoi me regardes-tu comme ça, Ben ?

— C'est drôle, tu me rappelles mon père.

— Gus ?

— Tu ne l'as pas connu, mais je t'assure que tu as quelque chose de lui.

— Si je pouvais avoir autant de gagnants, je m'estimerais heureuse !

— Des gagnants, nous en avons, ce qui nous manque, c'est un vrai crack. Un champion capable d'enlever un grand prix.

Tous les entraîneurs, à Maisons-Laffitte ou à Chantilly, rêvaient du cheval qui leur apporterait la consécration suprême. Gagner l'Arc de Triomphe ou le Jockey Club vous faisait entrer dans l'histoire des courses et appartenir définitivement à la légende.

— Je vais voir ce qu'ont fait les autres, décida Axelle.

Elle commença à s'éloigner mais revint sur ses pas aussitôt.

— J'ai oublié de te dire que je déjeune avec Douglas, tout à l'heure…

Benedict acquiesça en silence, attendant la suite, mais elle n'ajouta rien et repartit. Elle avait raison de voir son frère, de maintenir des liens avec lui. Un jour ou l'autre, cette tête brûlée de Douglas redeviendrait un bon garçon et, à ce moment-là, Benedict lui tendrait la main. D'ici là, il ne voulait pas en entendre parler.

*

— Foie gras en croûte de pommes de terre, jus à la réglisse, annonça le maître d'hôtel en déposant les assiettes.

Décor raffiné, atmosphère feutrée, cuisine de grande qualité : tout était fait pour séduire le client au Tastevin, le meilleur restaurant du parc.

— Tu me traites comme un nabab, pourtant je ne te sers à rien, fit remarquer Douglas avec un demi-sourire contraint.

— C'est pour le plaisir, répliqua Axelle.

Bien résolue à ne pas se laisser entraîner dans une discussion aigre, elle s'obligea à conserver une expression sereine.

— On ne se voit pas assez souvent et ça me rend triste, ajouta-t-elle sincèrement.

— Tu as le temps d'y penser ? Avec toutes tes responsabilités, tu devrais pouvoir m'oublier sans problème.

— Arrête, Doug. Tu es mon frère, il n'est pas question de t'oublier !

— Pourtant, à voir votre attitude, j'aurais cru le contraire.

Il la rejetait dans le camp de Benedict, peut-être même de tous les Montgomery, et tenait à demeurer le paria.

— Raconte-moi ce que tu deviens, dit-elle sans relever la provocation.

— Eh bien, le récit sera court ! Je ne sais pas faire grand-chose et personne ne m'attend nulle part. Sans diplôme, sans formation et sans expérience à part ces foutus chevaux, qui voudrait m'employer et pour quel genre de travail ?

Avec un ricanement amer, il la défiait de trouver une réponse. Dans le silence qui suivit, il attaqua son foie gras, mais, après quelques bouchées, il revint à la charge.

— Dis-toi bien que tu pourrais être à ma place, Axelle. Tu n'as pas ton bac non plus, tu as juste les faveurs de Ben. Si tu te fâches avec lui, tu n'es plus rien, tu n'existes plus.

— Je n'ai pas ses « faveurs », se défendit-elle, je travaille avec lui. Et six mois de l'année, quand il est en Angleterre, je travaille toute seule. L'entraîneur, c'est moi.

— Oh, non, pas ce couplet-là avec moi ! Si Ben disparaît demain, la moitié de tes propriétaires se tirent. Tu es encore un peu jeune pour être l'entraîneur, comme tu dis, et bientôt un peu vieille pour te trouver un bon parti. Parce que ta sauvegarde est là, ma grande, il n'y a qu'un mari qui te délivrera de ton grand-père.

Furieuse, elle se pencha au-dessus de la table et rétorqua d'une voix basse mais sifflante :

— C'est notre grand-père à tous les deux. Tu ne te souviens plus qu'il t'a élevé ?

— S'il s'agit de la reconnaissance du ventre... Est-ce aussi la raison de ton invitation ? Ah, vous êtes des comiques !

Au prix d'un gros effort, elle parvint à ne pas se fâcher. Chacune de ses rencontres avec Douglas finissait de la même manière, d'abord il déversait un flot de griefs réels ou imaginaires, insultait la famille, puis il partait en claquant la porte. Ici, elle ne voulait pas d'esclandre, le restaurant était plein de gens qu'elle connaissait et qui commençaient à leur jeter des regards intrigués. Pourquoi avait-elle convié son frère dans cet endroit ? Si elle avait cru lui être agréable, elle s'était trompée, elle s'en rendait compte trop tard. Les visages familiers et le luxe du Tastevin rappelaient forcément à Douglas ce qu'il avait perdu, ce à quoi il n'avait plus accès.

— Ne nous disputons pas, murmura-t-elle. Je t'aime beaucoup, Doug, je voudrais vraiment t'aider.

— À quoi, ma pauvre ? À quoi…

Elle s'imagina l'avoir touché parce qu'il venait de la regarder gentiment.

— Tu dois savoir que j'ai appelé Jarvis, il y a quelque temps. J'avais l'espoir qu'il serait moins obtus et moins méchant que Ben, mais c'est une vraie carpette. De toute façon, il n'y connaît rien, il n'a aucun pouvoir de décision, et par-dessus le marché il s'en fout royalement.

— Non, tu as tort, Jarvis en a parlé à Ben, mais…

— Mais je ne suis pas qualifié, c'est ça ? Je ne suis *jamais* qualifié. Pour rien. À croire qu'il faut absolument un simple d'esprit par génération !

L'allusion à Constant était assez cruelle pour qu'Axelle réagisse malgré ses bonnes résolutions.

— Ne sois pas si méprisant, Doug. Tu détestes vraiment toute la famille ? Constant n'a rien d'un imbécile, et il a eu une patience d'ange avec nous.

— Rien d'un imbécile, vraiment ? s'exclama son frère en haussant le ton. Sauf qu'il ne fait pas la différence entre un cheval et une chèvre ! Quant à la famille, je considère que je n'en ai plus.

Axelle eut vaguement conscience que le maître d'hôtel hésitait à s'approcher de leur table. D'un geste impérieux, elle fit signe à Douglas de parler moins fort, mais il était lancé et ne comptait pas s'arrêter en si bon chemin.

— Même toi, ma pauvre fille, avec ta fausse gentillesse et tes sourires apitoyés, tu n'as pas su me tendre la main par peur de contrarier le vieux. Aujourd'hui, je croupis dans un trou à rat pendant que vous pétez dans la soie ! Tiens, tout ça me dégoûte…

Jetant sa serviette sur la table, il se leva et traversa la salle du restaurant à grandes enjambées. Atterrée, Axelle eut besoin de quelques instants pour se reprendre. La plupart des clients s'efforçaient de regarder ailleurs mais il régnait un silence éloquent.

— S'il vous plaît, dit-elle avec un signe en direction du maître d'hôtel.

Il se précipita, souriant et affichant un air affable, très professionnel.

— Pouvez-vous m'apporter l'addition ?

— Certainement, mademoiselle Montgomery. Mais si vous préférez régler au bar…

Il lui offrait une manière rapide de quitter la salle et elle le suivit, la tête haute. Elle ne remarqua pas deux hommes attablés près de la porte, qui faisaient semblant de s'intéresser au contenu de leurs assiettes et qui, pourtant, n'avaient pas perdu une miette de la scène. Après son départ, ils échangèrent un regard entendu.

— À mon avis, chuchota l'un d'eux, le gamin est mûr, il n'y a qu'à le cueillir.

L'autre acquiesça en silence avant de tourner la tête vers la table abandonnée successivement par Douglas puis par Axelle.

— Ces Montgomery..., lâcha-t-il d'une voix songeuse. Il fallait bien qu'ils aient un talon d'Achille, n'est-ce pas ? Je crois qu'on tient la solution, mais il faudra se montrer diplomates.

Ils levèrent leurs verres pour trinquer, très réjouis par l'incident qui venait d'avoir lieu.

*

Habituée à se coucher et à se lever tôt, Axelle commençait à avoir sommeil, néanmoins elle s'efforçait de faire bonne figure. Le dîner, servi par Mme Marchand, avait été parfait. Si la brave femme manquait un peu de style, en revanche elle excellait aux fourneaux. Chaque matin, sauf le week-end, elle venait faire ses trois heures de ménage, ronchonnant contre l'invraisemblable désordre de la maison, et elle acceptait d'effectuer quelques heures supplémentaires en cas de réception. Ce soir, sa pièce de bœuf en croûte accompagnée de délicieuses purées de légumes frais, puis ses incomparables îles flottantes, avaient fait l'unanimité.

Au moment du café, Jean Staub s'était déclaré prêt à confier six de ses chevaux aux Montgomery. Peu satisfait de son actuel entraîneur de Chantilly, il voulait tester une autre écurie et se fiait au jugement d'un de ses amis qui lui avait chanté les louanges de Benedict. On le devinait un peu réticent devant l'étrange duo formé par un homme d'un certain âge, en fauteuil roulant, et une toute jeune femme, cependant il était prêt à courir le risque. Un risque somme toute inexistant au vu des résultats des Montgomery.

Benedict avait d'ailleurs souligné, un peu sarcastique, que le nombre de victoires à porter au seul crédit d'Axelle était assez éloquent.

Henriette Staub, silencieuse et effacée, laissait parler son mari, tandis que leur fils, Xavier, semblait se demander ce qu'il faisait là. Durant le dîner, le jeune homme avait néanmoins engagé la conversation avec Constant, discutant de tout sauf de chevaux.

Pour dissimuler un bâillement, Axelle quitta son fauteuil et s'éclipsa sous prétexte de refaire du café. Dans la cuisine à peu près rangée par Mme Marchand, elle but un grand verre d'eau glacée. Combien de temps ces gens allaient-ils encore s'attarder ? Maintenant que le marché était conclu, pourquoi ne rentraient-ils pas chez eux ? Un coup d'œil à sa montre lui apprit qu'il était déjà une heure du matin.

— Excusez-moi, je crois que j'aimerais bien un peu d'eau moi aussi, entendit-elle Xavier Staub dire, juste derrière elle.

Faisant volte-face, elle le découvrit debout près du comptoir alors qu'elle ne l'avait pas entendu entrer.

— Bien sûr…

Elle le servit avec un sourire forcé puis le regarda boire à longs traits.

— Les vins que vous avez choisis étaient de pures merveilles, déclara-t-il courtoisement, mais l'alcool ne désaltère pas.

Il paraissait aussi fatigué qu'elle, les yeux cernés et l'air absent. Au jugé, elle lui donna une trentaine d'années. Il était très grand, très brun, plutôt maigre, pas très sympathique. Ses parents avaient dû l'embarquer de force dans ce dîner, et sans doute avait-il envie de s'en aller.

— Nous n'avons pas beaucoup eu l'occasion de bavarder à table, ajouta-t-il en s'accoudant au comptoir.

— J'ai cru comprendre que les chevaux n'étaient pas votre sujet de conversation favori.

— Mon Dieu, non… En fait, c'est la marotte de mon père. Plus exactement, la vitrine de sa réussite sociale.

Le propos était suffisamment cynique pour qu'Axelle se sente vexée.

— Peut-être les aime-t-il, suggéra-t-elle d'un ton froid.

— Vous voulez rire ? Dès que ses canassons ne vont plus assez vite, il les envoie à l'abattoir ! Tout ce qu'il désire, c'est voir « triompher ses couleurs », comme il dit. L'argent ne rentre même pas en ligne de compte, il n'y a vraiment que la vanité.

Perplexe, Axelle le dévisagea avant de se détourner. Elle n'avait rien à lui répondre et elle s'affaira à remplir une nouvelle cafetière. La présence de cet homme, dans son dos, la mettait mal à l'aise, d'autant plus qu'il ne bougeait pas, la regardant faire en silence. Au bout d'un moment, il soupira :

— Je viens de me montrer grossier, j'en suis vraiment désolé. Je n'aurais pas dû venir, ce soir, j'ai voulu faire plaisir à ma mère que je vois peu. Elle a beaucoup insisté, mais…

— Ne vous excusez pas, je vous en prie. C'est sans importance.

La cafetière à la main, elle le précéda vers le salon, pressée d'en finir avec les invités. Jean Staub fumait un énorme cigare, un verre d'armagnac posé à côté de lui sur l'accoudoir du canapé, et il continuait de discuter âprement avec Benedict. À voix basse, Henriette expliquait à Constant comment faire des boutures de rosier.

— Je pense qu'il est l'heure de rentrer, déclara Xavier.

Son père eut un geste agacé, comme pour le faire taire, et ne daigna pas s'interrompre.

— Prenez donc un peu de café, suggéra Axelle.

Xavier la servit d'abord, remplit sa propre tasse puis vint s'asseoir près d'elle.

— Vous exercez un métier insolite pour une femme, lui dit-il gentiment.

Elle éclata de rire, trop fatiguée pour s'en empêcher.

— Il y a infiniment plus de femmes que vous ne l'imaginez dans le monde hippique. Y compris des entraîneurs, mais bien sûr on ne peut pas dire : « entraîneuses », ça évoquerait trop les boîtes de strip-tease !

Le sourire qu'il esquissa manquait de spontanéité, manifestement l'humour d'Axelle ne le touchait pas.

— Et vous, lui lança-t-elle, que faites-vous de beau dans la vie ?

Jean Staub était un puissant industriel de l'industrie pharmaceutique, ce qui laissait supposer que le fiston avait suivi la voie tracée.

— J'ai monté une petite boîte d'informatique, répondit-il contre toute attente. On crée des logiciels, des trucs de ce genre.

— C'est intéressant ?

— Passionnant !

— Mais pas très rentable, précisa Jean Staub.

Sans transition, il reprit aussitôt sa discussion avec Benedict.

— Mon père est capable d'écouter trois conversations à la fois, railla Xavier.

Il se leva et s'adressa à sa mère.

— Nos hôtes sont fatigués, et je crois qu'ils se lèvent très tôt.

Furieux d'être interrompu, Jean fusilla son fils du regard, cependant, puisque ni Benedict ni Axelle ne protestaient, la politesse le contraignit à se lever lui aussi.

— Mes chevaux arriveront dans le courant de la semaine prochaine, annonça-t-il. Je vous ferai prévenir.

Les adieux eurent lieu sur le perron, tandis que Constant allait jusqu'à la grille pour la fermer derrière la voiture.

— Ils sont puants, non ? chuchota Axelle qui se tenait derrière le fauteuil de Ben.

— Leur comportement est celui des nouveaux riches, ils se ressemblent tous. Mais ce sont souvent eux qui achètent les pur-sang, penses-y…

Benedict prit la main d'Axelle et la pressa affectueusement.

— Le dîner était réussi, tu féliciteras Gaby.

Privilège de l'âge, il était le seul de la famille à appeler Mme Marchand par le diminutif de son prénom, Gabrielle. Il acceptait aussi son aide, de façon exceptionnelle, pour des choses très intimes qu'il n'aurait demandées à personne d'autre.

— Dors bien, ma grande !

Manœuvrant son fauteuil, il rentra dans la maison. La nuit était douce, très claire en raison de la pleine lune, aussi Axelle descendit-elle les marches pour aller à la rencontre de Constant qui revenait.

— Tout est bien fermé, annonça-t-il.

Chaque soir, il faisait sa petite ronde et, outre le cadenas de la grille, vérifiait les portes des boxes l'une après l'autre. Axelle, lorsqu'elle songeait à la valeur des chevaux de l'écurie, se relevait parfois au milieu de la nuit pour s'assurer que Constant n'avait rien oublié. À plusieurs reprises, elle avait fait part de ses craintes à Ben, s'étonnant qu'une si lourde responsabilité pèse sur les épaules de Constant. « Il n'est pas abruti, répliquait systématiquement son grand-père. Il est naïf, un peu simple, tout ce que tu veux, mais il sait pousser un verrou ou tourner une clef ! »

De l'autre côté de l'avenue, dans la grande cour, seize garçons et six filles, tous apprentis, dormaient dans les chambres aménagées au-dessus des boxes, et ils étaient censés assurer ensemble la surveillance de l'écurie. Parmi eux, il y en avait bien trois ou quatre en qui on pouvait avoir vraiment confiance et qui sauraient réagir en cas de problème.

— Comment va Doug ? demanda Constant.

Au moins, il possédait une bonne mémoire puisqu'il se souvenait qu'Axelle devait déjeuner avec lui aujourd'hui.

— Il va bien, mais on a fini par se disputer, comme toujours.

— Est-ce qu'il est malheureux de ne plus être ici avec nous ?

La question débordait de tendresse et Axelle se demanda comment y répondre.

— Je ne sais pas s'il aurait envie d'être avec nous en ce moment. Je crois qu'il déteste Ben, et nous tous par extension. Mais, d'un autre côté, il aimerait être ici, ça, j'en suis certaine.

Ici, à la place d'Axelle ? Il était encore plus jeune qu'elle, encore moins crédible ! Entraîner des chevaux ne l'intéressait pas, il n'aurait d'ailleurs pas su comment faire. De plus, ainsi que Ben le lui avait fait remarquer en maintes occasions au début de sa carrière de jockey, il avait une fâcheuse tendance à copiner avec tout le monde, jusqu'au dernier arrivé parmi les apprentis de l'écurie, ce qui lui ôtait toute autorité.

— Il t'a parlé du haras ? insista Constant. Il m'en avait parlé, à moi, un jour où je l'avais rencontré en ville…

Constant aimait Douglas. Il aimait aussi Axelle, son père, son oncle, et même sa nièce Kathleen. Il ne faisait aucune différence entre les Montgomery, c'était sa famille, il n'excluait personne.

— Quelles sont les connaissances de Doug en matière de reproduction ? se borna-t-elle à demander. Que sait-il des origines, des chefs de file, de la consanguinité, des lignées ? Est-ce que tu le vois emmener un étalon à la saillie, assister une jument en train de pouliner ? S'il avait voulu s'intéresser à l'élevage, il aurait pu suivre une formation, non ? De toute façon, il mourrait d'ennui dans ce coin perdu du Suffolk, et pour se consoler il passerait tout son temps au pub !

Elle ne faisait que répéter les arguments de Ben, frappés au coin du bon sens. Pourtant, il faudrait bien trouver une solution au problème de Douglas, on ne pouvait décemment pas continuer à le laisser « croupir dans un trou à rat ».

Une fois rentrés et la porte verrouillée, ils se souhaitèrent une bonne nuit puis se dirigèrent chacun vers son escalier. La maison en comportait trois, deux qui partaient du hall, et le dernier, en colimaçon, qui se trouvait dans le bureau. Pour n'importe quel visiteur, la configuration des lieux était incompréhensible de prime abord. Déjà modifiée plusieurs fois avant que Gus n'en fasse l'acquisition, la bâtisse avait subi bon nombre de transformations plus ou moins heureuses au fil du temps. Le grand bow-window du salon était d'origine, ainsi qu'une sorte de tour carrée, sur l'aile gauche. Dans cette tour, Gus avait installé son bureau, celui où il recevait ses propriétaires à l'époque. L'escalier en colimaçon était venu plus tard, lorsque Gus avait eu besoin d'archiver toute sa paperasserie dans la pièce du dessus. C'était également lui qui avait voulu un perron majestueux, faisant agrandir le hall d'entrée par la même occasion. Peu de temps avant sa mort, il avait commencé la construction de l'aile droite, sous prétexte d'équilibrer la façade. Les travaux avaient traîné longtemps et, au bout du compte, ne s'étaient achevés qu'après l'accident de Benedict, lorsqu'il avait fallu l'installer au rez-de-chaussée.

À présent, la maison comportait six chambres, dont trois seulement étaient occupées. Celle d'Axelle se trouvait près de la pièce des archives où elle avait fait installer un système vidéo sophistiqué afin de pouvoir regarder le film de chaque course disputée par les pensionnaires de l'écurie. La chambre de Constant se situait à l'autre bout de l'étage, juste au-dessus de celle de Benedict.

De ses fenêtres, Axelle voyait d'un côté la lisière de la forêt, de l'autre quelques-uns de ses boxes. En se penchant, elle pouvait presque apercevoir toute la rangée, et lorsqu'elle laissait ouvert, certaines nuits d'été, elle entendait distinctement les raclements des sabots, le bruit d'un cheval s'ébrouant, les crissements de la paille fraîche. Elle avait parfois l'impression d'être seule au monde tant la maison était vaste, pleine de recoins et de couloirs, mais elle n'éprouvait pas la moindre appréhension, allant jusqu'à se déplacer dans l'obscurité si elle descendait chercher une bouteille d'eau en plein milieu de la nuit. Elle était née là, y avait grandi, elle connaissait chaque latte de parquet, savait quelles portes grinçaient et quels coins de meubles éviter. Son unique crainte concernait les pur-sang, au-dehors. Ils représentaient un tel capital qu'elle en avait parfois le vertige et qu'elle aurait bien acheté deux ou trois chiens méchants pour les lâcher dans la cour. Benedict se moquait de ses angoisses et lui conseillait de dormir tranquillement, refusant tout net de voir traîner des chiens au milieu de ses chevaux. « Ils sont assurés, Axelle ! On paie assez cher pour ça, non ? » Mais son grand-père appartenait à une autre époque, il se fiait à sa propre échelle de valeurs et mésestimait peut-être les dangers du monde actuel.

Après une douche rapide, elle gagna sa chambre et ouvrit en grand la fenêtre. Il était presque deux heures, pourtant elle n'avait plus sommeil, sans doute à cause des trois tasses de café. Accoudée à l'appui, elle écouta un moment les cris des oiseaux nocturnes tout en songeant aux six chevaux des Staub qu'elle allait accueillir. Comme elle n'avait que quatre boxes disponibles, elle comptait renvoyer une jument au haras pour la faire pouliner, et se débarrasser d'un petit hongre sans grand avenir qu'elle vendrait à un club hippique plutôt que le garder à l'entraînement. Sur les quelque quatre-vingts pur-sang de l'écurie, une vingtaine appartenaient aux Montgomery, le reste à différents propriétaires, mais Axelle ne faisait aucune différence entre eux. Son travail consistait à tirer le meilleur de chacun, et le plus vite possible car leurs carrières étaient brèves.

Un frisson la secoua, l'obligeant à se réfugier dans son lit. Malgré la douceur de la nuit, la fatigue la rendait soudain frileuse. Elle se lova sous la couette, bâilla, s'étira, se remit en boule. Bien plus tôt dans la soirée, juste avant l'arrivée des Staub, elle avait eu Kathleen au téléphone et leur conversation s'était prolongée. « Ma petite-cousine, quand vas-tu te décider à avoir autre chose que des chevaux dans ton existence ? Il existe aussi des hommes sur cette terre, et leur fréquentation n'est pas fatalement abominable. » Lorsqu'elle s'obligeait à parler en français, l'accent de Kathleen était assez marqué, cependant elle ne commettait jamais la moindre faute de syntaxe.

Elle avait annoncé une prochaine visite, exigeant qu'Axelle lui consacre un peu de temps. Lors de ses séjours en France, elle logeait à Paris, à l'hôtel, afin de pouvoir courir les boutiques du matin au soir. Faire du shopping avec elle était plus épuisant que monter un galop, mais elle possédait un tel sens de l'élégance qu'Axelle avait pris l'habitude de suivre ses conseils. « Le vert ne te va pas, chérie, d'ailleurs ça ne va à personne, à moins d'être une rousse flamboyante, et encore, pas *n'importe* quel vert. Laisse tomber ce tailleur, il n'est pas pour toi. Non, tu ne peux pas porter ces chaussures-là, c'est *impossible*. Sais-tu que ton rouge à lèvres semble sortir tout droit d'un magasin de farces et attrapes ? » Axelle riait, cédait, achetait ce que Kathleen lui désignait. Ces rares après-midi consacrés à la mode lui offraient l'occasion de se rappeler qu'elle était une jolie jeune femme, pas seulement un entraîneur de chevaux de course.

Elle éteignit la lumière, ferma les yeux pour ne plus voir la pleine lune. Depuis son aventure avec Antonin, aucun homme n'avait fait battre son cœur. Mais prenait-elle le temps de regarder autour d'elle ? Totalement immergée dans sa passion des chevaux, elle n'était pas disponible et ne se posait la question de son avenir qu'en termes professionnels. Depuis l'accident de Benedict, neuf ans plus tôt, le temps avait filé à toute allure. Des années angoissantes mais exaltantes qu'Axelle n'avait pas vues passer. Son seul désir était de succéder dignement à son grand-père et à son arrière-grand-père. Elle en avait fait une gageure lorsqu'elle avait repris le flambeau lâché par Ben. Grâce à elle, l'écurie Montgomery existait, prospérait.

Que demander de plus ? Chaque fois qu'un de ses pur-sang franchissait en tête le poteau d'arrivée – parfois avec un simple nez d'avance, parfois avec dix longueurs –, l'émotion ressentie la payait de tous les réveils avant l'aube, de toutes les angoisses et de toutes les déceptions. Une victoire à Longchamp effaçait d'un coup des mois d'efforts, une belle arrivée à Auteuil lui faisait monter aux yeux des larmes de joie. Elle vibrait au rythme des galops, rageait ou exultait avec la certitude de mener exactement la vie qu'elle voulait. Dans cette vie-là, y avait-il la place pour autre chose ?

« Il n'y a qu'un mari qui te délivrera de ton grand-père », avait dit Doug. Comment pouvait-il croire qu'elle était prisonnière ? Ici, dans la maison biscornue de la petite cour, elle était la reine du monde. Et c'était Ben qui lui avait offert le sceptre et la couronne ! Alors si Douglas et, même, Kathleen s'imaginaient qu'elle avait besoin d'un homme pour être heureuse, c'était qu'ils n'avaient rien compris.

3

Après quelques jours de pluie, le mois de mai devint radieux. Sur les pistes, les cavaliers montaient désormais en tee-shirt ou en polo et transpiraient sous leurs casques obligatoires. Dans l'air léger qui annonçait l'été, les pur-sang s'énervaient pour des riens, et à l'heure du troisième lot, celui des poulains, les chutes se multipliaient.

Quand un cheval s'était débarrassé de son apprenti, il s'élançait droit devant lui, semait la panique à travers le centre d'entraînement, et c'était toute une histoire pour le récupérer.

Comme la plupart des gens travaillant dehors, Axelle appréciait vraiment d'en avoir fini avec les rigueurs de l'hiver suivies des gelées de printemps. La saison des courses battait son plein et Macassar avait gagné facilement une épreuve à Saint-Cloud, sous le regard approbateur de Benedict, puis s'était octroyé une seconde place très prometteuse à Longchamp. Aux anges, Axelle estimait qu'elle avait eu raison de croire aux qualités de ce cheval. De son côté, Crabtree avait remporté un prix à Chantilly tandis que d'autres chevaux de l'écurie Montgomery se comportaient moins bien à Compiègne et à Fontainebleau.

Parmi les six nouveaux pensionnaires appartenant à Jean Staub, Axelle et Ben avaient tout de suite remarqué un bel alezan nommé Jason. Excellent sur les haies, il possédait un palmarès intéressant mais semblait avoir connu une baisse de forme lors de la saison précédente, ce qui expliquait sans doute pourquoi Staub avait voulu changer d'entraîneur. Après l'avoir testé au travail, Axelle avait choisi une bonne course pour lui à Auteuil, le dernier dimanche de mai.

Cet après-midi-là, dans la tribune réservée aux propriétaires et aux entraîneurs, Axelle s'était pour une fois servie de ses jumelles afin de suivre le parcours de Jason en détail. À la sortie du dernier tournant, l'alezan portant les couleurs des Staub se trouvait en excellente position, à la corde, et pouvait prétendre disputer l'arrivée. Une faute sur la dernière haie lui fit perdre un peu de terrain qu'il se mit à remonter vaillamment.

— Vous croyez qu'il va gagner ?

Axelle ne prêta aucune attention à la question qu'on venait de chuchoter derrière elle, gardant les yeux rivés sur son cheval qui fournissait un bel effort. Elle le vit franchir le poteau juste derrière le vainqueur et elle poussa un long soupir de frustration.

— Sans sa maladresse au dernier saut, oui, il aurait pu gagner, lâcha-t-elle avant de se retourner.

Xavier Staub lui adressa un petit sourire poli, la main tendue.

— J'étais en retard, je n'ai vu que la moitié de la course. C'était bien ?

Axelle faillit hausser les épaules mais se contenta de répondre :

— Très bien. Vous avez l'art d'arriver dans mon dos, monsieur Staub !

— Xavier, s'il vous plaît.

Il portait son badge de propriétaire accroché n'importe comment au revers de son blazer bleu marine, et le nœud de sa cravate avait été fait à la hâte.

— Mon père est à New York, il m'a demandé d'assister à la course de…

Baissant les yeux sur son programme, il chercha le nom du cheval.

— Jason, c'est ça. Je n'avais retenu que son numéro, le neuf.

— Eh bien, votre numéro neuf a fait un beau parcours, vous pourrez le dire à votre père. Maintenant, il faut descendre au pesage. Vous venez ?

La dévisageant d'un air contrarié, il maugréa :

— Il y a encore des choses à faire ?

— Les premiers sont toujours contrôlés.

— Antidopage ?

— Oui. Et on vérifie aussi le poids du jockey.

— On ne les pèse donc pas avant la course ?

— Avant *et* après si vous êtes à l'arrivée.

— Pourquoi ? C'est ridicule, ils ne vont pas maigrir en cinq minutes !

Tout en descendant les marches de la tribune, Axelle expliqua patiemment :

— Le poids est fixé par rapport au cheval. Si celui-ci a déjà eu des gains, il portera une surcharge pour équilibrer les chances vis-à-vis des parieurs. Or son jockey ne fera pas forcément le poids voulu, même avec une selle plus lourde. Alors on met parfois des plaques de plomb dans le tapis de selle.

— Oh, je vois ! Le type pourrait se débarrasser du plomb en le jetant dans un fourré avant le départ ?

— À peu près…

Elle s'arrêta une seconde pour faire face à Xavier.

— Au fond, rien ne vous oblige à m'accompagner. J'ai l'impression que les courses vous assomment, vous avez le droit de partir.

— Non, autant voir ça jusqu'au bout puisque j'ai fait le déplacement.

Exaspérée, Axelle hocha la tête. Les propriétaires étaient parfois des amateurs qui n'y comprenaient pas grand-chose, mais au moins ils avaient l'air de s'amuser, alors que, à l'évidence, Xavier Staub s'ennuyait.

Dans l'enceinte du pesage, elle échangea quelques mots avec Antonin qui partageait son optimisme à propos de Jason, puis elle salua deux entraîneurs et un commissaire de course sans se donner la peine de présenter Xavier. Probablement ne remettrait-il pas les pieds sur un hippodrome avant longtemps, à quoi bon l'obliger à serrer la main d'inconnus ?

— Si vous n'avez pas d'autre partant, déclara-t-il soudain avec un enthousiasme forcé, nous pourrions aller fêter la deuxième place de Jason. Du côté de la porte d'Auteuil, il doit bien y avoir des bistrots où boire un verre ?

— Porte d'Auteuil ? répéta Axelle, éberluée. Il y a tout ce qu'il faut comme bars ici pour…

— Non, ici vous connaissez trop de monde, on sera interrompus tout le temps !

Il s'était mis à sourire, réjoui à l'idée de quitter ce lieu où il n'avait pas sa place. Axelle n'hésita qu'une seconde avant d'accepter. La tradition voulait, en effet, qu'on arrose une bonne course, et même si elle n'avait aucune envie de rester en compagnie de Xavier Staub une minute de plus que nécessaire, elle ne pouvait décemment pas refuser de trinquer avec lui.

— Je suis venu en métro, et vous ? demanda-t-il étourdiment.

— En patinette, bien sûr. Après tout, Maisons-Laffitte n'est pas si loin !

Sa réponse ironique avait fusé malgré elle mais, au lieu de se vexer, Xavier conserva son sourire.

— Bon, soupira-t-elle, allons récupérer ma voiture au parking, c'est moi qui offre la tournée.

Dix minutes plus tard, elle trouva une place rue d'Auteuil, près d'un café dont la devanture ne semblait pas très engageante.

— C'était mieux sur le champ de courses, lui rappela-t-elle.

Ils s'installèrent au fond d'une petite salle sombre où le patron accepta, d'assez mauvaise grâce, de leur servir deux coupes de champagne.

— À Jason, numéro neuf, déclara Xavier d'un air satisfait.

Axelle but une gorgée, constatant sans surprise que le champagne n'était ni bon ni frais.

— Pourquoi êtes-vous venu ? demanda-t-elle en plantant son regard dans celui de Xavier. Je n'ai pas l'impression que vous teniez à faire plaisir à votre père.

— Non, c'est vrai. Mais si j'avais refusé, ma mère en aurait entendu parler pendant des semaines ! Je crois être leur sujet de conversation préféré. Comme ils n'ont rien à se dire, au moins ils peuvent se quereller sans cesse à propos de ce que j'ai fait ou pas fait…

— Elle aurait dû venir elle-même.

— Pour mon père, les chevaux de course ne sont pas une affaire de femme. Vous n'imaginez pas l'effort qu'il doit accomplir pour vous prendre au sérieux. Il a fallu toute la persuasion de votre grand-père, et sa réputation. Enfin, votre réputation à tous les deux.

— Ce n'est pas une question de réputation mais de résultats, répliqua-t-elle sèchement. Oh, et puis je n'ai pas à me justifier !

Elle vida sa coupe cul sec, désireuse d'interrompre cette conversation insipide au plus vite et de quitter ce bar infâme.

— Une autre ? proposa Xavier.

— Pourquoi ? Vous l'avez trouvé délicieux ? Écoutez, je dois rentrer.

— Juste cinq minutes, allez…

Il fit signe au patron qui vint remplir leurs verres avec un sourire narquois. Dès qu'il fut retourné derrière son comptoir, Xavier murmura :

— Vous savez bien qu'aucun consommateur ne lui aurait acheté la fin de sa bouteille.

— Si c'est une bonne action, je m'incline, maugréa Axelle. Mais je reprends le volant et je tiens à conserver les points de mon permis.

Fouillant dans son sac, elle sortit son portefeuille et posa un billet sur la table.

— Quand votre père doit-il rentrer des États-Unis ?

— Après-demain. Vous l'aurez sur le dos pour les prochaines courses de ses chevaux, à moins qu'il n'ait d'autres voyages à faire.

Elle se leva, lui tendit la main.

— Non, protesta-t-il, je sors avec vous, je ne reste pas tout seul ici !

Une fois sur le trottoir, il ajouta :

— Mon idée était stupide, j'en conviens. Il existe sûrement des endroits plus sympathiques dans ce quartier mais je ne les connais pas.

Il l'accompagna jusqu'à sa voiture, lui tint la portière tandis qu'elle s'installait au volant.

— J'ai oublié de vous demander si on trouve de bons logiciels pour les entraîneurs ?

Déconcertée par sa question, Axelle secoua la tête.

— Des logiciels pour quoi faire ?

— Des listes de performances et de gains, des plannings de travail, des tableaux comparatifs, ce genre de choses. Quand on les aligne avec méthode, les chiffres parlent toujours !

— Monsieur Staub, je…

— Xavier, nous étions d'accord.

— Oui, Xavier, je n'ai pas ça dans mon ordinateur et, voyez-vous, ça ne me manque pas. Je vous souhaite une bonne soirée.

Elle enclencha la première, l'obligeant à fermer la portière. Cinq minutes plus tard, elle franchissait le pont de Saint-Cloud en direction de l'autoroute de l'Ouest. Perdre du temps avec les propriétaires faisait partie du métier, mais l'heure qu'elle venait de passer avec Xavier Staub dépassait l'entendement.

— Jason, numéro neuf ! Cet abruti s'imagine peut-être que le cheval gardera le même numéro toute sa vie ? Mon Dieu, je crois que je préfère encore le père ! Quant à son logiciel…

N'avait-il insisté pour boire un verre que dans le but de lui vendre un programme informatique ? L'idée la fit sourire, puis elle l'oublia. Mille choses urgentes l'attendaient, comme toujours, et elle était vraiment pressée de rentrer chez elle. Se changer, faire le tour de l'écurie, appeler Benedict qui était reparti pour Londres. Ensuite, quand le van de la Société des transports hippiques reviendrait d'Auteuil, débarquer les chevaux et s'assurer qu'ils ne s'étaient pas blessés dans le camion. Enfin, dîner en tête à tête avec Constant.

La perspective de cette soirée la rendit songeuse. Certes, elle aimait bien regarder Constant faire la cuisine tout en écoutant son compte rendu de la journée, mais était-ce normal, à vingt-sept ans, de vivre avec son oncle et son grand-père ? Certaines de ses amies lui suggéraient parfois de louer un studio, de prendre son indépendance, pourtant elle jugeait inconcevable de s'éloigner de ses chevaux. Et elle n'envisageait pas non plus de quitter la maison biscornue. En somme, elle n'éprouvait pas le besoin de revendiquer une liberté que personne ne lui avait contestée. Benedict la laissait vivre à sa guise, il ne l'interrogeait jamais sur sa vie privée, seul le travail comptait. Alors, pourquoi aurait-elle dû partir ? Pour faire comme tout le monde ? Mais les Montgomery étaient différents, atypiques, hors norme !

Une famille pas comme les autres, Axelle en avait toujours eu conscience. Bien sûr, dans l'école de Maisons-Laffitte où elle avait été élève, il y avait d'autres enfants dont les parents appartenaient de près ou de loin au monde hippique, pourtant personne ne semblait vivre comme elle. Son père et sa mère, avant qu'ils ne disparaissent tragiquement en mer, la laissaient souvent sécher la première heure de cours pour monter un galop. L'été, ils prenaient leurs vacances seuls, sur leur voilier, sans se soucier de ce que feraient leur fille et leur fils pendant ce temps-là. Généralement, on les expédiait quelques semaines dans le Suffolk, chez Jarvis et Grace, d'où ils revenaient avec d'excellentes manières et un meilleur accent anglais. « Gardez un pied de chaque côté de la Manche sans renier vos origines ! » répétait la cousine Kathleen durant ces séjours.

Perdue dans ses souvenirs, Axelle faillit rater la sortie de Poissy et elle se rabattit sur la voie de droite au tout dernier moment. Son Alfa Romeo répondit parfaitement, d'ailleurs elle la conduisait comme si c'était un pur-sang. Elle l'avait choisie avec soin, prenant une 159 berline afin d'avoir un grand coffre pour y loger le fauteuil de Benedict en cas de besoin.

Après Poissy, elle se retrouva enfin sur la route qui traversait la forêt de Saint-Germain. Elle coupa la climatisation, baissa les vitres. Chaque fois qu'elle rentrait, elle avait ce même sentiment d'impatience, fait du plaisir d'habiter un endroit merveilleux et de la crainte qu'il soit arrivé un incident en son absence.

Le courant d'air faisait voler quelques mèches échappées de son chignon, et le geste qu'elle eut pour les ramener en arrière lui rappela brusquement sa mère. Solange aussi portait les cheveux longs et, sur presque toutes les photos prises à bord du bateau, elle avait une main sur la tête, ou derrière l'oreille. Et un sempiternel sourire radieux. La voile était sa passion, dès qu'elle mettait les pieds sur le pont elle était heureuse.

Le cœur serré, Axelle remonta les vitres. Elle ne voulait pas penser à sa mère ni à son père, à cet horrible mois de septembre où, dix fois par jour, Benedict avait appelé toutes les capitaineries des ports bretons. La marine nationale avait fini par rechercher le voilier, mais sans succès malgré les moyens mis en œuvre. Le bateau avait disparu corps et biens.

Corps et biens. Une expression vraiment atroce si l'on imaginait les corps de Solange et de Norbert au fond de l'océan. Octobre et novembre n'ayant pas apporté d'autres nouvelles, il avait bien fallu se rendre à l'évidence. Axelle avait beaucoup pleuré, et beaucoup consolé Douglas. Elle lui répétait bêtement de ne pas perdre espoir, mais elle savait au fond de son cœur que leurs parents ne reviendraient plus.

Elle franchit le pont de chemin de fer, descendit l'avenue de Longueil et pénétra enfin dans le parc. Une fois les grilles passées, elle était chez elle, sur son territoire.

« Bon sang, je dois absolument faire quelque chose pour Doug… »

Si désagréable qu'ait pu être leur dernière rencontre, il était toujours son petit frère et il avait besoin d'aide.

« Constant va m'aider à convaincre Ben. À nous deux, on arrivera bien à le persuader ! »

Mais elle n'en était pas sûre du tout. Benedict ne revenait jamais sur ses décisions, or il avait décrété que Douglas n'était plus le bienvenu. Partir en claquant la porte et en injuriant tout le monde était une attitude immature, irresponsable. D'autant plus que Douglas, par la suite, avait été incapable de faire ses preuves hors du giron familial.

Franchissant le portail grand ouvert de l'écurie, Axelle alla garer son Alfa au-delà de la rangée de boxes, sous l'auvent qui abritait les voitures. À peine descendue, Constant la héla pour connaître le résultat de Jason.

— Une faute sur la dernière haie l'a empêché de gagner, mais je suis très contente de sa deuxième place ! Tout va bien, ici ?

— Oui, aucun problème, répondit-il avec une mimique rassurante.

Il lui reprochait souvent de trop s'inquiéter et de ne pas savoir déléguer, mais il ne mesurait pas la gravité de certaines de ses négligences. Du coin de l'œil, Axelle vérifia que la cour avait bien été balayée après la distribution d'avoine de l'après-midi.

— Je vais mettre un jean, annonça-t-elle avant de se diriger vers la maison.

Elle tenait à être là pour superviser le débarquement des chevaux quand le van de la STH arriverait. Si un pur-sang prenait peur en descendant du camion, il pouvait se blesser ou échapper à son lad.

— Préviens Remi que c'est lui qui débarquera Jason !

Ce garçon-là était calme et sérieux, on pouvait lui faire confiance.

— Axelle ?

Elle se retourna, croisa le regard admiratif de Constant.

— Il te va drôlement bien, ce tailleur…

Attendrie, elle le remercia d'un sourire. Il aurait pu se vexer car elle demandait toujours à quelqu'un d'autre que lui de s'occuper des chevaux, mais le voir tenir un licol la rendait nerveuse. Elle le savait capable de tout lâcher pour refaire son lacet ou s'allumer tranquillement un cigarillo. Quand Benedict assistait à ce genre de scène, il se contentait de lever les yeux au ciel, sans se mettre en colère. Constant était son fils, il s'en arrangeait.

« Et Doug est son petit-fils, il s'en arrangera aussi ! » Elle s'élança vers la maison, pressée d'enlever ses escarpins.

*

À peu près à la même heure, Douglas fut abordé dans la rue par un inconnu qui se présenta comme l'ami d'un ami. Il s'appelait Étienne et avait une affaire à lui proposer.

D'abord, il offrit un verre à Douglas, le temps de faire un peu connaissance en échangeant quelques banalités, puis il suggéra de le raccompagner chez lui.

— On parlera en chemin, ce que j'ai à vous dire n'a pas besoin d'être entendu.

Douglas avait trop l'habitude du monde des courses, toutes catégories confondues, pour ne pas deviner que ce type faisait partie des parasites gravitant autour des écuries. D'emblée, il soupçonnait quelque chose de louche, qui lui rapporterait sans doute un peu d'argent, et peut-être aussi beaucoup de soucis. Il aurait pu couper court, se débarrasser de cet Étienne en trois mots, mais la curiosité fut la plus forte et il attendit que l'autre en vienne à l'essentiel.

— D'après ce qu'on m'a raconté, vous ne seriez pas dans les meilleurs termes avec votre famille ?

— On vous a bien renseigné, admit Douglas.

— Tout le monde sait que le vieux Montgomery a été moche avec vous.

— Je n'en ai pas fait un mystère.

— Alors je vais jouer cartes sur table. Il s'agirait de neutraliser un de leurs chevaux.

Même s'il ne fut guère surpris par cette phrase, Douglas se sentit mal à l'aise. Il avait bien prévu quelque chose de ce genre, mais il ne s'était pas demandé comment il réagirait.

— Neutraliser ? répéta-t-il pour gagner du temps.

— Juste une petite piqûre la veille de la course, précisa Étienne d'un ton rassurant. Rien de méchant, c'est du V-tranquille.

Un puissant calmant pour chevaux trop nerveux. Son effet s'estompait progressivement en quelques heures, néanmoins le cheval ne serait pas tout à fait au top de sa condition. Comme Douglas restait silencieux, l'autre poursuivit :

— Le cheval se nomme Macassar, il est engagé dans une épreuve le 2 juin et il partira sans doute favori. Ce serait bien qu'il ne gagne pas ce jour-là.

Douglas n'avait pas besoin de plus amples explications, le tour de passe-passe était facile à comprendre. Étienne – si tant est que cet homme s'appelât ainsi ! – agissait pour le compte d'un entraîneur indélicat ou d'un jockey habitué des magouilles. Dans la course en question, il devait y avoir un cheval dont personne n'avait entendu parler, un cheval qui avait obtenu de mauvais résultats jusque-là et qui serait donc délaissé par les parieurs. Or mauvais résultats ne signifiait pas forcément mauvais cheval. On pouvait l'avoir « retenu » lors de ses précédentes courses pour qu'il obtienne à la fois un poids léger et une grosse cote. Le jour J, on misait une forte somme presque à coup sûr. À condition de ne pas avoir d'adversaire trop redoutable.

— Ce Macassar est notre seul rival sérieux, reprit Étienne. Mais s'il a un petit coup de fatigue, l'affaire est dans le sac !

Douglas faillit répondre que ce n'était pas tout à fait aussi simple, que les courses réservaient toujours des surprises, mais il préféra continuer à se taire.

— Pénétrer de nuit chez les Montgomery ne devrait pas vous poser de problème ? En cas de pépin, après tout, vous êtes chez vous…

— Je ne connais pas le cheval, articula Douglas. À mon époque, il n'était pas là.

— Un bai brun avec deux balzanes, plutôt grand, qui se trouve dans la petite cour. Si on ne le change pas de place, c'est le quatrième box de la rangée ouest.

La précision des informations mit un comble au malaise de Douglas. Mais, à présent que tout avait été dit, pouvait-il encore se débarrasser de son interlocuteur ? Celui-ci dut percevoir son hésitation car il lâcha, à mi-voix :

— Vous n'êtes pas intéressé aux paris, je ne vous donnerai pas le nom du gagnant. En revanche, je peux vous donner deux mille euros tout de suite, qui vous resteront acquis quoi qu'il arrive, et autant après si ça a marché.

La somme était plus importante que prévu, à la fois considérable et dérisoire.

— Je ne vous demande même pas de fracturer la pharmacie de l'écurie ! ajouta Étienne avec un petit rire.

Il sortit un petit sac plastique de sa poche de veste. Douglas n'avait pas besoin de l'examiner pour comprendre qu'il contenait une seringue accompagnée d'une dose de V-tranquille. Étienne mit sa main libre dans son autre poche et baissa de nouveau la voix.

— J'ai l'argent aussi. Tout ce qui me manque, c'est la réponse.

La meilleure des réponses aurait été un refus pur et simple, Douglas le savait pertinemment. Il savait aussi qu'il avait un cruel besoin d'argent, sans compter l'envie de se venger de Ben.

— Alors ? s'impatienta l'autre.

Quelques images se télescopaient dans la tête de Douglas. Son grand-père furieux de s'être trompé sur la qualité d'un de ses pur-sang, Axelle déçue, Antonin l'arrogant se faisant engueuler pour avoir mal monté, et lui, Doug, enfin plein aux as. Que pouvait-on faire avec deux mille euros, avec quatre mille ? Et d'ailleurs, qu'est-ce qui l'empêcherait de parier, lui aussi ? Le mystérieux cheval serait forcément celui qui afficherait la plus grosse cote !

Avant même de l'avoir décidé, il prit le sachet qu'il enfouit dans sa poche, puis il sentit qu'on lui mettait un rouleau de billets dans la main.

— Macassar, quatrième box, course du 2 juin, rappela Étienne d'un ton sec.

Il s'éloignait déjà à grandes enjambées quand Douglas réalisa qu'il n'avait plus la possibilité de changer d'avis. Il ignorait tout de cet homme et ne pourrait pas le retrouver, même s'il le voulait.

« Dans quel pétrin me suis-je fourré ? » C'était trop tard pour y penser, les dés venaient d'être jetés.

*

La soirée était assez douce pour se tenir dehors, aussi Henriette avait-elle installé une table et deux fauteuils de fer forgé dans le tout petit jardin de sa maison de Neuilly. Petit mais admirablement agencé, Jean Staub ayant donné beaucoup d'argent à un paysagiste pour obtenir une impression d'espace. Des arbustes à feuillage persistant, un treillage sur le mur du fond, des fleurs multicolores à profusion, le tout agrémenté d'un dallage en pierre de Bourgogne avec des joints en herbe. Vu du salon, l'endroit était superbe, mais des fenêtres du premier étage on apercevait les immeubles voisins qui semblaient écraser cet îlot de verdure. Néanmoins, posséder une maison avec garage et jardin en plein Neuilly représentait un luxe inouï, Henriette en était bien consciente. Malheureusement, tout ce luxe ne faisait pas son bonheur. Les hochets de son mari – grosses voitures, chevaux de course, parties de golf – la laissaient de marbre. Seul son fils l'intéressait, et elle attendait impatiemment ses trop rares visites. En général, celles-ci correspondaient aux absences de Jean, père et fils ne s'entendant plus du tout.

— Reste dîner, sois gentil…

— Je ne peux pas, maman. Je dois retourner à la boîte, j'ai encore beaucoup de travail et j'ai perdu mon après-midi sur un champ de courses ! Remarque, c'est un beau spectacle, je ne regrette pas d'y être allé.

À peine arrivé, il s'était débarrassé de sa cravate, qu'il avait roulée en boule dans sa poche. Avec son col de chemise ouvert et ses cheveux trop longs, car il n'avait jamais le temps de les faire couper, il conservait un air juvénile.

— Cette femme me semble très compétente, je pense que papa sera content d'elle.

— Compétente, la petite Montgomery ? Ton père se fiche pas mal de ses qualités professionnelles, c'est au grand-père qu'il fait confiance. Elle, il l'a trouvée jolie.

— Ah, bon ?

— Je le connais par cœur ! lâcha-t-elle d'un ton amer.

Elle n'alla pas plus loin dans la confidence. Son mari la trompait souvent et depuis bien longtemps, ce n'était un secret pour personne, pas même pour leur fils.

— Maman, tu ne crois pas qu'il a passé l'âge ?

— Au contraire, c'est le démon de midi.

— Alors, laisse-le à ses fantasmes. Avec une fille qui doit compter trente ans de moins que lui et qui n'a que faire d'un vieux beau, il n'arrivera à rien.

Il se laissa resservir une goutte de champagne – celui-là était frais et délicieux – tout en s'accordant mentalement un quart d'heure. Sa mère n'avait pas une vie très agréable malgré tout le confort dont elle disposait. Elle aurait voulu avoir une grande famille, de nombreux enfants, des rires autour d'elle, mais son mari s'y était opposé. La naissance de Xavier, trente ans plus tôt, avait comblé ses désirs de paternité et apporté une touche supplémentaire à l'image de sa réussite sociale, il n'en demandait pas plus. Et surtout pas toute une marmaille hurlante !

— Tu as des projets pour ta soirée ? interrogea-t-il d'un ton encourageant.

— J'irai peut-être jouer au bridge chez mon amie Christine après le dîner.

Apparemment, cette perspective ne l'enthousiasmait guère mais valait sans doute mieux que la solitude.

— Est-ce que tes affaires marchent bien, mon chéri ?

Elle lui posait toujours la question avec inquiétude, comme s'il était en danger pour avoir refusé toute aide matérielle. À plusieurs reprises, elle lui avait proposé un argent dont il ne voulait jamais. « Je dispose de fonds personnels, ton père n'en saura rien », ajoutait-elle en prenant une mine de conspiratrice. Chaque fois, il la remerciait et refusait. S'il n'était pas capable de s'en sortir tout seul, à quoi bon avoir proclamé son indépendance ? Les unes après les autres, il avait décliné toutes les offres de son père, peu tenté par l'industrie pharmaceutique, et surtout pressé de quitter ses parents. Son diplôme d'ingénieur lui ouvrait d'autres portes, il avait choisi de faire ses preuves ailleurs. Ses rapports avec son père, déjà assez mauvais, s'étaient alors complètement dégradés.

— Je dois vraiment y aller, maman. Je repasserai te voir demain, promis.

Il se pencha pour l'embrasser, retrouvant avec plaisir le parfum qui l'avait charmé durant toute son enfance. Lorsqu'elle venait le border dans son lit, il s'accrochait à elle pour le sentir encore et encore. En général, la voix de Jean tonnait alors dans les profondeurs de la maison, réclamant son épouse. Presque chaque soir, il y avait des réceptions ou des sorties, la vie mondaine des Staub suivait l'ascension sociale de Jean. Xavier restait seul sous la garde d'une baby-sitter, jamais la même.

— Bonne soirée, murmura-t-il avant de s'écarter de sa mère.

Il traversa le jardin en sautant à cloche-pied sur les pierres de Bourgogne, comme il le faisait à dix ans.

*

— Si, affirma Kathleen, Oscar Wilde descendait ici même. Peut-être a-t-il dormi dans ce lit, qui sait ?

Elle avait pris une chambre à L'Hôtel, rue des Beaux-Arts, décidée à dévaliser les boutiques du quartier. Par terre et sur les meubles, un grand nombre de sacs attestaient qu'elle avait déjà bien entamé sa tournée d'achats.

— Il y a un paquet pour toi quelque part, dit-elle à Axelle. Ah, le voici ! Tiens, ça devrait t'aller à ravir, mais j'ai choisi sans toi puisque tu ne veux pas faire de shopping avec moi.

— Je n'ai pas le temps, Kat !

— Taratata, on l'a toujours.

— Mais non ! Ben est chez tes parents, moi, je suis seule à l'écurie.

— Qu'il soit là-bas ou ici ne doit pas changer grand-chose, vous vivez tous les deux avec un téléphone greffé sur l'oreille.

— Il faut bien qu'on se parle, ronchonna Axelle.

Ce qu'ils faisaient au moins une heure par jour, Benedict étant avide du moindre détail. Il exigeait qu'elle lui raconte tout par le menu, puis il donnait son avis, faisait des suggestions, menaçait de ne pas rentrer lorsqu'ils n'étaient pas d'accord. « Débrouille-toi, ma fille ! » demeurait sa conclusion rituelle.

Axelle défit l'emballage et découvrit une ravissante robe noire, fluide et drapée, en soie sauvage.

— Superbe…

— C'est toi qui le seras là-dedans !

— Le jour où je trouverai l'occasion de la mettre.

Kathleen lui lança un regard aigu puis hocha la tête.

— Justement, parlons-en. Comment se fait-il que tu ne sortes pas *tous* les soirs ? Si on ne t'invite pas, donne des fêtes, reçois, arrange-toi pour voir du monde.

— Je me lève à cinq heures, je n'ai aucune envie de veiller jusqu'au milieu de la nuit.

— Et tu comptes vivre de cette façon jusqu'à quel âge ? Debout à l'aube, couchée avec les poules, et toute la journée en plein vent ! Je te préviens, ça donne des rides précoces.

Le petit rire sarcastique de Kathleen agaça Axelle qui répondit, le plus gentiment possible :

— Si tu savais à quel point j'aime ça…

— Quoi donc ? Être dehors sous la pluie ? Eh bien, descendons, je veux fumer une cigarette et je crois qu'on ne peut le faire que sur les trottoirs.

Elle ramassa son sac et précéda Axelle hors de la chambre. Une fois sorties de L'Hôtel, elles remontèrent à pas lents la rue des Beaux-Arts.

— Ben a sûrement dû te l'expliquer un jour, Kathleen.

— Votre passion des pur-sang ? Il a essayé une ou deux fois, mais je n'ai toujours pas compris.

— Parce que tu ne veux pas faire un effort d'imagination.

— Tout ce que j'imagine est qu'une de ces sales bêtes a expédié Ben dans un fauteuil roulant pour le reste de son existence ! À sa place, je les aurais toutes envoyées à l'abattoir.

Elle alluma une cigarette longue et fine qui sentait la menthe.

— Mais je t'empêche de me donner ta vision des choses. Vas-y, essaie de me convaincre.

Axelle laissa échapper un petit rire, sachant que sa cousine ne changerait jamais d'avis. Pourtant, elle aurait aimé lui faire comprendre ce qui la motivait, ce qui lui donnait envie de bondir hors de son lit chaque matin.

— Le cheval est un athlète, commença-t-elle patiemment, avec une plastique superbe et des moyens exceptionnels. Dans l'effort, les pur-sang sont tous plutôt courageux grâce à un influx nerveux incroyable, mais chacun a sa personnalité marquée. Il y a les trouillards qui ont peur d'un petit papier par terre, les joueurs, les câlins, les orgueilleux, les émotifs… Quand j'en vois un lutter pour gagner, ça me soulève de terre, je te jure ! Bien sûr, il y a des moments ingrats, des périodes décevantes, et parfois des blessures au travail que je me reproche pendant des semaines. Un cheval qui boite, qui souffre parce qu'on lui en a trop demandé, ça me donne le cafard. Mais une victoire te paye de tout ! Tiens, l'année dernière, nous étions avec Ben au pied des tribunes pour une course de moyenne importance, avec peu de chances de disputer l'arrivée. À la sortie du dernier tournant, notre pensionnaire était largué, il avait sept ou huit longueurs de retard sur les autres. On n'y croyait plus du tout, on s'était même remis à bavarder, et puis Ben m'a tapé sur le bras, les yeux exorbités parce que notre petit cheval venait de passer la cinquième et remontait soudain tout le peloton. Je ne peux pas te décrire ce qu'on a ressenti. On était là à le regarder s'envoler sur l'herbe, on s'est mis à crier à tue-tête pour l'encourager, et il a réussi son exploit, il a franchi le poteau comme un bolide avec un petit nez d'avance. On exultait ! Après, Ben m'a regardée d'un drôle d'air et m'a dit : « C'est toi qui as fait ça ? » Moi, oui, en le faisant travailler dans le bon sens tous les jours, mais surtout son jockey, Antonin, qui avait su en tirer le meilleur. On était quasiment aphones, les gens nous observaient, un entraîneur est venu me taper dans le dos, il avait l'air soufflé. Ben m'a fait remarquer en riant que j'avais la larme facile, mais il était ému lui aussi. Pour des instants comme celui-ci, Kathleen, je suis prête à passer ma vie dehors, les pieds dans la boue, tant pis pour les rides.

Elle s'interrompit, embarrassée d'avoir été si bavarde.

— Toi et Benedict, constata Kathleen d'un ton pénétré, vous êtes vraiment cinglés. À vous deux, vous représentez une branche dissidente de la famille.

— Mais non, c'est le contraire ! Depuis Gus, tous les Montgomery ont cette passion des chevaux, il n'y a que Jarvis pour les considérer comme des bêtes exotiques. Disons que tu tiens de lui.

Kathleen inhala une dernière bouffée de sa cigarette et se décida à sourire.

— Très bien, tu as gagné, c'est donc moi qui revendique le droit à la différence.

— Pourtant, en Angleterre…

— Oui, oui, nous sommes censés adorer le polo, les courses, le jumping et, jusqu'à ce qu'on l'interdise, la chasse au renard. Il y a vraiment des chevaux partout chez nous ! D'ailleurs, c'est un moyen très élégant de gagner sa vie. Je dis volontiers que mon oncle entraîne des pur-sang et que mon père en élève, mais tu ne me les feras pas aimer pour autant. Quant à ton affirmation de te moquer des rides, c'est la pire bêtise que je t'ai entendue proférer. Aucune femme ne peut penser ça, *aucune*, pas même toi. Le jour où tu seras amoureuse, tu auras un tout autre avis sur la question.

Sa voix s'était durcie sur les derniers mots, ce qui intrigua Axelle.

— D'accord, enchaîna-t-elle légèrement, parlons d'amour pour changer. Tu me reproches de ne pas assez fréquenter les hommes, mais toi, Kat ? J'attends toujours d'être demoiselle d'honneur à ton mariage !

— Ce n'est pas pour demain, désolée de te décevoir, répliqua aigrement sa cousine.

Jusque-là, elle avait toujours plaisanté gaiement sur ce sujet, pourquoi se braquait-elle aujourd'hui ? Choisissant de ne pas insister, Axelle jeta un regard à sa montre. Au même instant, Kathleen saisit son poignet.

— Non, chérie, tu ne vas pas t'en tirer comme ça, tu dînes avec moi. Je t'emmène sur un bateau-mouche, d'accord ?

— D'accord, soupira Axelle.

De toute façon, comme Kathleen était capable d'insister pendant une heure, autant céder maintenant. De plus, la curiosité d'Axelle était éveillée, elle trouvait sa cousine nerveuse et voulait en connaître la raison. Enfin, elle aurait l'occasion d'évoquer Douglas. Depuis leur déjeuner raté au Tastevin, elle n'arrêtait pas de penser à lui, cherchant désespérément une solution. Si elle parvenait à mettre Kathleen dans son camp, ce serait une alliée de poids pour amadouer Benedict.

— Tu n'as rien de moins touristique que les bateaux-mouches ? dit-elle seulement. Je connais de vrais restaurants que je peux te faire découvrir.

— Parfait ! Le temps de me changer…

Déjà Kathleen reprenait la direction de L'Hôtel, et Axelle dut allonger le pas pour la rattraper. Inutile de lui faire remarquer qu'elle était merveilleusement habillée, si elle avait décidé de mettre une autre tenue rien ne l'en empêcherait.

*

Le 1er juin, après une matinée très pluvieuse, le soleil avait brillé tout l'après-midi. Des conditions météo idéales pour rendre les terrains des champs de courses souples comme du velours. Axelle espérait beaucoup de l'épreuve que devait disputer Macassar le lendemain, aussi, en fin de journée, lors de sa tournée d'inspection de l'écurie, était-elle allée le câliner dans son box. Le cheval semblait en parfaite condition, avec le regard vif et une robe luisante sous laquelle se dessinaient ses muscles. Calme, selon son habitude, il avait mastiqué la carotte qu'Axelle lui avait tendue, avant d'appuyer son front contre elle, en signe de confiance.

Le changement d'heure rendait les soirées longues, on approchait de la nuit de la Saint-Jean, la plus courte de l'année. Bien que l'obscurité ne soit pas encore totale, Axelle monta se coucher à neuf heures et demie, fatiguée par deux dîners consécutifs avec Kathleen, la veille et l'avant-veille. Repartie le matin même pour Londres, sa cousine ne lui avait livré qu'une petite confidence en déclarant que certains hommes étaient plus décevants que d'autres et qu'en fin de compte on ne pouvait pas se fier à eux. Sa vie sentimentale paraissait compliquée, chaotique, et sa dernière aventure n'avait duré que deux mois.

Contrairement à tous les conseils qu'elle distribuait aux autres, elle ne s'attachait à personne et se méfiait de tout. « La quarantaine est un âge épouvantable », avait-elle répété à plusieurs reprises. Pourtant, elle demeurait vraiment belle, ainsi qu'en attestaient les regards admiratifs ou envieux qui la suivaient dès qu'elle entrait quelque part. À côté d'elle, Axelle se sentait gamine, balourde et mal attifée, mais au moins elle était bien dans sa peau.

Vers onze heures ce soir-là, Constant quitta la cuisine qu'il venait de nettoyer à fond. Un gâteau cuisait dans le four, pour le petit déjeuner, ce qui lui laissait tout le temps de fumer son cigarillo dehors. Souvent, il était le dernier à monter se coucher. Son père et Axelle se retiraient tôt, généralement épuisés par des journées trop remplies, qu'ils vivaient de manière survoltée. Constant était bien plus placide, il ne s'agitait pas comme un fou, ne piquait jamais de colère, en conséquence il n'avait pas besoin de beaucoup de sommeil.

Sa vie à l'écurie le comblait. Du jour où son père l'avait nommé premier garçon, il s'était épanoui. Il veillait sur tous les apprentis comme un instituteur sur sa classe, et les chevaux étaient ses copains, même s'il refusait de monter dessus. De façon confuse, il se savait différent des autres Montgomery. Enfant, il avait subi bon nombre de brimades ou de quolibets à l'école, et sans la protection de son grand frère Norbert il aurait été un souffre-douleur. On le montrait du doigt, on riait sur son passage. Bien qu'il fût sage pendant les cours, ses notes étaient désastreuses et, malgré tous ses efforts, personne ne voulait être son ami. Norbert, qu'il interrogeait sans cesse sur ce rejet incompréhensible, avait fini par lui donner une vague explication : « Tu n'es pas comme tout le monde, ça les emmerde. »

Chaque fois qu'il se souvenait de cette petite phrase, et surtout du sourire affectueux qui l'avait accompagnée, Constant était prêt à pleurer. Norbert lui manquait affreusement depuis sa disparition en mer, il pensait toujours à lui avec une insupportable nostalgie. Sa seule consolation avait été de s'occuper d'Axelle et de Douglas du mieux qu'il avait pu. Pour la mémoire de son frère, il continuerait à veiller sur eux deux jusqu'à sa mort.

Ayant terminé son petit cigarillo dont il avait soigneusement rangé le mégot dans sa poche, il descendit les marches du perron et entreprit un dernier tour de l'écurie. Après avoir longé les deux rangées de boxes sans rien remarquer d'anormal, il revint vers la maison. Comme il n'avait pas vraiment envie d'aller se coucher, il contourna la façade pour gagner la terrasse, derrière la tour carrée. Il aimait bien se tenir là durant les soirs d'été, charmé par les cris des oiseaux nocturnes et les bruissements de la forêt toute proche. Oui, décidément, sa vie lui plaisait bien. Entre son père et sa nièce, il avait un rôle à tenir, si modeste fût-il, et il devinait que nulle part ailleurs on ne lui aurait confié la moindre tâche. Ailleurs, il aurait fallu affronter le monde, subir de nouveau les moqueries, alors qu'ici personne ne l'embêtait.

Il faillit allumer un deuxième cigarillo, mais il préféra s'abstenir. Benedict, qui avait pourtant été un fumeur invétéré avant son accident, lui disait qu'il « réduisait son argent en cendres ». En réalité, il avait bien assez d'argent comme ça, il ne dépensait jamais tout son salaire. Il n'achetait que les vêtements indispensables, n'allait pas au restaurant ni au café. Ses seules fantaisies consistaient à acheter de jolis cadeaux pour les anniversaires ou les Noëls. Mais, bien sûr, il ne payait aucune facture, même pas celles du supermarché, et son salaire n'était que de l'argent de poche.

Un bruit insolite lui fit tourner la tête. Durant quelques instants, il écouta attentivement mais ne perçut rien d'anormal. Un cheval avait dû s'agiter dans son box, ou bien les rats faisaient encore la sarabande près des réserves d'avoine. Impossible de s'en débarrasser, l'entreprise de dératisation qui venait deux fois par an refusait de garantir le résultat. La proximité de la forêt et les grandes quantités de grains stockées pour les chevaux rendaient l'invasion inévitable.

— Sales bêtes…, grommela Constant.

Il avait bien essayé d'adopter un chat errant, mais le matou avait fui, dépassé par le nombre de ses adversaires.

Un second bruit, léger mais plus net, le fit se lever. Un grincement. Les rats ne savaient pas encore ouvrir les portes, Dieu merci ! À pas de loup, Constant traversa la terrasse, contourna la tour puis s'arrêta. D'où il était, il distinguait presque toute la cour malgré l'obscurité. Des nuages devaient cacher la lune car la nuit était plutôt sombre, mais Constant connaissait les lieux par cœur, dans le moindre détail. Se pouvait-il qu'un intrus ait escaladé le portail ? Et dans ce cas, que devait-il faire ?

Son cœur s'était mis à battre plus vite. Ce genre de situation le dépassait complètement. Il essaya de mieux voir, les yeux plissés par l'effort, cherchant les ombres familières. Est-ce qu'une porte de box ne semblait pas ouverte sur la rangée ouest ?

« Bon sang, et si je réveillais Axelle ? Mais je vais faire du bruit en entrant dans la maison, après ça on ne saura jamais s'il y avait quelqu'un ou pas. »

Angoissé, indécis, il restait plaqué contre le mur. En cas de besoin, il n'avait rien pour se défendre. Et pas question de trouver une fourche qui traîne dans une écurie aussi bien tenue ! Il veillait lui-même à ce que tout soit rangé chaque soir et mis sous clef.

L'impression d'être seul au monde pour protéger une trentaine de pur-sang hors de prix le glaça. S'il avait bien entendu une porte grincer, il fallait absolument qu'il fasse quelque chose, cependant il n'arrivait pas à réfléchir. De nouveau, il jeta un coup d'œil. Devant le troisième ou quatrième box, l'ombre était différente, il ne s'était pas trompé.

Se déplaçant le plus silencieusement possible, il se dirigea vers l'arrière de la maison dont il fit le tour pour se retrouver sur le côté opposé. Il passa devant les fenêtres obscures de Benedict et gagna l'autre rangée de boxes qu'il contourna. À l'extrémité du bâtiment, il risqua un regard et découvrit que le portail était entrouvert. Inimaginable ! Il l'avait verrouillé lui-même, comme chaque soir, et Axelle avait dû vérifier, comme chaque soir aussi. N'empêche, c'était bien lui le responsable de la petite cour, son père le lui avait assez répété, s'il arrivait quoi que ce soit il devrait en répondre.

Tandis qu'il hésitait toujours sur la conduite à tenir, le grincement caractéristique se reproduisit. La porte du box se refermait, il perçut même le glissement sourd de la targette bien huilée. De la sueur s'était mise à dégouliner dans son dos, plaquant sa chemise sur lui. Puisque aucun objet ne pouvait l'aider, il allait devoir se montrer, interpeller l'intrus. Peut-être se battre à mains nues ? Figé, il entrevit la silhouette d'un homme. Il prit une profonde inspiration et s'apprêta à faire un pas en avant, mais la stupeur le cloua sur place. Malgré l'obscurité, il venait de reconnaître l'individu qui se déplaçait sur la pointe des pieds.

Les nuages avaient dû se dissiper car la nuit était à présent un peu plus claire. À moins que la vue de Constant ne se soit habituée aux ténèbres à force de les scruter. En tout cas, il ne pouvait pas se tromper sur l'identité du visiteur nocturne, c'était bien Douglas qui était en train de refermer le haut portail derrière lui, qui donnait deux tours de clef. Marchant sans bruit dans ses tennis, il s'éloignait en hâte le long de l'avenue.

Longtemps, Constant resta immobile. Quand il se décida à bouger, il fut obligé de chercher son souffle car il avait dû s'arrêter de respirer. Si Douglas était venu en voiture, sans doute s'était-il garé très loin d'ici, inutile de guetter un quelconque bruit de moteur. Il n'y en avait pas eu avant, il n'y en aurait pas après. Discrétion garantie ! Mais pourquoi ? Dans quel but ?

— Il a toujours la clef, articula Constant.

Sa voix lui parut faible, éraillée. À grandes enjambées, il gagna la rangée ouest qu'il remonta. Troisième ou quatrième box. Qui les occupait ? L'Artiste et Macassar, oui. Macassar qui courait demain… Avec des gestes fébriles, Constant ouvrit les portes, alluma les lumières. L'Artiste était couché dans la paille, tranquille, mais Macassar était réfugié au fond de son box et semblait nerveux. S'approchant prudemment, Constant lui flatta l'encolure. Le cheval donna deux ou trois coups de tête agacés.

— Tout doux, mon beau, tout doux…

Que s'était-il passé dans ce box dix minutes plus tôt ?

— Qu'est-ce qu'il t'a fait, hein ?

Hélas ! Pour une fois, Constant connaissait la réponse. Que peut-on faire à un pur-sang la veille d'une course quand on n'est pas animé de bonnes intentions ?

— Pas Douglas, pas lui, non !

Il se baissa pour examiner la paille mais ne remarqua rien. Bien sûr, Doug n'était pas assez stupide pour oublier une seringue ou un bout de coton, il avait exécuté sa sale petite affaire sans laisser de trace derrière lui.

— Sainte Vierge… Je vais expliquer ça comment ?

D'abord, il n'avait rien vu de précis. Rien d'autre que Douglas Montgomery refermant le portail de l'écurie avec sa propre clef. Tout le reste n'était que des suppositions.

— Non, c'est l'évidence. Macassar fera une mauvaise course demain. Au profit de qui ?

Les paris, le fric, le jeu, l'appât du gain. Constant n'avait jamais misé un euro de sa vie sur un cheval. Combien avait-on payé Doug pour son forfait ? Combien toucherait-il ensuite aux guichets du PMU ?

Il sortit du box, éteignit les lumières, ferma les portes. Et maintenant, que faire ? Réveiller Axelle semblait une très mauvaise idée. Elle était capable d'appeler la gendarmerie, de porter plainte, ou d'aller carrément chez Doug en pleine nuit pour lui taper dessus. Quant à Constant, il deviendrait le traître qui n'avait pas donné l'alerte. Le témoin complice. À partir de là, il pourrait dire adieu à son statut de responsable.

Désespéré, il prit sa boîte de cigarillos dans sa poche, en alluma un. À quel point de misère Doug en était-il arrivé pour tremper dans ce genre de combine ? Le fils de Norbert, le petit-fils de Benedict, l'arrière-petit-fils du grand Gus Montgomery serait devenu un voyou ? Et s'il allait en prison pour ça ?

La prison… Constant eut un haut-le-corps en imaginant Doug au fond d'une cellule. N'avait-il pas juré de veiller personnellement sur Axelle et Douglas ? Norbert devait se retourner dans sa tombe !

— J'avais dit de ne pas le traiter comme ça, ce gosse, qu'on en ferait un révolté… Je l'avais dit, mais on ne m'écoute pas.

Par acquit de conscience, il retourna jeter un coup d'œil à Macassar, qui était toujours debout dans le fond de son box, puis il se résigna à rentrer. Jamais il ne pourrait s'endormir cette nuit, et jamais il ne pourrait regarder Axelle au petit déjeuner, demain.

À peine dans le hall, une odeur de brûlé le prit à la gorge. Il se précipita à la cuisine, ouvrit la porte du four et découvrit avec dégoût le gâteau calciné.

— Je vais en faire un autre, ça m'occupera.

Il se donnait ainsi un délai, du temps pour réfléchir, mais il savait déjà qu'il ne parlerait pas. Il était coincé. Une seconde, il ferma les yeux, essaya de se représenter la course du lendemain. Antonin allait s'énerver, cravacher en vain le pauvre Macassar. Rien à faire pour éviter ça.

— Et ensuite ? Maintenant que le petit a mis le doigt dans l'engrenage…

Constant pouvait veiller la nuit, changer la serrure du portail, installer des cadenas sur les portes des boxes, mais dans les autres écuries du parc ?

— Jusqu'au jour où il se fera prendre et tabasser.

Aurait-il dû le faire ? Sauter sur Doug et lui mettre une raclée ? Il s'en sentait tout à fait incapable, il n'avait jamais levé la main sur personne.

— Au moins, j'irai lui parler, je sais où il habite.

Raisonner Douglas ne serait pas facile, déjà, enfant, il était têtu comme une mule.

— Et il ne m'écoutait pas non plus. Personne ne m'écoute.

Il sortit le gâteau brûlé du four, le jeta à la poubelle. Puis il resta un moment à considérer le moule noirci. La recette lui avait été donnée par Solange, sa belle-sœur, celle qui aimait tant la mer et les voiliers.

Une immense tristesse pesa soudain sur les épaules de Constant. Il n'était qu'un bon à rien. Un « simple d'esprit », comme il l'avait souvent entendu dire. Et tous ces serments faits à la mémoire de son frère ne valaient pas tripette !

Il renifla, essuya ses joues d'un revers de manche puis plongea le moule dans l'évier. Il aurait voulu pouvoir revenir en arrière. Avant la disparition de Norbert, avant la mort de sa mère, avant l'accident de son père, ou même, seulement, avant cette sinistre soirée.

4

— Tu n'as même pas essayé ! tonna Benedict.

Antonin leva les yeux au ciel puis répondit d'un ton mordant :

— Il n'y avait rien à en tirer. Il était cuit avant le dernier tournant. Quand je lui ai demandé de fournir un effort, il n'a pas pu.

— Tu n'as pas sorti la cravache !

— Faux. Je lui ai mis un coup de trique et ça n'a rien changé. Il aurait fallu que je le roue de coups ? Il n'y serait pas arrivé pour autant, et j'aurais écopé d'un avertissement !

Furieux d'être pris à partie, Antonin s'était redressé de toute sa taille. La casaque des Montgomery – bleu clair, croix de Lorraine gros bleu et manches à damiers – faisait ressortir son teint hâlé. Il enleva rageusement son casque, recouvert par la toque qui complétait les couleurs. Déçu lui aussi par la course de Macassar, il savait que ce n'était pas sa faute. Tout en soutenant le regard de Benedict, il se souvint de l'étrange mise en garde que lui avait prodiguée Constant le matin même : « Ne lui en demande pas trop, à ce cheval. Aujourd'hui, il n'est pas dans son assiette. » Bien entendu, il n'en avait pas tenu compte, l'avis de Constant important peu. Le brave homme avait beau vivre au milieu des pur-sang, il n'y connaissait pas grand-chose. Sauf que, en effet, Macassar s'était mal comporté.

Antonin se détourna et marcha vers Axelle qui parlait au lad. Macassar avait été douché mais il semblait abattu, l'œil terne et la tête basse.

— Pourquoi l'as-tu laissé prendre le départ ? Constant le trouvait malade, ce matin. Il ne te l'a pas dit ?

— Constant ? répéta-t-elle, éberluée.

— Évidemment, tu te fous pas mal de ce qu'il raconte. Moi aussi, d'ailleurs…

Il soupira et déboutonna son col. Devant les stalles où les chevaux se reposaient, un petit vent tiède atténuait la chaleur de l'après-midi.

— Continue de le promener au pas, lança Axelle au lad.

Bien que très désappointée, elle essayait de faire bonne figure. Comme tous ceux qui passaient leurs matinées sur les pistes, elle avait acquis un joli teint doré ces derniers jours, et Antonin cessa brusquement de penser à la course. Même si Axelle avait été une femme anonyme, dans la foule, il l'aurait remarquée. Entre son regard bleu intense, ses longs cheveux or et sa petite silhouette appétissante, elle possédait absolument tout ce qui le faisait craquer. Dans son tailleur de lin, il la jugea irrésistible. Pourquoi ne voulait-elle plus de lui ? Les moments qu'ils avaient passés ensemble ne lui laissaient pourtant que d'excellents souvenirs. Après l'amour, elle riait, ensuite elle s'étirait comme un petit chat, le faisant fondre de tendresse.

— Antonin, tu veux ma photo ? railla-t-elle.

D'un coup d'œil, il s'assura que Benedict n'était plus dans les parages, puis il répondit à voix basse :

— Même si tu ne me crois pas, je suis toujours très amoureux de toi.

Elle secoua la tête, sans doute prête à le rembarrer, mais elle n'en eut pas le temps car quelqu'un la hélait depuis les barrières.

— Oh, zut… Encore lui ? Mon Dieu, quelle sale journée !

— Qui est-ce ?

— Le fils Staub. Je te préviens, il n'y connaît rien.

Un sourire plaqué sur le visage, elle rejoignit l'homme d'une trentaine d'années qui lui adressait de grands signes. Antonin la suivit des yeux quelques instants, amusé de la voir faire des mondanités. Ce rôle-là lui allait assez bien, mais elle était encore plus séduisante quand, en jean et en blouson, la visière de sa casquette rabattue sur ses yeux, elle lâchait une bordée d'injures contre un apprenti mal inspiré.

Entendant le moteur électrique du fauteuil de Benedict, Antonin se détourna. Il devait filer au vestiaire des jockeys pour changer de casaque. Le cheval des Staub courait dans la cinquième, il était temps d'oublier Macassar.

*

Jean Staub avait des goûts de luxe et il les affichait sans honte. Au restaurant de La Cascade, où il avait traîné Axelle et Benedict, il semblait un client assez connu pour qu'on ne lui fasse pas remarquer qu'il était à peine sept heures, un peu tôt pour dîner.

Après s'être réjoui des bonnes performances de ses chevaux, il avait longtemps parlé de son voyage à New York, de ses affaires, d'un projet qu'il avait au Japon. Il s'adressait surtout à Benedict, ignorait son fils, et souriait à Axelle chaque fois qu'il croisait son regard.

Quand la conversation commença à languir, Xavier en profita pour annoncer qu'il avait réfléchi à un logiciel destiné aux entraîneurs. Tombant des nues, Axelle lui rappela qu'elle n'était pas intéressée, mais il balaya son objection d'un geste insouciant.

— Quand il sera bien au point, vous le testerez, et ensuite je vous garantis que vous ne pourrez plus vous en passer ! D'ici là, je dois cerner vos besoins.

— Elle vient de te dire qu'elle n'a besoin de rien, trancha Jean.

Il considérait son fils avec un agacement évident.

— Tu n'es pas ici pour décrocher un contrat, ajouta-t-il. Mange donc ton canard, il refroidit.

Ulcéré, Xavier répliqua sèchement :

— Je n'ai plus douze ans, papa !

Après un court silence embarrassé, ce fut Benedict qui reprit la parole.

— Pour ma génération, ces histoires d'informatique sont très obscures, toutefois je suis persuadé de leur utilité. Au moins dans le cadre d'une application pratique. Après tout, ce que nous demandons aux machines, c'est de nous faire gagner du temps.

— La machine est votre mémoire, en plus infaillible, enchaîna Xavier avec enthousiasme. Elle vous évite les classeurs, les calepins, les blocs-notes, mais surtout les oublis ! En un seul clic, vous pouvez tout visualiser. La carrière d'un cheval, sa famille jusqu'à la vingtième génération, ses moindres rhumes depuis la naissance… Vous pouvez gérer aussi les traitements vétérinaires, la facturation des pensions de vos propriétaires, vos stocks de paille et d'avoine…

— Bon, ça va, on a compris, soupira Jean. Mais ce que tu ne comprends pas, toi, c'est qu'un entraîneur de chevaux de course travaille au feeling, pas le nez sur un écran, et aucune courbe statistique au monde ne remplacera jamais l'instinct. Pas vrai, Benedict ?

Son ton dut paraître un peu trop familier à Ben qui, de surcroît, ne supportait pas qu'on parle à sa place.

— Les choses peuvent sûrement se compléter, dit-il tranquillement.

Donner raison au fils, c'était contrarier le père. Il y eut un nouveau silence, plus lourd, puis Jean réclama l'addition d'un signe impérieux au maître d'hôtel.

Lorsqu'ils se retrouvèrent devant leurs voitures, Xavier proposa d'aider Benedict à s'installer, et bien entendu il se fit rembarrer.

— Je me débrouille tout seul, merci ! Mais vous pouvez ranger mon fauteuil dans le coffre si vous voulez.

Axelle lui montra comment le replier et se dirigea avec lui vers l'arrière de l'Alfa.

— Désolé d'avoir plombé l'ambiance, marmonna Xavier.

Contre toute attente, Axelle répliqua, à mi-voix :

— Appelez-moi la semaine prochaine, j'aurai un peu plus de temps pour répondre à vos questions.

Elle referma le hayon, esquissa un sourire, puis rejoignit Jean qui parlait à Ben, penché à la portière.

Xavier l'entendit prononcer quelques paroles courtoises de remerciement. Il la suivit des yeux tandis qu'elle s'installait au volant, démarrait en souplesse.

— Qu'est-ce qui t'a pris ? grogna son père. Et moi qui avais cru à une démonstration de bonne volonté de ta part quand tu as proposé de m'accompagner à Longchamp ! Je me suis imaginé que tu t'intéressais enfin à mes chevaux, mais non, tu ne pensais qu'à ton foutu logiciel, à tes petites affaires…

Xavier haussa les épaules et sortit un paquet de cigarettes de sa poche.

— Tu t'es remis à fumer ces saletés ? Tu ferais mieux de te convertir au cigare, c'est moins toxique.

— Pour la deuxième fois, papa, je ne suis plus un gamin.

— Et pas vraiment un adulte non plus !

— Ah bon ?

— Tu n'es même pas capable de gagner correctement ta vie. Je t'ai pourtant payé les études que tu voulais. Ingénieur ! Si j'avais su que ça déboucherait sur un métier de traîne-savate, je ne me serais pas donné tant de peine.

— Quelle peine ? railla Xavier. Tu n'as fait aucun sacrifice pour moi, que je sache. Et je te rassure, je gagne ma vie, même si ce n'est pas à ton échelle.

— Comme tu dis !

Arrêté devant son superbe coupé Mercedes dernier cri, Jean jouait avec ses clefs, les faisant sauter dans sa main. Xavier le connaissait assez pour deviner qu'il cherchait la querelle.

— Je vais marcher un peu avant de prendre le métro, décida-t-il.

— Nous sommes en plein milieu du bois de Boulogne ! Parfois, je me demande à quoi tu penses, je te jure. Allez, monte.

— Non, merci. Bonsoir, papa.

De très nombreux affrontements leur avaient fait comprendre qu'ils ne partageaient rien, ne se rejoignaient nulle part.

— Attends une seconde ! l'interpella Jean. Avant que tu disparaisses, je voudrais te préciser quelque chose. Laisse la petite Montgomery tranquille, d'accord ?

— Tu peux être plus explicite ?

— Oui, je peux. D'une part, je la trouve mignonne, d'autre part, c'est mon prestataire de services. Alors, ne chasse pas sur mes terres.

De tout temps, il s'était vanté de ses conquêtes auprès de son fils, sans jamais supposer que Xavier se serait volontiers passé de ce genre de confidence.

— Tes terres, ton prestataire, répéta-t-il d'un ton ironique. Tu as vraiment des expressions formidables ! Je te souhaite une bonne nuit.

Il s'éloigna sans trop de hâte, pour ne pas avoir l'air de fuir. La soirée était tiède, étoilée, et de nombreuses voitures circulaient encore dans le bois. Par une étrange ironie du sort, il se trouvait effectivement dans un endroit qu'aucun bus ni métro ne desservait. Il allait devoir remonter toute la route de l'hippodrome, en direction d'Auteuil, puis la route des lacs, pour rejoindre Paris. Une agréable balade, de jour, mais beaucoup moins plaisante dans l'obscurité. Aussi, pourquoi avait-il accepté l'invitation de son père, prononcée du bout des lèvres ? Et surtout, pourquoi s'était-il rendu à Longchamp ? Voir courir des chevaux ne le passionnait toujours pas même si, au bout du compte, le spectacle était plus attrayant que prévu. En tout cas, sa motivation première n'était pas de « vendre » un programme informatique.

Il croisa un couple qui promenait deux lévriers au bout de leurs laisses, puis il fut de nouveau seul. La pauvre Axelle allait tomber de haut lorsqu'elle aurait à subir le numéro de vieux séducteur de Jean Staub ! Sans doute serait-elle capable de le remettre à sa place, quitte à prendre le risque de perdre un propriétaire. Et le grand-père, dans son fauteuil roulant, approuverait férocement. Ils étaient plutôt sympathiques, tous les deux, inattendus et originaux, plongés jusqu'au cou dans cette passion du cheval qui semblait leur unique raison de vivre.

À un carrefour, Xavier fut accosté par un groupe de travestis dont il dut décliner les propositions. Il n'était plus très loin de la porte de Passy et commençait à se demander s'il allait rentrer chez lui ou retourner au bureau. Non, tant pis pour les dossiers en retard, il n'avait pas envie de s'y mettre maintenant, car s'il commençait, il resterait là-bas jusqu'au milieu de la nuit. Son affaire, montée avec deux copains de promo, devenait rentable contrairement à ce que supposait son père, mais elle ne l'était que parce qu'ils se montraient tous trois de vrais bourreaux de travail.

« Ne chasse pas sur mes terres. » Une mise en garde, un interdit ? Force était de constater que rien n'échappait à son père. Parce que, oui, bon, autant l'admettre, Axelle ne laissait pas Xavier tout à fait indifférent. Au-delà de son faible pour les filles aux yeux clairs et aux cheveux longs, il estimait que celle-là possédait quelque chose de plus. Quelque chose d'autre. Son côté femme d'action, femme de terrain ? Pour l'instant, il ne l'avait vue qu'en robe ou en tailleur, et il essayait de l'imaginer en bottes et en blouson, distribuant des consignes à ses cavaliers à l'heure où l'aube se lève.

Devant la bouche de métro, il hésita encore une fois. Son appartement, rue Notre-Dame-de-Lorette, ne se trouvait pas loin de son bureau, situé entre la gare Saint-Lazare et la Trinité, mais ce n'était pas la même station. Un coup d'œil à sa montre le décida : après tout, il aimait travailler dans le calme de la nuit, et il n'avait vraiment pas sommeil.

*

— À la piste ! cria Constant.

Les poulains traversèrent la cour en désordre, aussi distraits et joueurs que de coutume. Le troisième lot était toujours celui de la pagaille, ce qui fit sourire Benedict avec indulgence.

— Tant qu'ils n'auront pas quelques mois de travail dans les jambes, on ne pourra pas les discipliner… Dis à Romain de prendre la tête, le sien est moins cinglé que les autres.

— Romain en premier ! hurla Constant.

Benedict actionna son fauteuil et passa devant la porte ouverte du box de Macassar. Du coin de l'œil, il vit Axelle qui caressait affectueusement la tête du bai brun.

— Tu viens ?

— Non, j'attends le véto.

— Encore ?

— Il est dans le coin, il en profite pour m'apporter les résultats d'analyses. Mais il dit que tout va bien.

— Évidemment ! Ce cheval n'est pas malade, il a galopé sans problème ce matin. Bon, à tout à l'heure…

Elle écouta le bruit du moteur électrique décroître, puis elle s'appuya contre l'encolure du pur-sang. Pourquoi s'était-elle attachée à celui-là plutôt qu'à un autre ? Depuis qu'il était dans l'écurie, elle l'adorait. Un beau cheval, calme et attentif, avec une foulée absolument aérienne lorsqu'il était en forme. Ses deux balzanes, sur les antérieurs, donnaient l'impression qu'il portait des chaussettes blanches, et il possédait aussi une étoile sur le front. À plusieurs reprises, en le regardant travailler, Axelle s'était dit qu'elle tenait là son champion.

— J'ai des carottes, tu en veux ?

Constant entra dans le box mais ne s'approcha pas de Macassar. Axelle vint piocher deux carottes dans le sac qu'il lui tendait.

— Je ne comprends pas sa contre-performance de l'autre jour, murmura-t-elle d'une voix songeuse.

— Peut-être un début de colique ? Ou n'importe quoi d'autre, tu sais à quel point ils sont fragiles !

Il regardait le cheval d'un air si triste qu'Axelle s'en étonna.

— Tu l'aimes bien, toi aussi ?

— Je les aime tous ! répondit-il précipitamment. Et puis, ils nous font vivre, comme dirait papa.

Axelle dévisagea Constant avec attention. Il semblait mal à l'aise, embarrassé, anxieux.

— Quelque chose ne va pas ?

— Non, non ! Enfin… Euh, ça n'a rien à voir avec Macassar, bien sûr, mais, un de ces jours, je voudrais qu'on parle de Doug, toi et moi. Je pense à lui souvent, je m'inquiète…

— Je sais. Mais je ne peux rien tenter pour lui tant qu'il ne se décidera pas à aller voir Ben.

— Tu connais son caractère, Axelle. Il ne fera jamais amende honorable, ne s'excusera jamais d'être parti en claquant la porte et en injuriant tout le monde.

— Alors, aucune discussion entre eux n'est possible.

— On ne peut quand même pas faire comme s'il n'existait plus ! explosa Constant.

Au bord des larmes, il avala sa salive, renifla, secoua la tête.

— Je t'assure que ça finira mal.

— Quoi donc ?

— Douglas est… il est sans doute sur une mauvaise pente. De quoi vit-il ? Il faut bien qu'il mange et qu'il paye son loyer.

— Tout le monde en est là, mais lui ne veut pas travailler. Ce qu'il voulait, souviens-toi, c'était devenir le patron de l'écurie. Chef ou rien, et tout de suite. Il a réagi en gosse gâté, Ben ne l'a pas supporté.

Constant poussa un long soupir et enfouit ses mains dans ses poches, lâchant le sac de carottes. Axelle se pencha pour le ramasser, puis elle tapota l'épaule de Constant.

— Allez, ne t'en fais pas trop, ça s'arrangera.

— Vaudrait mieux que ça s'arrange vite, bredouilla-t-il avant de tourner les talons.

Axelle le connaissait suffisamment pour comprendre qu'il avait quelque chose sur le cœur, mais quoi ? Pourquoi la situation de Douglas devenait-elle soudain si urgente ? Cette histoire durait depuis trois ans et, durant tout ce temps, Doug n'avait rien fait pour se réconcilier avec Benedict. De façon régulière, Axelle et Constant revenaient à la charge, raisonnant tour à tour le grand-père et le petit-fils, sans aucun succès. Peut-être parce qu'il n'y avait pas de solution ?

« Si, quelque part, forcément… Je vais rappeler Doug, essayer de le voir. Et cette fois-ci, je l'emmènerai au Mac Do ! »

L'arrivée du vétérinaire la tira de ses pensées et elle sortit en hâte du box pour l'accueillir.

*

Bien sûr, Douglas avait été de nouveau approché par ce type louche qui se faisait appeler Étienne. Une autre petite magouille, concernant une autre écurie, lui avait été offerte contre une autre somme d'argent. Et son refus poli mais catégorique n'avait pas plu. C'était comme s'il se désolidarisait d'un complice, comme s'il devenait un traître.

Traître, il l'était déjà, de toute façon. Le souvenir de son équipée nocturne dans la petite cour des Montgomery lui soulevait le cœur. Il se demandait encore avec incrédulité pourquoi il avait mis le doigt dans cet engrenage fatidique. Voulait-il vraiment faire partie des parasites et des ratés qui grouillaient dans les coulisses du turf ? Jusqu'où descendrait-il la pente ? Jusqu'à la prison ?

Cette nuit-là, il avait connu la peur de sa vie. Pire qu'un départ de course. À un moment donné, tandis qu'il refermait sans bruit la porte du box, il s'était rendu compte de la présence de quelqu'un. L'espace d'une seconde, il avait été cloué sur place par la panique. Était-ce Axelle, prise d'insomnie ? Un apprenti qui montait la garde ? Croyant que les lumières allaient s'allumer, des gens se mettre à crier, ou même Benedict surgir dans son fauteuil roulant, il s'était senti défaillir. Et puis, rien. Alors, il avait compris. Ce ne pouvait être que ce lourdaud de Constant, aussi discret qu'un éléphant. Avec lui, le risque se limiterait peut-être au sermon, à condition de parlementer. Pourtant, il ne s'était rien passé, Constant n'avait pas montré le bout de son nez, et Douglas avait pu repartir ainsi qu'il était venu.

Comme un traître, donc. Une fois le portail refermé avec sa propre clef, il s'était éloigné en silence dans ses tennis, poursuivi par une impression étrange. Ce portail, cette cour d'écurie et cette maison biscornue dans l'ombre de la nuit : tout cela lui était si familier ! Durant vingt ans, il avait été là chez lui. Chez lui… La petite cour, d'un côté de l'avenue, et la grande cour, de l'autre, avec toutes les portes des boxes peintes en bleu de France, pas un brin de paille par terre, une odeur de foin dans l'air.

Il n'arrivait pas à penser à autre chose. Il se rendait bien compte que, s'il avait dû affronter Ben cette nuit-là, il serait mort de honte. Mort ! Il se revoyait remplissant la seringue, flattant l'encolure du beau bai brun qui s'était laissé faire, injectant le produit. Le lendemain, il n'avait pas pu se résigner à aller sur le champ de courses, il ignorait le nom du gagnant. Et à présent, il ne se supportait plus dans son appartement qu'il arpentait d'un mur à l'autre.

Pour surmonter son obsession, il s'obligeait à se promener dans le parc. La saison était idéale pour les balades le long des bassins et des avenues, au milieu de cet environnement verdoyant et ombragé, personne ne le remarquait. Il marchait durant des heures, passant toujours très au large de chez les Montgomery, mais il ne pouvait pas s'empêcher de jeter un coup d'œil sur les autres écuries qui l'attiraient comme une série d'aimants. Vingt-quatre cours, environ huit cents chevaux à l'entraînement, il connaissait les adresses, les gens, les détails, c'était son monde.

« Qu'est-ce que je fous là ? J'évite ce coin depuis des années ! »

De façon paradoxale, et à la manière d'un châtiment, son intrusion de l'autre nuit lui donnait soudain une irrésistible envie de voir des chevaux, de se retrouver dans son élément. Entendre les pur-sang renâcler en s'affolant du bruit de leurs propres sabots sur les pavés, voir un jockey raccourcir ses étriers, l'entendre répondre aux plaisanteries des lads, laisser monter l'adrénaline à l'approche d'un galop : tout ça lui manquait, son ancienne vie, ses habitudes, peut-être même sa famille. À l'époque où il montait, où il gagnait des courses, lorsqu'il était le petit-fils prometteur de Ben Montgomery, qu'aurait-il fait s'il avait découvert un salopard en train de piquer un cheval ? La réponse était simple, il se serait jeté sur lui pour le démolir, sans scrupules ni états d'âme.

Aujourd'hui, il était devenu le salopard. D'ailleurs, il pouvait en faire sa spécialité s'il acceptait les propositions d'Étienne ! De l'argent vite gagné, pour lui qui en manquait si cruellement, mais un argent nauséabond. Il avait d'abord caché les billets sous son matelas, pour ne plus les voir, puis il s'était rendu à la banque. Une fois son compte alimenté, il avait réglé quelques factures urgentes, signant chacun des chèques avec un malaise grandissant.

Amer, désemparé, il ne savait plus à quel saint se vouer et il continuait de marcher dans le parc.

« Comme un chien qui cherche sa maison, son maître... »

La comparaison lui était odieuse, pourtant, elle s'imposait. Maintenant qu'il n'avait plus la possibilité de regarder Benedict droit dans les yeux, il se rendait compte qu'il aurait dû aller s'expliquer avec lui depuis bien longtemps. Ben et ses coups de gueule, ses sages conseils, son affection trop autoritaire mais bien réelle.

« J'ai choisi le mauvais camp, je ne fais que m'enfoncer chaque jour davantage. »

Lui restait-il encore une porte de sortie ? Sa sœur était aussi intransigeante que son grand-père, inutile de se tourner vers elle. Et face à ces deux-là, Jarvis ou Constant semblaient inexistants. Il y avait bien

Kathleen, si différente de tous les autres, qui représentait peut-être une petite lueur d'espoir.

« Je n'ai pas d'autre atout dans la manche, je dois essayer. »

S'il se décidait à l'appeler, il faudrait qu'il sache quoi lui dire. Or le problème était là, autant Douglas se sentait en perdition, autant il ne voyait pas de quelle manière ni sous quelles conditions il pourrait réintégrer un jour le clan familial. Sa seule certitude était que jamais, au grand jamais, il ne devrait révéler ce qu'il avait fait dans le box de Macassar. Un secret à garder entre lui et Constant, pour toujours.

« Il se taira, c'est un gentil. S'il m'en parle, je lui dirai que je regrette, ça lui suffira. »

Mépriser Constant ne l'aiderait pas à retrouver un peu d'estime de lui-même, il en avait bien conscience, mais avoir pour unique allié un simple d'esprit le rabaissait davantage. Alors, il poursuivait son errance dans le parc, sans savoir au juste ce qu'il espérait de ces marches forcées. Il avait vingt-quatre ans, des remords lancinants, et plus aucun avenir.

*

— Ce n'est pas contre toi, Antonin ! Je veux juste faire un essai.

Au centre du rond Boileau, dont la piste circulaire était réservée aux galops de chasse, Axelle surveillait ses poulains tout en s'adressant à Antonin sans le regarder.

— Romain le monte à l'entraînement depuis des semaines, reprit-elle, et il s'entend vraiment bien avec lui.

— Moi aussi, figure-toi ! Et je suis comme toi, persuadé de la classe de ce cheval. Sa mauvaise course de l'autre jour ne veut rien dire, je…

— Tu n'es pas responsable, je sais. Mais je dois donner sa chance à Romain cette saison.

En tant que premier jockey de l'écurie Montgomery, Antonin bénéficiait toujours des meilleurs chevaux, toutefois Axelle restait seule juge et la décision lui appartenait.

— Tu as raison, dit-il lentement. Romain mérite d'avoir quelques bonnes courses, il a fait des progrès énormes.

Axelle lui jeta un coup d'œil surpris, puis reporta son attention sur les poulains qui terminaient leur travail. Elle connaissait trop bien Antonin pour le croire altruiste, ou même seulement bon camarade. Jusqu'ici, Romain ne lui avait pas fait d'ombre, mais il était en pleine ascension et, grâce à sa toute petite taille, pouvait monter à n'importe quel poids. Très bientôt, il allait devenir un rival.

— Donne-lui l'Artiste et laisse-moi Macassar, suggéra Antonin d'un ton faussement désinvolte.

— Je ne discute plus avec toi ! répliqua-t-elle en s'éloignant.

Il la suivit tandis qu'elle rejoignait ses cavaliers qui revenaient au pas. L'un des privilèges d'Antonin était de ne pas monter le dernier lot, celui des poulains et, certains matins, il ne venait pas du tout. Ce comportement de vedette agaçait parfois Benedict, mais les qualités d'Antonin étaient par ailleurs si évidentes qu'il le laissait faire.

Axelle observa ses chevaux un par un, les écouta souffler, puis elle donna l'ordre de rentrer.

— On déjeune ensemble ? proposa Antonin.

Comprenant qu'il n'était venu à la piste que pour cette raison, Axelle se mit à rire.

— Moi qui croyais que tu t'intéressais à la jeune génération !

— Je m'y intéresse. Je peux même te dire que la petite alezane qui ne paye pas de mine fera une excellente pouliche, j'ai hâte de la débuter en course. Sauf si tu la confies à Romain, bien sûr…

Cette fois, Axelle se tourna face à lui pour le toiser.

— N'en fais pas une affaire d'État, tu veux ?

Elle pouvait se montrer presque aussi cassante que Ben lorsqu'elle le voulait. Antonin hocha la tête avec une mimique navrée.

— Oui, chef ! Bien, chef ! Et pour ce déjeuner ?

Indécise, elle continuait de le regarder.

— Viens manger un morceau à la maison, trancha-t-elle.

Chez elle, il y aurait Constant, et Antonin ne pourrait pas se livrer à son numéro de charme. Un charme qui ne la laissait pas indifférente ce matin, peut-être à cause du chaud soleil de juin qui provoquait toutes sortes d'envies.

Elle se détourna, étonnée d'éprouver encore un certain désir pour Antonin. Leur aventure comportait de très agréables souvenirs, et il lui arrivait de se demander si elle n'avait pas été injuste.

— J'ai aperçu ton frère deux ou trois fois, ces jours-ci, déclara-t-il.

— Où ça ?

— Dans le parc. À mon avis, il cherche du travail.

La nouvelle la déconcerta. Douglas se serait-il décidé à faire autre chose que bouder ou se lamenter ? Si c'était le cas, le premier à s'en réjouir serait Benedict. Il n'attendait qu'un signe de bonne volonté de la part de son petit-fils, et si ce dernier se montrait assez courageux pour aller s'employer comme palefrenier chez un concurrent…

— Pourvu que ce soit vrai ! s'exclama-t-elle gaiement.

Antonin en profita pour la prendre familièrement par le cou mais elle se dégagea aussitôt.

— Tu sais très bien que je ne veux pas de ça ! Et surtout pas ici.

Ils étaient en train de quitter l'enceinte du centre d'entraînement et n'importe qui pouvait les voir.

— On n'a qu'à se vouvoyer, si tu préfères, et se serrer la main quand on se rencontre !

Le ton rageur d'Antonin émut Axelle au lieu de l'agacer. Après tout, qu'il ne veuille pas se laisser tenir à distance était compréhensible. Quoi de plus blessant pour un homme que cette froideur qu'elle lui opposait, comme s'il ne l'avait jamais tenue dans ses bras, jamais déshabillée, jamais…

— Un lâché ! cria quelqu'un derrière eux.

Ils avaient franchi la barrière mais ils se retournèrent ensemble. À une trentaine de mètres, un poulain s'était débarrassé de son cavalier et se livrait à une série de joyeux sauts de mouton. Axelle réussit à discerner le numéro de l'écurie, inscrit sur le tapis de selle.

— C'est une pouliche de chez Lionel, déclara-t-elle. Tu vois l'apprenti quelque part ?

Une main en visière, Antonin scruta les allées. De nombreux pur-sang avaient fini leur travail et se dirigeaient vers les sorties par petits groupes. Un cheval en liberté rendait toujours les autres nerveux, surtout parmi les deux ans prêts à se dissiper pour un rien.

— Oui, le voilà.

Le gamin, âgé d'une quinzaine d'années à peine, arrivait en courant, son tee-shirt couvert de poussière et son casque de guingois.

— Ne cours pas ! lui cria Antonin.

Rattraper un lâché demandait du sang-froid et des réflexes. Par solidarité – mais aussi pour éviter que la pagaille s'étende à tout le centre d'entraînement –, la plupart des entraîneurs présents étaient en train de converger lentement vers la pouliche qui s'était mise à brouter un peu d'herbe sur un talus. L'un d'eux parvint à saisir les rênes qui traînaient à terre, mettant fin à l'incident. L'apprenti fut remis en selle sous les quolibets tandis qu'Axelle et Antonin s'éloignaient.

— Il y a longtemps que je n'ai pas été au tapis, constata Antonin.

— Tu ne devrais pas le dire, ça porte malheur.

— Superstitieuse, toi ?

— Bien sûr que oui. Comme tout le monde, à mon avis. D'ailleurs je crois me souvenir que tu possèdes une cravache fétiche, recousue dix fois par le cordonnier !

Ils échangèrent un petit sourire complice, et lorsque Antonin effleura le bras d'Axelle d'un geste tendre mais discret, elle ne protesta pas.

*

Kathleen suivait distraitement du regard une abeille. Les rosiers refleurissaient sans cesse, offrant une profusion de grosses fleurs rouges et jaunes qui attiraient les insectes.

— Quand tu dis que tu finiras par faire des bêtises, à quoi penses-tu exactement, Doug ? Au suicide ? À braquer une banque ?

La mine déconfite du jeune homme lui arracha un rire léger.

— Je plaisantais. Aurais-tu perdu ton sens de l'humour ? Allez, rentrons, je vais nous préparer des œufs au plat. Il ne reste plus grand-chose dans le frigo parce que je devais partir aujourd'hui, mais, au fond, je suis ravie que tu sois venu. Je t'emmènerai au restaurant ce soir !

Après son appel au secours, par téléphone, elle lui avait envoyé un billet d'avion en l'invitant à passer vingt-quatre heures à Londres avec elle. Il était censé lui raconter ses malheurs, cependant il n'expliquait rien. L'air buté, il se perdait dans des débuts de phrases qu'il n'achevait pas, et son regard restait rivé au sol.

Ils pénétrèrent dans la maison dont la plupart des meubles étaient déjà couverts de draps blancs.

— Nous passons tous l'été ailleurs, expliqua Kathleen.

Jarvis devait séjourner jusqu'en septembre dans le Suffolk, où Kathleen le rejoindrait pour quelques semaines avant de se lancer dans un de ses voyages lointains et mystérieux. Cette année, elle avait envie de parcourir le Japon, où elle disparaîtrait un certain temps sans donner de nouvelles.

Dans la cuisine, elle confia à Douglas une bouteille de bordeaux millésimé et un tire-bouchon.

— Occupe-toi de ça pendant que je fais les œufs. Bacon ? Saucisses ?

— Les deux.

Elle fouilla les placards et finit par dénicher un tablier amidonné qu'elle enfila sur son tailleur de lin crème. La présence de Douglas l'agaçait vaguement, mais la curiosité l'emportait. Au moins, ce serait un sujet de conversation intéressant lorsqu'elle retrouverait ses parents et Ben. Quelque chose qui pourrait la distraire des contrariétés éprouvées ces derniers jours, comme la disparition de son bracelet. Celui-ci restait introuvable depuis qu'elle avait mis un terme à son aventure avec Oliver. Une déception supplémentaire, assortie du sentiment très humiliant d'avoir été prise pour une idiote. Atteignait-elle l'âge de fréquenter des gigolos ?

— Je ne digère toujours pas la manière dont Ben m'a éjecté, soupira Douglas derrière elle.

La poêle grésillante à la main, elle se retourna.

— Ah, non ! Pas de jérémiades, et surtout pas d'attaque contre ton grand-père. J'adore Benedict, je ne veux pas qu'on le critique.

— Pardon, j'avais oublié à quel point tu le portes aux nues, railla-t-il cyniquement.

— Il le mérite, Doug. Et si tu ne le sais pas, ça explique tous tes problèmes.

— Vraiment ?

Elle fit glisser les œufs sur son assiette d'un geste si brusque qu'il dut rattraper une saucisse avec la pointe de sa fourchette.

— Il est paralysé, pa-ra-ly-sé ! scanda-t-elle, penchée vers lui. As-tu une idée de ce que ça représente ? Rien que pour cette raison, il mériterait largement ton respect et ton affection, mais ce n'est pas tout, loin de là. Il vous a élevés, ta sœur et toi. Il est veuf, il a perdu un fils en mer sans même pouvoir l'enterrer, l'autre est simple d'esprit, et pourtant il a fait face chaque fois. Quand il s'est retrouvé dans un fauteuil roulant aussi. Et il y a mieux encore, il est le seul à travailler dur dans notre famille de nantis et d'oisifs, le seul à gagner sa vie et les vôtres.

— Pour la mienne, il a jeté l'éponge.

— C'est toi qui es parti ! Ne récris pas l'histoire, je ne suis pas assez bon public pour te croire. Qu'est-ce que tu n'as pas *digéré*, comme tu dis ?

— J'aurais pu devenir entraîneur, moi aussi, grommela-t-il. Il y avait de la place pour tout le monde.

— Bien sûr que non. Je ne connais rien à vos satanés chevaux, mais personne de sensé ne mettrait une sœur et un frère en rivalité. Il vous aurait dressés l'un contre l'autre en faisant ça. Axelle avait déjà commencé, tu as quatre ans de moins qu'elle, tu n'y peux rien.

— Arrête ton baratin, Kat ! Tu viens de parler d'une famille de nantis ? Eh bien, je n'en fais plus partie, je crève de faim. Je n'ai que des dettes, et pour les payer je suis sur le point de devenir un voyou…

Sa voix s'était cassée sur le dernier mot, elle vit que son menton se mettait à trembler. Par délicatesse, elle détourna le regard. Elle avait connu Douglas plus volontaire, plus battant à l'époque où il commençait sa carrière de jockey. Bon, il avait grandi, pris quinze centimètres de trop, tant mieux pour lui, ça lui épargnait le risque de se rompre le cou sur un champ de courses. Pourquoi n'avait-il pas su changer son fusil d'épaule ? Par paresse ? Manque d'initiative ou d'ambition ? Relevant les yeux sur lui, elle le détailla. Ses traits s'étaient durcis, creusés, autour de la bouche il avait un pli amer déjà bien marqué, il faisait plus âgé que ses vingt-quatre ans.

— Un voyou ? Explique-moi ça.

— Il y a des tentations, Kat. Des offres qui ne se refusent pas quand on est aux abois, des trucs moches qu'on serait prêt à faire pour se sortir de la mouise.

Il n'en dit pas davantage mais elle n'en avait pas besoin. D'accord, il était en train de mal tourner, cependant il avait la présence d'esprit de crier au secours. Ou alors, il faisait du chantage. D'une manière ou d'une autre, elle devait l'aider.

— Tu veux que je plaide ta cause auprès de Ben ? Tu n'oses pas le faire toi-même ? Écoute, je lui parlerai dès demain, quand je serai au haras. Il est toujours plus détendu là-bas, ce sera facile. Seulement il faut que je sache ce que tu souhaites obtenir de lui. Et de toute façon, ça ne te dispensera pas d'une confrontation. À un moment ou à un autre, tu seras obligé de lui avouer que tu as eu tort de claquer la porte, que tu le regrettes, que sans lui tu n'arrives à rien. Si tu parviens à ajouter que tu éprouves de l'affection pour lui, il fondra comme une motte de beurre au soleil.

— Ne m'en demande pas trop ! protesta Douglas.

— Ce n'est pas moi qui demande, c'est toi. Ne perds pas ça de vue.

Pourquoi devait-elle toujours distribuer des conseils à ses petits-cousins ? Parce qu'ils étaient jeunes et sans autre expérience de la vie que leurs foutus chevaux ! Ben les avait peut-être trop préservés à force de trop les aimer.

De nouveau, elle dévisagea Douglas. Était-il *aimable* ? Ne possédait-il pas, exactement comme Oliver, quelque chose de veule, quelque chose qui ne demandait qu'à basculer du mauvais côté ? Non, le comparer à Oliver risquait de le lui rendre si antipathique qu'elle ne le défendrait jamais.

— Tu ne manges pas, Kathleen ? demanda-t-il gentiment.

Les voyous et les gigolos pouvaient se montrer très gentils, très charmants, elle venait d'en faire l'expérience. Elle grignota un minuscule morceau de bacon avant de repousser son assiette. Cette conversation lui avait coupé l'appétit, c'était excellent pour sa ligne.

*

Les bras en croix, couverte de sueur, Axelle reprenait son souffle. La fenêtre ouverte n'apportait qu'un vent tiède qui ne rafraîchissait pas. Antonin revint de la salle de bains, une serviette enroulée autour des hanches, et il s'assit au pied du lit. Son sourire n'avait rien d'arrogant, il semblait juste très heureux.

— Dieu que tu es belle…, dit-il à mi-voix.

Le compliment la laissa indifférente. Quelle abominable bêtise venait-elle de commettre ? Sans réfléchir, elle avait cédé à un brusque désir provoqué par un excès de solitude, ou par ce merveilleux temps d'été, ou juste par les paillettes dorées qui dansaient dans les yeux d'Antonin quand il la regardait. Et elle n'était pas allée plus loin que sa propre chambre pour se passer son envie ! Heureusement, Constant était dans la cour à cette heure-ci, occupé à houspiller les apprentis et à vérifier les distributions d'avoine.

— Rhabille-toi vite, lui dit-elle, il faut qu'on sorte d'ici.

Elle tendait la main vers son chemisier lorsque son téléphone portable sonna. Bien que ne connaissant pas le numéro affiché, elle prit l'appel et identifia la voix de Xavier Staub.

— Je ne vous dérange pas, j'espère ? Vous n'êtes pas aux courses ?

— Pas aujourd'hui, non, bredouilla-t-elle.

— C'est bien ce qui m'avait semblé à la lecture du *Paris-Turf*. Je vais devenir un parieur accompli, vous savez !

La tête penchée, Antonin la contemplait toujours et elle ramena le chemisier sur elle, gênée par son insistance.

— Vous m'aviez dit que vous seriez disponible cette semaine, alors je tente ma chance. J'ai toute une liste de questions très simples à vous poser, mais ce serait mieux si nous pouvions nous rencontrer autour d'un ordinateur. Bien entendu, je me ferais un plaisir de venir jusqu'à Maisons-Laffitte.

Antonin avança une main vers elle, écarta le chemisier, frôla ses seins. Elle lui tapa sèchement sur le poignet avant de se redresser.

— Je serai libre demain en fin de journée, déclara-t-elle. Vers dix-huit heures trente.

— Magnifique ! Je vous montrerai ce que j'ai déjà concocté.

Têtu, Antonin ne renonçait pas et caressait à présent ses épaules. Elle frissonna, se leva, l'entendit siffler doucement entre ses dents.

— À demain, Xavier, je vous attendrai à la maison.

Elle jeta le portable sur le lit, récupéra son chemisier et se dirigea vers la porte, mais le téléphone sonna de nouveau. Cette fois, c'était la ligne fixe.

— Un vrai bureau de ministre, railla Antonin.

— Ne parle pas, ne siffle pas et ne me touche pas.

Debout à côté de la table de chevet, elle décrocha.

— Ben ? Oh, ça me fait plaisir de t'entendre !

Pire que celle de Xavier, la voix de son grand-père lui donnait conscience de sa nudité, de la présence incongrue d'Antonin dans sa chambre.

— Tout va bien ici, dit-elle d'une voix étranglée. Je pense que l'Artiste fera une belle course demain, et ce sera aussi le jour du test pour Macassar. J'ai décidé de mettre Romain dessus, tu es d'accord ?

— Excellente idée. Appelle-moi après chacune des épreuves, je n'aurai pas la patience d'attendre.

Antonin s'approchait d'elle. Il défit sa serviette, la laissa tomber.

— Il paraît que Douglas est à Londres, reprit Ben. Il est allé voir Kathleen, j'ignore pourquoi, mais peut-être le ramènera-t-elle ici demain.

— C'est vrai ? Alors, je t'en supplie, sois gentil avec lui, écoute-le.

Dans le silence qui suivit, Axelle perçut la respiration oppressée de son grand-père.

— On verra bien, finit-il par maugréer.

Elle sentit qu'Antonin se plaquait contre elle, l'entourait de ses bras comme s'il voulait l'emprisonner. Elle se dégagea brutalement, expédiant le téléphone par terre. Quand elle se pencha pour le ramasser, elle fusilla Antonin du regard.

— Tu es toujours là, Ben ? Bon, je dois te laisser, embrasse Jarvis et Grace de ma part. Et n'oublie pas de me photographier tous les yearlings, tu as promis.

— Je te tiendrai au courant pour ton frère. À demain, chérie.

Dès qu'elle coupa la communication, elle lâcha un long soupir exaspéré et fit face à Antonin.

— Ne me fais pas ça quand je parle à quelqu'un. Surtout si c'est Ben !

— Pourquoi ? Il te croit vierge ?

Elle le toisa sans indulgence avant d'articuler :

— Je t'ai demandé de t'habiller et de partir, la récréation est finie.

Regretter ne servait à rien, mais elle n'aurait pas dû refaire l'amour avec Antonin, il n'allait plus la lâcher. Elle fila à la salle de bains, prit une douche rapide puis mit un polo et un jean. Lorsqu'elle revint dans sa chambre, Antonin était prêt.

— Tu veux que je sorte le premier ? demanda-t-il d'un ton morne.

Hochant la tête, elle esquissa un sourire.

— C'était un bon moment, reconnut-elle.

L'air abattu, Antonin haussa les épaules.

— Tu n'y as mis aucun sentiment, n'est-ce pas ?

La réponse ne pouvait que le blesser, à condition qu'il soit sincère. Un peu plus tôt, il avait prononcé des mots très tendres, qu'elle refusait toujours d'entendre.

— Sauve-toi, murmura-t-elle en se détournant.

Elle se sentait coupable, injuste. Penser uniquement au plaisir de l'instant était un comportement immature, elle le savait. Et ses rapports avec Antonin allaient se compliquer davantage.

« Comment ai-je pu croire que ce serait simple ? S'il est vraiment amoureux, je lui fais de la peine, sinon, je le vexe. »

Amoureux, elle ne parvenait pas à y croire, peut-être parce qu'elle redoutait ses propres réactions. S'attacher à Antonin pouvait la conduire aux pires désillusions, elle ne prendrait pas ce risque.

Mécontente d'elle-même, elle chaussa en hâte une paire de tennis et gagna la pièce des archives. De là, elle avait vue sur la cour que les apprentis finissaient de balayer. Elle vit Antonin se diriger vers sa voiture, lançant une plaisanterie à Constant au passage. Celui-ci supposerait sans doute qu'Axelle avait discuté avec son jockey des prochaines courses, ou visionné les films des précédentes.

Elle dégringola l'escalier en colimaçon qui conduisait au bureau du rez-de-chaussée, qu'on continuait d'appeler « le bureau de Gus ». Comme d'habitude, son regard se posa sur les photos des chevaux qui avaient fait la renommée des Montgomery. Il restait peu de place le long des murs, cependant Axelle avait déjà repéré l'endroit où elle accrocherait un jour « son » champion. Et elle continuait d'espérer qu'il s'agirait de Macassar.

*

Le lendemain, en fin d'après-midi, Constant remercia le serrurier, lui demanda d'envoyer sa facture au nom de Benedict, puis empocha les trois clefs rutilantes. Une pour lui, une pour Axelle, une pour Ben. Il n'avait pas eu besoin de se justifier puisqu'il était censé s'occuper de ce genre de détails, néanmoins il avait pris la précaution de forcer un peu l'ancienne serrure afin de la gripper.

Depuis la visite nocturne de Douglas, Constant n'avait pu penser à rien d'autre. Il se réveillait la nuit pour faire des rondes dans l'écurie, et lorsqu'il regagnait son lit, il restait l'oreille aux aguets. Son secret lui pesait de plus en plus, mais il ne pouvait se confier à personne et continuait de se ronger les sangs.

D'un coup d'œil, il s'assura que la cour était en ordre. Axelle n'allait plus tarder à revenir de Saint-Cloud, ensuite ce serait le camion de la STH qui ramènerait les deux chevaux ayant couru aujourd'hui.

— Bonjour ! lança une voix joyeuse qui le fit sursauter.

Il n'avait pas entendu arriver Xavier Staub, celui-ci ayant dû laisser sa voiture sur l'avenue. Décidément, on entrait et sortait d'ici comme d'un moulin !

— J'ai rendez-vous avec Axelle, expliqua le jeune homme en lui tendant la main.

— Elle n'est pas là. Ah, si, vous avez de la chance, la voilà…

L'Alfa s'engagea entre les piliers du portail et vint freiner devant eux. Axelle en descendit, défroissant sa robe d'une main nerveuse.

— Macassar a gagné ! lança-t-elle à Constant.

Elle semblait à la fois surexcitée et contrariée.

— Mais il était épuisé à l'arrivée, il a mis longtemps à récupérer.

— Il fait très chaud, riposta Constant. Et l'Artiste ?

— Mauvais départ, il n'est jamais revenu. Quand il a vu que c'était fichu, Antonin a lâché l'affaire, il a bien fait.

Enfin elle tendit la main à Xavier, avec un sourire un peu contraint.

— Merci d'être venu jusqu'ici.

— Merci de me recevoir !

— Vous n'êtes pas pressé, j'espère ? Je préférerais attendre mes chevaux avant d'aller me pencher sur l'ordinateur.

— Aucun problème, j'ai tout mon temps.

— Tu veux que je range ta voiture ? proposa Constant.

Il n'avait pas son permis de conduire mais il manœuvrait tous les engins motorisés dans les deux cours. Pour se déplacer, il utilisait un scooter rouge vif acheté trois ans plus tôt et qu'il bichonnait.

— Tant que j'y pense, ajouta-t-il, voilà ta clef du portail. Tu peux jeter l'ancienne !

— Tu as fait changer la serrure ? s'étonna-t-elle.

— Elle coinçait pas mal. Tu n'avais pas remarqué ?

— Non.

Axelle empocha la clef sans autre commentaire puis s'adressa de nouveau à Xavier :

— J'ai parlé de votre idée à des amis entraîneurs et les réactions sont assez mitigées.

— Quand ce sera bien au point, j'obtiendrai l'unanimité !

Son enthousiasme la fit sourire, plus franchement cette fois, mais ils n'eurent pas l'occasion de poursuivre car le camion des transports hippiques arrivait. Xavier s'éloigna un peu pour observer le débarquement des deux pur-sang. Les jambes, la tête et la queue protégées, recouverts d'une chemise aux couleurs de leurs propriétaires respectifs, ils avaient l'air d'animaux de science-fiction.

Axelle échangea quelques mots avec l'un des garçons de voyage puis s'approcha du grand cheval noir qui venait de descendre. Elle lui retira elle-même ses protections de transport, demanda qu'on le fasse marcher sur les pavés de la cour tandis qu'elle l'examinait attentivement. Ensuite, elle le suivit dans son box.

Comme il ne la voyait pas ressortir, Xavier la rejoignit au bout de quelques minutes mais resta à la porte, dérouté par le spectacle. Sans égard pour son élégante robe de lin, Axelle avait passé ses bras autour de l'encolure du pur-sang et était en train de lui parler à l'oreille.

— Tu as été formidable, mon Macassar. Tu vas devenir un grand champion, mais, en attendant, tu dois te reposer. Tu n'allais pas très fort tout à l'heure, hein ?

Un coup de chaud ? Je te surveille de près, ne t'inquiète pas, et la prochaine fois tu leur mettras dix longueurs dans la vue…

— Vous discutez toujours avec eux ? plaisanta Xavier. Est-ce que ça fait partie de l'entraînement ?

— Ça devrait ! La voix a beaucoup d'importance pour les chevaux, il ne faut pas hésiter à leur parler pour les rassurer ou les encourager. Avec celui-là, mon grand-père trouve que je bêtifie. Il n'a pas tort, Macassar a toujours été mon chouchou depuis le jour où il est arrivé chez nous.

— Pourquoi lui ? Il est meilleur que les autres ?

— Pas forcément. En fait, il a l'étoffe d'un crack, mais, pour l'instant, il est seulement très bon.

Du bout des doigts, elle semblait peigner la crinière du cheval, et de son autre main elle lui caressait le chanfrein. Toute son attitude exprimait une sorte de tendresse secrète qui émut Xavier.

— Oui, vous avez l'air de vraiment l'aimer.

— Je ne devrais pas. Mieux vaut ne pas s'attacher à eux pour garder un œil professionnel, neutre. Dans une écurie de courses, les chevaux sont là pour gagner et leur carrière est courte. Chaque année, quand le lot des poulains de deux ans arrive, il faut que je fasse de la place…

À regret, elle s'écarta enfin du bai brun. Sa robe était salie, elle la considéra quelques instants, sourcils froncés.

— Allons à la maison, je vais vous offrir à boire et en profiter pour me changer. Après, on pourra s'y mettre.

Il devina qu'elle n'en avait pas vraiment envie, mais il était venu pour ça et il comptait bien la convaincre. Il la suivit chez elle, affirmant qu'il se débrouillerait pour trouver tout seul un verre d'eau.

Dans la cuisine, dont il se souvenait, il se désaltéra directement au robinet de l'évier puis alla se jucher sur l'un des tabourets du comptoir. Les carreaux de faïence émaillée, superbes, venaient sans doute du Portugal, et la lourde suspension de cuivre semblait sortir tout droit d'une salle de billard. Comme dans le hall d'entrée, il régnait ici un désordre aussi sympathique que révélateur. Axelle devait vivre à cent à l'heure, semant des papiers derrière elle, ce qui rendait d'autant plus indispensable un bon outil informatique.

— Voilà, je suis à vous ! s'exclama-t-elle.

Vêtue d'un jean blanc et d'un polo turquoise assorti à son regard, ses longs cheveux attachés en queue de cheval, elle était vraiment ravissante. Il la suivit des yeux tandis qu'elle passait derrière le comptoir, ouvrait le réfrigérateur et en sortait deux canettes de bière.

— J'ai pris des munitions, suivez-moi.

Elle le conduisit jusqu'au bureau du rez-de-chaussée où ils s'arrêtèrent un instant.

— Atmosphère très anglaise, fit-il remarquer.

— Anglaise et hippique, c'était l'endroit préféré de mon arrière-grand-père Gus. Je continue à y recevoir mes propriétaires mais je ne travaille pas là, venez.

Par l'escalier en colimaçon, ils gagnèrent ce qu'elle désigna comme la « pièce des archives ». Xavier remarqua un écran plasma mural, un système vidéo sophistiqué, tout un fouillis de classeurs ouverts et de papiers en piles, ainsi qu'un ordinateur sur le coin d'une table.

— Vous ne vous en servez pas souvent, on dirait ?

— Pour des courriels ou une recherche sur internet, à la rigueur pour une lettre officielle.

— C'est une bonne machine, en tout cas, récente et puissante.

— Je ne sais plus comment l'installateur a réussi à me persuader de l'acheter ! dit-elle en riant. Quant à Ben, il refuse d'y toucher, c'est pour ça que je l'ai monté ici. De toute façon, il n'allait pas avec l'« atmosphère anglaise » du dessous !

Ils s'installèrent côte à côte et Xavier chargea son programme de démonstration.

— Ce n'est qu'une maquette, ne portez aucun jugement pour l'instant.

Il fit défiler les différents tableaux qu'il avait préparés avec soin.

— À vous de me dire ce qui est superflu ou ce qui manque, ce qui n'est pas clair ou pas pratique…

Pendant près d'une heure, ils restèrent à discuter des mises au point nécessaires. Axelle, qui tout d'abord ne paraissait guère séduite, finit par se prendre au jeu et lui soumit une foule de suggestions.

— Vous n'avez pas pris en compte des choses essentielles. Les dates prévisionnelles des ferrures, par exemple. Un pur-sang au travail se déferre souvent, imaginez quand ils sont quatre-vingts ! N'oubliez pas non plus la somme des gains engrangés par chaque cheval, le poids sous lequel il a couru la dernière fois. Plus important encore, le bon moment pour déclarer forfait. On les engage dans beaucoup plus d'épreuves qu'ils n'en courront, afin d'avoir le choix, mais plus on attend pour se déclarer non partant, plus le dédit coûte cher.

Il prenait scrupuleusement en note tout ce qu'elle proposait, les sourcils froncés et l'air concentré.

— Pas si simple d'être entraîneur, finit-il par dire.

— Vous pensiez qu'on se contentait de les lâcher le matin comme des pigeons et de les regarder passer ? Du genre : « Ma parole, Roudoudou va plus vite que Raplapla » ?

L'éclat de rire spontané de Xavier obligea Axelle à s'interrompre quelques instants, mais elle était lancée car elle commençait à entrevoir l'utilité de ce programme informatique.

— Je voudrais aussi un lien avec la société France Galop, qui gère les courses de plat et d'obstacles, pour accéder facilement à leurs bases de données.

— Vous en avez, des exigences, ironisa-t-il. Finalement, ce sera plus complexe que je ne le supposais.

— D'autant plus qu'il faut que ça reste très simple à utiliser, répliqua-t-elle. Avec le minimum de choses à saisir, pour ne pas y passer des heures tous les soirs !

— Je vous ai laissé un espace pour une appréciation personnelle sur chaque cheval, chaque jour, mais si c'est trop long, je peux établir une sorte de questionnaire à choix multiple où vous n'aurez qu'à cocher la case. Travail bon, moyen, décevant, excellent, etc.

Tout en lui parlant et en modifiant ses données, Xavier ne pouvait pas s'empêcher de l'observer à la dérobée. Elle avait le hâle des gens qui vivent au grand air l'été, des yeux vraiment magnifiques, des cheveux qu'on avait envie de toucher. Concentrée sur l'écran, elle ne le regardait pas et se mordillait nerveusement les lèvres.

— Peut-être, dit-elle enfin, peut-être vais-je m'habituer à ce truc… Je n'en suis pas encore sûre, mais ça vient. Et maintenant, j'ai mal à la tête, si on s'arrêtait ?

— Vous êtes fatiguée ? Désolé, je ne m'en rendais pas compte.

Il débrancha son disque dur externe, le rangea dans un étui. Depuis un moment, il cherchait comment il allait s'y prendre pour l'inviter à dîner, mais elle le devança.

— Il est tard, voulez-vous manger avec nous avant de rentrer à Paris ? Parfois Constant est très inspiré devant les fourneaux, parfois il invente des plats abominables. Prions pour qu'il soit dans un bon jour !

Heureux de pouvoir rester, il la suivit de nouveau dans l'escalier en colimaçon.

— Je fais d'abord un petit tour de l'écurie, vous venez ?

Elle ouvrit une des portes-fenêtres du bureau qui donnait sur la terrasse, et de là ils gagnèrent la cour.

— La configuration de votre maison n'est pas facile à comprendre, mais ce doit être amusant d'y vivre, fit-il remarquer.

À côté de la villa fonctionnelle et sans surprise de Neuilly, toujours impeccablement rangée, la demeure des Montgomery était loufoque.

Surprise par sa réflexion, Axelle se retourna et regarda la façade.

— J'habite là depuis que je suis née, pour moi tout est normal, pourtant je sais que des gens l'appellent la

« maison biscornue ». Cette tour carrée n'est pas du meilleur goût, je vous l'accorde.

— Disons qu'elle est insolite à côté des colombages, mais elle donne à l'ensemble un petit aspect… manoir anglo-normand !

Ils rirent ensemble puis Axelle l'entraîna vers la première rangée de boxes.

*

Après avoir pris le thé dans une ambiance très tendue, Jarvis, Grace et Kathleen s'étaient retirés sous divers prétextes, laissant Douglas face à son grand-père.

Se retrouver dans la propriété où il avait passé tant de vacances durant son enfance mettait Douglas mal à l'aise. Il se revoyait jouant à cache-cache avec Axelle, exagérant délibérément son accent français lors des repas pour faire enrager la famille, allant porter des pommes aux poulinières et à leurs bébés dans les prés.

À cette époque-là, il ne songeait pas à son avenir, ou alors il l'imaginait tout tracé.

— Eh bien, grommela Ben, c'est un plaisir d'avoir enfin ta visite !

Le vieil homme mettait ainsi la balle dans le camp de Douglas qui pouvait choisir sa réponse en fonction de ce qu'il désirait obtenir de cette rencontre. Mais que souhaitait-il exactement ?

— Il y a trop longtemps que nous ne nous sommes pas parlé, murmura-t-il d'un ton prudent.

— C'est le moins qu'on puisse dire !

Benedict fit pivoter son fauteuil pour aller se poster dos à une fenêtre. À contre-jour, son visage était maintenant dans l'ombre et Douglas ne voyait plus son expression.

— Tu ne feras rien pour m'aider, soupira le jeune homme.

— Bien sûr que si. T'aider à quoi ? Tu attends quelque chose de précis ?

L'orgueil de Douglas se révolta aussitôt. Son grand-père savait forcément qu'il n'avait pas de travail et pas d'argent. Il devait espérer des excuses, du repentir, de l'humilité, tout ce que Doug ne lui offrirait pas.

— Je n'ai rien fait d'intéressant depuis que je suis parti de l'écurie, réussit-il à articuler. Tu sais pourquoi ? Parce que je ne sais rien faire. Je ne connaissais que le monde des chevaux, mais je n'y ai plus accès.

— Le monde des chevaux, répéta lentement Ben. Au fond, c'est vaste. Même sans monter dessus, on peut trouver du travail dans ce monde-là.

— Tu ne m'en as pas offert.

— Non ? Eh bien, je n'étais pas le seul employeur possible.

— Tu plaisantes ? Tu as quatre-vingts pur-sang à l'entraînement en France, et tout un haras en Angleterre ! N'y avait-il vraiment aucune place pour moi ?

— Nous avons déjà eu cette discussion, Doug, mais il n'en est rien sorti.

— Tu es tellement têtu ! J'aurais pu prendre la petite cour et laisser la grande à Axelle, je…

— Arrête immédiatement ce discours imbécile, l'interrompit Ben. « Prendre » est un vilain mot, je ne l'aime pas. Tu n'avais rien à prendre et rien à laisser.

Jusqu'à quand vas-tu m'obliger à te mettre la tête sous l'eau ? Je ne peux pas croire que tes années de vaches maigres ne t'aient pas un peu mûri !

La voix de son grand-père s'était durcie, la colère n'était pas loin.

— Vache enragée, plutôt, souffla Douglas.

Une image importune lui traversa la tête, il se revit soudain dans le box de Macassar. Incapable d'ajouter quoi que ce soit, il resta silencieux un long moment.

— Allez, ne nous disputons pas une fois de plus, reprit finalement Ben. J'aurais apprécié, c'est vrai, que tu ailles travailler chez nos concurrents. Que tu aies l'air de t'intéresser pour de bon au métier. Que les chevaux te manquent assez pour accepter n'importe quel job. Ou même, tiens, que tu suives une formation. Tu peux encore le faire, concernant l'élevage, mais je te préviens, il y a beaucoup à apprendre.

— Et tu me confierais le haras ? s'écria Douglas en reprenant espoir.

— Mon Dieu, tu me navres… Je ne me le confierais pas à moi-même dans l'état actuel de mes connaissances en matière de génétique ! As-tu une idée du capital qui broute paisiblement dans nos pâturages ? Tu crois qu'on peut faire n'importe quoi ? Néanmoins, si tu te décidais à venir ici en stage, à travailler avec le responsable qui est un type de tout premier ordre, tu aurais l'occasion de voir les choses de plus près.

Déçu, exaspéré, Douglas se contenta de ricaner.

— Trop aimable ! Tu m'offres un stage ? Non rémunéré, je suppose ?

— Il faudrait que je te paye ? Pour quel genre de services ? Écoute, mon garçon, tu devrais remettre les pieds sur terre. Passe donc une année avec Grace, tu seras traité comme un seigneur, c'est déjà énorme. Et si tu te sens capable d'être debout chaque matin à sept heures, peut-être finiras-tu par t'intéresser à l'élevage pour de bon ? Assister à la naissance d'un poulain est un grand moment, je t'assure. Ou voir arriver un étalon à la saillie. Il y a mille choses à découvrir, qui n'ont absolument rien à voir avec l'entraînement, ni avec la monte en course. Mais le plus passionnant de tout, c'est de parvenir à faire de bons croisements. Pour les galopeurs, le proverbe *Bon sang ne saurait mentir* se vérifie presque toujours.

Il en parlait avec un tel lyrisme que Douglas ne put s'empêcher de hausser les épaules. L'idée de s'enterrer dans le Suffolk durant une année entière sans gagner un penny était ridicule.

— J'ai vingt-quatre ans, rappela-t-il. Tu me proposes de m'enfermer dans cette bâtisse sinistre et glaciale avec ma grand-tante pour unique compagnie ? Jarvis n'est jamais là l'hiver, et Kathleen ne fait que passer. Très peu pour moi !

Benedict ne répondit pas immédiatement. De nouveau, il manœuvra son fauteuil, et vint cette fois tout près de Douglas.

— Alors, tu as fait le voyage pour rien, j'en ai peur.

Levant la tête vers son petit-fils, il le contempla d'un air songeur, puis soudain, il explosa :

— Qu'est-ce que tu es en train de me demander ? Les clefs du paradis ? Je n'ai pas ça en magasin ! À ton avis, mon garçon, qu'est-ce que j'ai ressenti le jour où je me suis réveillé à l'hôpital, après que Cet-abruti-de-cheval m'a donné son coup de pied ? Comment crois-tu qu'on accepte d'être cloué là-dessus ? Si j'avais manqué de courage ou de volonté, j'aurais pu devenir une moitié d'homme, que tout le monde regarde de haut avec une fausse compassion. Ça m'aurait fait horreur ! Tout ce que je voulais, c'était reprendre mon métier et continuer à être dans les meilleurs, comme avant. Quant à ta sœur, dis-toi qu'elle n'a peut-être pas été ravie d'abandonner le lycée à deux mois du bac. Je l'ai propulsée d'office dans le travail parce que j'avais besoin d'elle. Je ne lui ai pas demandé si elle serait contente de se lever tous les matins à cinq heures, je ne lui ai pas demandé si ça correspondait à sa vision de l'avenir, je ne lui ai même pas demandé si elle était d'accord. Et en plus, j'ai exigé qu'elle arrête de monter à cheval tout en sachant qu'elle adorait ça ! Il me fallait quelqu'un à pied pour être mes yeux et mes oreilles tant que j'étais sur ce foutu lit d'hôpital. L'équation était simple : Axelle ou la clef sous la porte. Toi, tu avais quatorze ans et tu rêvais de devenir apprenti jockey. Tu t'en souviens, je suppose ? Finalement, ça n'a pas marché pour toi, j'en suis désolé, mais comment as-tu pu imaginer qu'au bout de toutes ces années de travail acharné, Axelle s'effacerait devant toi pour te donner sa place ? C'est elle, l'entraîneur ! Elle a du talent, de l'instinct, du savoir-faire, en plus elle est sérieuse. Tu me vois lui retirer trente chevaux des mains pour te les confier ? À quel titre ? Être mon petit-fils ne suffit pas.

Sa diatribe avait glacé Douglas qui mit du temps à formuler une question, la seule qui lui importait.

— Si je comprends bien, nous en sommes toujours au même point, tu ne feras rien pour moi ?

Son grand-père le toisa d'un air stupéfait.

— Tu es devenu crétin ou quoi ? Je viens de t'expliquer que tu peux te former à l'élevage ici et que tu…

— Stop ! s'écria Douglas, hors de lui. N'ajoute rien, c'est inutile, et si tu veux traiter les gens de crétins, adresse-toi plutôt à Constant.

Il regretta immédiatement d'avoir dit ça, mais c'était trop tard.

— Constant vaut mieux que toi, murmura Benedict d'une voix éteinte.

L'attaquer sur l'état mental de son fils était la pire chose à lui faire, Douglas le savait bien. Il avait frappé le point faible sans réfléchir, parce qu'il était en colère, et Ben ne le lui pardonnerait pas. Comme prévu, leur rencontre avait dégénéré en affrontement, à présent, ils n'avaient plus aucune chance de trouver un terrain d'entente.

— Va-t'en, ajouta son grand-père tout bas.

Encore une fois, il fit pivoter son fauteuil et se dirigea vers la porte-fenêtre. Il s'arrêta à côté pour l'ouvrir, manœuvra, sortit sans refermer. Une pente douce conduisait jusqu'à la pelouse, parfaitement entretenue et bordée de plates-bandes, qui entourait la maison. Au-delà commençaient les prés où s'ébattaient les poulinières et leurs foals. Benedict adorait ce paysage serein de barrières blanches et d'herbe verte à perte de vue. Les bâtiments du haras se trouvaient à deux kilomètres de là, mais au fil du temps Jarvis avait racheté toutes les terres qui séparaient les deux propriétés, et désormais on apercevait des chevaux depuis les fenêtres de la maison. Grace n'avait pas protesté, les jugeant « merveilleux dans le décor ». De toute façon, pour faire plaisir à Benedict elle aurait été prête à laisser des chèvres brouter ses fleurs !

Cette idée le mit mal à l'aise, comme toujours. Même si des décennies s'étaient écoulées, Grace lui conservait toute son affection, un peu trop d'affection.

— Les choses se sont mal passées ? s'enquit Jarvis.

Ben ne l'avait pas entendu arriver, néanmoins il trouva le courage de lui sourire.

— Mal, en effet.

Jarvis s'assit sur la pelouse et cueillit un brin d'herbe qu'il se mit à mâchonner.

— Tu oublies ton âge, tu ne pourras jamais te relever, railla Benedict.

Ils se turent quelques instants, Jarvis observant Ben, Ben observant les poulains au loin.

— Doug est une sacrée tête de mule, marmonna-t-il au bout d'un moment. Pas un mot d'excuse, pas un regret ni une gentillesse, rien que des exigences. Kathleen n'aurait pas dû l'amener ici.

Jarvis attendit un peu puis déclara posément :

— Je lui ai donné de l'argent pour son retour et… pour voir venir.

— Voir venir quoi ? Les saisons ? Écoute, je lui ai proposé de rester, de s'intéresser au haras, mais ça ne lui convenait pas. Il trouve la maison sinistre et il veut gagner de l'argent sans attendre.

— C'est normal, il a vingt-quatre ans.

— Et alors ? Gagner de l'argent ne veut pas dire le voler.

— Tu es injuste. Tiens, regarde donc la maison, avoue qu'elle n'est pas gaie.

Benedict tourna machinalement la tête pour jeter un coup d'œil vers la façade austère. D'architecture victorienne, la bâtisse était imposante avec ses vitraux et ses tourelles.

— On dirait une cathédrale gothique ! ajouta Jarvis en riant. Mais ne le répète pas à Grace, elle adore cet endroit.

— Moi aussi.

Chaque fois qu'il avait eu envie de tout abandonner, de cesser de se battre, Ben avait trouvé une sorte d'apaisement à séjourner ici. La sérénité de Grace le calmait, avec elle rien n'était un problème. Elle vivait sans le moindre souci matériel, ayant confié la gestion de sa fortune à d'excellents financiers de la City, et semblait n'avoir d'autre but dans la vie que le bonheur de sa petite famille. Elle idolâtrait Kathleen, laissait Jarvis libre de faire tout ce qui lui plaisait, y compris habiter Londres une grande partie de l'année, s'occupait passionnément de sa propriété qu'elle ne quittait presque jamais et où elle recevait beaucoup. « Tu es mon invité favori, tu le sais », répétait-elle à Benedict à chacune de ses visites.

Reportant son attention sur son frère, Ben soupira.

— C'était une entrevue prématurée, constata-t-il. Douglas n'a pas évolué d'un iota, comme je le craignais. Je le connais par cœur, hélas ! Son pire défaut reste l'égoïsme, juste avant la paresse. Bien sûr, vous me trouvez tous trop dur avec lui, mais je suis le seul à lutter pour qu'il devienne quelqu'un de meilleur. De moins médiocre. Il pourrait y arriver, le fond n'est pas mauvais…

— Tu n'as pas forcément choisi la bonne méthode avec lui, fit remarquer Jarvis. Tout le monde n'est pas taillé pour se battre, comme Axelle ou toi. Il y a des individus que ça décourage.

— Alors, quoi ? Avoir tout, tout de suite, sans se donner aucun mal ?

Jarvis prit appui sur ses paumes pour se relever, grimaçant sous les douleurs de l'arthrose.

— Grace ne va pas tarder à faire servir du porto et du brandy sous la tonnelle. Tu viens ?

— Je vais passer par l'allée, je laisse des traces sur le gazon avec mes pneus.

De manière inattendue, Jarvis éclata d'un rire très gai.

— Oh, Ben, tu es impayable ! Il y a dix ans que tu massacres cette somptueuse pelouse, pourquoi t'en soucier aujourd'hui ? D'ailleurs, si tu fais un détour, Grace et Kathleen seront capables de tout faire cimenter pour que tu circules plus à ton aise.

Ben était le chouchou de la famille, impossible de le nier. Ce constat le réconfortait parfois, et l'effrayait à d'autres moments. En se dirigeant droit vers la tonnelle, il eut une ultime pensée pour Douglas. Dommage que le garçon n'ait pas accepté sa proposition car il n'avait rien d'autre à lui offrir pour l'instant. Combien de temps allait-il encore lui falloir avant de comprendre que le haras représentait sa dernière chance ? S'il n'avait pas perdu ses parents à l'âge de onze ans, peut-être les choses auraient-elles été différentes pour lui, mais Benedict l'avait vraiment élevé de son mieux. Il n'avait rien à se reprocher.

*

La victoire de Jason dans la grande course de haies d'été, à Auteuil, rendit Jean Staub euphorique. Ne tarissant pas d'éloges sur les mérites de son entraîneur et de son jockey, il commença par se pavaner au pesage, posa pour la photo avec une main sur les rênes du cheval, puis convia Axelle et Antonin à dîner chez lui, à Neuilly.

— Ma femme nous improvisera quelque chose, il faut qu'on fête ça !

Par chance, Xavier se trouvait avec sa mère lorsque Jean téléphona pour donner ses ordres, et bien entendu il décida de rester. Comme le temps, toujours beau et chaud, permettait de dîner dehors, Henriette installa sa table dans le petit jardin où, dès que la nuit tomberait, des lanternes s'allumeraient. La perspective d'entendre parler de chevaux toute la soirée aurait pu l'agacer, mais la présence de Xavier la réjouissait trop pour y songer. À eux deux, ils préparèrent en moins de deux heures un repas léger et sophistiqué, tel que Jean les aimait, avec un carpaccio de Saint-Jacques, un bar grillé aux petits légumes et un soufflé aux framboises.

Contrairement à son épouse, Jean n'apprécia pas de trouver son fils à la maison. Et son agacement devint évident lorsqu'il découvrit que Xavier et Axelle se tutoyaient.

— Nous avons beaucoup travaillé ensemble sur ce logiciel, expliqua-t-elle. Je suis désormais presque convaincue de son utilité ! En tout cas, je vais l'essayer.

Xavier parut ravi de cette déclaration mais Jean s'empressa de tempérer son enthousiasme.

— Axelle, vous n'avez besoin de rien ni de personne, et surtout pas d'une machine, pour bien faire votre métier. J'avoue que vous m'avez épaté, jamais je n'aurais cru qu'une jolie jeune femme comme vous pourrait se révéler un grand professionnel des chevaux. Mais je m'incline devant la course qu'a faite Jason aujourd'hui, grâce à vous. Mon entraîneur de Chantilly ne me donne pas de semblables satisfactions et je commence à me poser des questions…

Il se voulait charmeur et s'adressait à elle en la regardant dans les yeux.

— Jason est un bon cheval, répondit-elle poliment. Vous le saviez avant de nous le confier.

— Encore fallait-il lui trouver l'épreuve idéale et le conduire au top de sa forme ce jour-là ! Non, ne vous minimisez pas, vous avez toute mon admiration.

— Antonin est aussi l'artisan de sa victoire, rappela Axelle qui en avait assez de tous ces compliments.

— Bien sûr, admit Jean du bout des lèvres.

Il ne se donna même pas la peine de tourner la tête vers Antonin. Pour lui, son jockey était un employé comme un autre, il l'avait invité sur un coup de tête, dans l'euphorie du moment, mais se demandait soudain ce que ce garçon faisait à sa table.

Discrète, Henriette servait et desservait sans prêter attention aux propos de son mari. Avec le crépuscule, les lanternes venaient de s'allumer, ne laissant aucun coin du petit jardin dans l'ombre. Le bruit de la circulation nocturne était atténué par la végétation, et on aurait presque pu se croire à la campagne.

Presque. Toute l'existence d'Henriette tenait dans ce léger décalage. Elle avait été une jeune fille presque jolie, et au début de son mariage elle s'était sentie presque heureuse. Aujourd'hui, elle était presque déprimée. Par bonheur, il lui suffisait de poser les yeux sur Xavier pour se consoler de tout. Il était sa réussite personnelle, sa revanche, sa raison de vivre. Et le fait qu'il s'oppose à son père n'était pas pour lui déplaire. Elle s'en voulait de cette sourde satisfaction éprouvée à chaque révolte de Xavier. Il avait refusé de se fondre dans le moule imposé par Jean, refusé de s'intéresser à l'industrie pharmaceutique, refusé de n'être qu'un fils à papa. Le jour de ses dix-huit ans, il avait quitté la maison avec soulagement et n'y revenait plus que pour voir sa mère. Ce soir, il était resté pour l'aider, mais aussi parce que la jolie petite blonde lui avait tapé dans l'œil. Sans elle, il serait parti dès le retour de Jean, comme d'habitude.

En sortant le soufflé aux framboises du réfrigérateur, Henriette se laissa aller à sourire. Axelle plaisait aux trois hommes de la table, c'était comique ! Le gentil jockey – qui avait un charme fou au demeurant – lui jetait des regards d'une évidente tendresse, Xavier dissimulait mal son attirance, quant à Jean, il se ridiculisait dans son numéro de vieux beau. S'imaginait-il qu'il pouvait séduire cette jeune femme ? Par quel miracle ? Ce qui marchait avec ses petites secrétaires en quête d'avancement, ou auprès de quelques écervelées fascinées par le pouvoir et l'argent, ne s'appliquait pas à cette fille-là. Jolie, indépendante et volontaire, Axelle devait bien s'amuser des simagrées du pauvre Jean. Pourquoi n'acceptait-il pas de vieillir ? Henriette s'y était résignée depuis bien des années, elle ne cherchait plus à plaire à personne. D'ailleurs, elle n'y avait jamais songé, elle ne s'était occupée que de son fils.

Elle retourna dans le jardin, portant son dessert à bout de bras, et arriva juste à temps pour entendre la réflexion qui allait gâcher la fin de soirée.

— Pour moi, le jockey n'a pas vraiment d'importance. Ils se valent tous, et du moment qu'ils respectent les consignes de l'entraîneur, on ne leur en demande pas plus !

Content de lui, Jean s'adressait toujours exclusivement à Axelle. Il eut un petit ricanement cynique qui tomba dans un silence consterné.

— Après tout, crut-il bon d'ajouter, l'athlète, c'est le cheval !

— Celui qui le monte fait la différence à l'arrivée, répondit Axelle d'un ton froid. En particulier quand la victoire se joue à une encolure ou même un simple nez d'avance. Décider d'une course en tête ou au contraire d'une course d'attente, savoir se dégager d'un paquet de chevaux sans se faire bousculer, demander l'effort à tel endroit de la piste, et surtout « finir » les derniers mètres en parfaite osmose demande du sang-froid, de l'intelligence, de…

— Rien à voir avec l'intelligence, c'est de la technique, ça s'apprend. Si on n'est pas abruti, on doit pouvoir y arriver. Quand je regarde ces gamins, agrippés comme de petits singes à leurs pur-sang, je me dis que je pourrais le faire. À condition de mesurer un mètre cinquante !

Nouveau ricanement satisfait, nouveau silence que Xavier fut le premier à rompre.

— Et d'avoir quarante ans de moins.

Son père lui jeta un regard courroucé, mais Xavier était lancé.

— Puisque nous avons la chance d'avoir un professionnel parmi nous, on ferait mieux de lui demander son avis au lieu d'écouter tes bêtises.

Ignorant son père, il se tourna vers Antonin avec un sourire encourageant.

— Comme dans tous les métiers difficiles, répondit lentement Antonin sans regarder personne, il y a beaucoup d'appelés et très peu d'élus. Les petits singes finissent souvent palefreniers parce qu'un cheval de course ne se conduit pas aussi aisément qu'une mobylette. Les jockeys célèbres, ceux qui ont duré, sont tous des types que je trouve malins.

Si sa réponse avait été nuancée, en revanche l'expression de son visage restait fermée. Henriette déposa devant lui une part du soufflé aux framboises et en profita pour lui poser la main sur l'épaule.

— C'est très léger, même en cas de régime.

Elle supposait qu'il devait surveiller son poids, et qu'en plus Jean lui avait coupé l'appétit. Antonin la gratifia d'un signe de tête, mais sans desserrer les dents. Au moins, il n'avait pas pris la mouche, même s'il était vexé, ce qui était effectivement une preuve d'intelligence et de sang-froid.

Axelle refusa le café puis prétexta la fatigue de la journée pour prendre congé. On la sentait pressée de partir, mal à l'aise, néanmoins elle remercia Jean avec un sourire contraint.

— Je m'en vais aussi, je t'appellerai, murmura Xavier en embrassant sa mère dans le cou.

Henriette laissa Jean les raccompagner tous les trois jusqu'à la porte de la maison, et elle commença à empiler les assiettes.

— Plutôt arrogant, le petit jockey, hein ?

Déjà de retour, son mari était en train d'allumer le cigare qu'il n'avait pas eu le temps de fumer.

— Tu as été assez méprisant avec lui, se borna-t-elle à répondre.

— Tu plaisantes ? Ce n'est que l'employé des Montgomery, qui sont eux-mêmes mes prestataires de services. Je l'ai invité chez moi, il pouvait se sentir flatté !

— Pourquoi ?

La question le laissa sans voix. Haussant les épaules, il se rassit dans son fauteuil, étendit ses jambes, renversa la tête en arrière pour contempler les étoiles. À le voir avachi là, bien décidé à ne pas lui donner un coup de main, Henriette eut soudain envie de dire quelque chose de désagréable.

— En tout cas, ce soir, tu as fait un heureux ! Xavier est complètement sous le charme d'Axelle. Ils ont l'air de bien s'entendre et, au fond, ils ne feraient pas un vilain couple…

Du coin de l'œil, elle remarqua sa contrariété mais n'eut pas le loisir de s'en amuser.

— Une fille comme elle ne regardera jamais un minable comme lui, grogna-t-il.

— C'est ton fils, Jean, tu ne devrais pas en parler de cette façon.

— C'est ton fils aussi, cracha-t-il avec fureur, et si tu ne l'avais pas autant couvé, gâté, admiré, j'aurais pu faire quelque chose de lui ! Je me demande parfois si tu ne l'as pas monté contre moi pour mieux le garder dans tes jupes. Seulement voilà, pas de chance, il s'est tiré dès qu'il a pu, persuadé qu'il ne tarderait pas à faire des étincelles. Au bout du compte, il vivote depuis des années en tapotant sur un ordinateur, et tu voudrais que je sois fier de lui ? Eh bien non, j'ai honte !

Jetant son cigare dans un saladier, il se leva et quitta le jardin à grandes enjambées. Songeuse, Henriette attendit que les lumières de la maison s'allument une à une. Elle allait prendre son temps pour ranger, tout son temps, afin d'être certaine de trouver Jean endormi lorsqu'elle monterait à son tour. Quand il était énervé, il prenait un somnifère, et sans doute le ferait-il ce soir.

Au fond du saladier, le mégot s'éteignit dans un grésillement. Elle regarda sans le voir le dégoûtant magma de vinaigrette et de feuilles de tabac. Et si Jean avait raison ? N'était-elle pour rien dans l'attitude de rejet que Xavier avait affichée envers son père dès l'adolescence ?

« Non, je ne suis pas responsable, au contraire, j'ai tout fait pour qu'ils s'entendent. Mais Jean l'a trop abreuvé de discours, il a voulu lui faire avaler de force ses certitudes et son goût du pouvoir. Xavier rêvait d'autre chose, c'était son droit. D'ailleurs, il est en train de réussir avec sa petite boîte, il ne *vivote* pas. »

D'un revers de main, elle chassa un papillon de nuit. Bon sang, elle en avait assez de ce faux jardin ! Assez des caprices de Jean avec ses chevaux de course, assez de son côté égrillard dès qu'il apercevait une jolie fille, assez de son mépris. Elle ramassa les couverts, les jeta dans le saladier et entendit un claquement sec tandis que la porcelaine se fendait.

Debout à côté de la table dévastée, elle essaya en vain de refouler les larmes qui montaient.

5

Constant ne dormait quasiment plus. Dix fois par nuit, il se relevait pour aller faire une ronde dans l'écurie, vérifier la serrure du portail, jeter un coup d'œil vers la grande cour, de l'autre côté de l'avenue.

Il avait failli demander aux apprentis de prendre des tours de garde, mais il s'était ravisé à la dernière seconde. Si Douglas revenait, il voulait être le seul à le savoir.

Par tradition, les meilleurs chevaux se trouvaient dans la petite cour, plus proches de la maison et plus faciles à surveiller, néanmoins Constant ne se faisait guère d'illusions sur leur sécurité. N'importe qui pouvait s'introduire ici, Doug l'avait prouvé, même sans clef il suffisait par exemple d'escalader le grillage côté forêt.

Bien entendu, toutes les écuries de Maisons-Laffitte couraient ce risque, on ne pouvait pas transformer les cours en forteresses ni employer des veilleurs de nuit. Constant avait donc décidé, bravant l'interdiction de Benedict, d'acheter un chien. Dès qu'il l'aurait, il pourrait enfin dormir tranquille, mieux valait une engueulade avec son père qu'une existence sans sommeil.

Cette nuit-là, Constant se sentit conforté dans sa résolution car il n'en pouvait plus d'errer entre les boxes, titubant de fatigue dans son pyjama. Un bon gros chien allait bientôt monter la garde à sa place, il suffirait de lui construire une niche et de l'installer dans un endroit stratégique. Vu les tonnes de paille en réserve, le chien aurait un lit confortable !

Lorsqu'il aperçut une silhouette immobile, juste au coin de la maison, il crut d'abord à une vision, puis il sentit son cœur s'affoler pour de bon. Oubliant de respirer, il resta figé. L'intrus ne bougeait pas non plus mais, par chance, lui tournait le dos, apparemment occupé à observer les fenêtres de la maison.

La taille et la corpulence correspondaient, les cheveux blonds formaient une tache claire sous la lueur de la lune.

— Douglas, lâcha Constant à mi-voix.

L'autre sursauta puis fit volte-face.

— Merde, c'est toi ? Je ne t'ai pas entendu, bravo… La dernière fois, je t'avais pourtant repéré de loin !

Constant prit le temps de comprendre ce que ça signifiait et il se sentit stupide.

— En tout cas, Doug, il n'y aura pas de prochaine fois. Tu ne dois pas t'introduire ici, compris ?

Pour seule réponse, il crut discerner un sourire moqueur sur le visage du jeune homme.

— À qui voulais-tu t'attaquer, ce soir ? éructa-t-il. À Jason, parce qu'il vient de gagner une grande course ? À Macassar, pour le démolir tout à fait ?

À l'Artiste ? À Federal Express qui commence à gêner ses concurrents ? Tu t'apprêtais à faire une sale petite piqûre, à couper un tendon ?

Il en bafouillait, indigné par le culot de Douglas, mais celui-ci secoua la tête.

— Je ne suis pas là pour les chevaux.

— Tu parles !

— Je te dis la vérité, Constant.

— Tu es devenu un voyou, je n'ai aucune raison de croire un voyou. Si Ben était ici, il te flanquerait dehors !

— C'est son habitude. Il m'a chassé de chez Jarvis alors qu'il n'était même pas chez lui, c'est te dire…

Les mains dans les poches, le jeune homme franchit la distance qui les séparait.

— Axelle est dans sa chambre ?

— Elle dort. Tu sais bien que sa lumière est éteinte puisque tu surveillais sa fenêtre. Tu es venu pour espionner ta sœur ? Qu'est-ce que tu mijotes d'abominable, hein ?

— Rien. J'ai eu un coup de blues.

— Arrête de me prendre pour un idiot ! Arrêtez, tous, de me prendre pour un idiot. Je ne suis peut-être pas malin mais je sais reconnaître le bon du mauvais, et toi, maintenant, tu es mauvais.

Douglas fit un pas en arrière, comme si Constant l'avait frappé.

— Justement pas ! Tu es toujours à côté de la plaque, mon pauvre. Je voulais parler à Axelle, je…

— Pour ça, il y a des heures ouvrables. Si tu as quelque chose à lui demander, elle est sur les pistes tous les matins.

Douglas baissa la tête et resta silencieux un moment. Dans un box proche, un cheval s'ébroua, produisant un bruit familier.

— Tu veux de l'argent ? demanda soudain Constant. J'ai des économies, je vais te les donner mais ne remets plus les pieds ici, d'accord ?

— De quoi as-tu si peur, pour me proposer du fric ?

Il ne faisait même pas semblant d'être reconnaissant, alors que Constant ne cherchait qu'à le préserver.

— J'ai peur que mon père ne commette une bêtise s'il apprend un jour ce que tu as fait à Macassar.

Jamais il n'utilisait le mot de « père » pour désigner Benedict. Il l'appelait Ben, comme tout le monde, c'était plus simple dans le travail.

— Qui le lui dira ? Toi ? Et après ? Il m'enverra les gendarmes, tu crois ? Depuis son fauteuil, je ne vois pas ce qu'il pourrait faire d'autre.

— Te flanquer un coup de fusil, petit con !

Constant avait élevé la voix, et presque aussitôt une lumière s'alluma dans la chambre d'Axelle. Les deux hommes restèrent saisis une seconde, échangeant un regard paniqué. Douglas avait perdu toute sa désinvolture, il semblait prêt à fuir.

— Constant ? Avec qui parles-tu ? cria Axelle, penchée à sa fenêtre. Qui est là ?

L'instant d'après, tout s'illumina. De là-haut, Axelle pouvait brancher les six puissants projecteurs qui éclairaient l'écurie durant les petits matins d'hiver.

— C'est Douglas ! lança Constant.

Il se doutait bien qu'elle avait reconnu son frère et qu'elle allait descendre.

— On dira que je t'ai ouvert le portail, chuchota-t-il.

Tandis que Douglas acquiesçait, ils entendirent le pas léger d'Axelle sur la terrasse.

— Bon sang, vous avez une idée de l'heure ? Qu'est-ce qui se passe ?

Elle avait enfilé un peignoir qui flottait sur son tee-shirt et son short. Les dévisageant tour à tour, elle attendit qu'ils s'expliquent.

— Ce soir, dit enfin Douglas, j'ai eu un gros coup de déprime. Tu dois déjà savoir que j'ai vu Ben en Angleterre et que ça s'est mal passé entre nous. Mais l'idée venait de Kathleen, pas de moi ! Je suis vraiment dans la mouise, je voulais en discuter avec toi, alors je suis passé ici à tout hasard, voir si vous dormiez ou pas, et…

— Je faisais mon petit tour habituel, intervint Constant. J'ai proposé à Douglas d'entrer pour qu'on fume un petit cigarillo ensemble.

Il tenait son briquet à la main, comme une preuve irréfutable de ce qu'il avançait. Axelle hésita un peu, puis elle se tourna vers la maison.

— Eh bien, puisque tu es là, viens boire quelque chose, et tu me diras ce que tu as sur le cœur…

Profiter de l'absence de Ben pour recevoir Douglas la contrariait, mais ils ne pouvaient pas rester dehors. De toute façon, elle songeait si souvent à son frère que l'opportunité d'avoir enfin une conversation avec lui acheva de la décider.

Dans le hall, Constant annonça qu'il retournait se coucher. En se dirigeant vers l'escalier, il leur souhaita une bonne nuit et ajouta :

— Au fait, Axelle, j'ai commandé un chien.

— Un quoi ?

— Un chien. Un chien de garde.

— Mais tu es fou ! Ben ne veut pas en entendre parler. Constant ?

Il disparut en haut des marches, la laissant décontenancée.

— Quelle nuit…, marmonna-t-elle.

Après avoir éteint la cour, elle précéda Douglas jusqu'à la cuisine.

— Alors vous en êtes toujours là, railla-t-il, à ce que Ben veut ou ne veut pas ? À cinquante-trois ans, Constant n'a pas le droit d'avoir un chien ?

— Si tu es venu pour critiquer Ben, tu peux t'en aller tout de suite, répliqua-t-elle. Un verre de chablis ?

Tandis qu'elle le servait, il regarda autour de lui puis soupira.

— Elle est chouette, cette cuisine. Elle est immense…

Sa voix trahissait une certaine nostalgie, mais aussi une pointe d'aigreur. Il but une gorgée, reposa son verre.

— Tu sais quoi ? Face à Ben, l'autre jour, je me suis dit que je le détestais. Son intransigeance, ses leçons de morale, chez lui tout m'exaspère, et jusqu'à son infirmité qu'il brandit comme une gloire supplémentaire ! Il est plus fort que l'adversité, il a toujours gagné. C'est vraiment indigeste.

Axelle mit ses coudes sur le comptoir et son menton dans ses mains, bien décidée à ne pas interrompre son frère avant qu'il ait fini. Sa présence dans cette maison, au milieu de la nuit, était fatalement un appel au secours qu'elle devait écouter.

— Indigeste, reprit-il, c'est le mot. Tout à l'heure, devant les boxes, j'en avais mal au cœur. Les chevaux me manquent, ma vie d'avant me manque, même cette fichue baraque, et pourtant elle n'est pas belle au clair de lune ! Quant à toi… Toi, je ne voudrais pas te détester aussi, mais j'ai beaucoup de rancœur, je n'y peux rien. J'espère que tu comprends ?

Elle lui fit signe de poursuivre, toujours silencieuse.

— La seule option qu'on m'offre, c'est de me reléguer au fin fond de l'Angleterre, de m'y oublier un an sans me donner un sou, et après on verra. Tu imagines bien que ça ne me dit rien du tout. Qu'est-ce que tu ferais, à ma place ? Tu as une idée ?

Bien qu'elle n'en ait aucune, elle s'efforça d'y penser de manière impartiale. Douglas était son cadet, elle l'avait toujours un peu considéré comme un gamin turbulent. À l'époque où il montait en course, Ben devait lui répéter plusieurs fois les ordres car il était systématiquement distrait avant de se mettre en selle sur le rond de présentation. Tout ce qu'il avait fait de bien dans sa trop brève carrière de jockey, il l'avait fait d'instinct parce qu'il possédait le sens des chevaux, mais sans réfléchir, sans prévoir.

— Alors, tout ça te manque ? murmura-t-elle. Si c'est vrai, il faut que tu restes dans l'univers du pur-sang, bon gré, mal gré. Nous sommes tombés dans la marmite à la naissance, Doug !

Elle se creusait la tête pour essayer de lui proposer quelque chose mais ne voyait pas quoi. Néanmoins, entre sa situation et celle de son frère il existait un tel écart qu'elle se sentait vaguement coupable. Elle avait tout ce qu'elle pouvait souhaiter, et lui rien. Elle avait trouvé sa place tout naturellement, tandis qu'il en était encore à chercher la sienne. Trois ans après la disparition de leurs parents en mer, lorsque les décès avaient été officiellement prononcés, il n'y avait eu ni succession ni héritage puisque tout appartenait à Benedict. Norbert ne possédait rien hormis le voilier acheté à crédit pour plaire à Solange. En conséquence, Douglas ne pouvait prétendre à aucun capital. Quant aux sommes qu'il avait gagnées avec ses victoires en course, elles avaient depuis longtemps été dépensées.

— Même si tu voulais m'aider, soupira-t-il, tu n'en aurais pas la possibilité, n'est-ce pas ? Tout passe par Ben, il va me falloir attendre sa mort…

Il descendit de son tabouret et vida la fin de son verre debout.

— Attends, Doug. Tu ne m'as rien demandé de précis. Tu es à court de fric ?

— Même pas.

Le ton de la réponse était carrément sinistre. S'il ne s'agissait pas d'un problème d'argent, quel genre de consolation était-il venu chercher auprès de sa sœur ?

Ils traversèrent la maison, puis la cour jusqu'au portail qu'Axelle déverrouilla.

— J'ai vu que vous aviez changé la serrure, mon ancienne clef n'ouvre plus.

— Une lubie de Constant.

— Dommage, j'avais envie de jouer au fantôme en allant m'asseoir directement au pied de ton lit !

Comme elle avait négligé d'allumer, ils se distinguaient à peine dans la pénombre mais elle le vit sourire. Se souvenait-il qu'il aimait lui faire peur lorsqu'ils étaient enfants ? Elle avait beau avoir quatre ans de plus que lui, il parvenait toujours à la surprendre et elle criait de frayeur.

Le prenant par les épaules, elle l'attira à elle.

— Tu es mon petit frère, Doug, tu le seras toujours.

Il parut embarrassé par son étreinte dont il se dégagea vite.

— Au revoir, Axelle, souffla-t-il en sortant.

Son départ ressemblait plutôt à un adieu et elle le suivit des yeux jusqu'à ce que sa silhouette disparaisse dans la nuit.

*

Un violent orage, en début d'après-midi, avait détrempé la piste du champ de courses d'Auteuil. Pour cette dernière réunion du mois de juin sur l'hippodrome parisien, Federal Express était engagé dans le prix Lindor, un steeple de trois mille sept cents mètres. L'épreuve était assez dure mais le cheval se trouvait au mieux de sa condition.

Sur le rond de présentation où les lads faisaient marcher les pur-sang, les entraîneurs donnaient leurs derniers ordres aux jockeys. Tête baissée, Antonin écoutait Axelle tout en tapotant ses bottes de petits coups de cravache nerveux.

— Fais une course d'attente, insista-t-elle, mais sans te battre avec lui. En tout cas, ne viens pas tout seul sur la rivière, il en a peur.

— Attendre, faut pouvoir ! C'est un sacré tireur, je vais en avoir plein les bras.

— Je te laisse juge, tu connais la musique.

Il releva brusquement la tête pour la regarder. Sous la visière du casque, ses yeux noisette brillaient.

— Quelle promotion ! Le jour où Ben me dira qu'il me laisse juge…

Le sourire qu'ils échangèrent était un peu trop doux, trop complice, et Axelle s'écarta aussitôt, cherchant des yeux son cheval.

— Allez, viens, je te mets en selle.

Le lad eut du mal à immobiliser Federal, qui portait le numéro quatre.

— Regarde-moi ça, grogna Antonin, il ne tient pas en place !

— Tu veux qu'on t'accompagne jusqu'aux élastiques ?

Avant le départ, les chevaux effectuaient un galop d'échauffement, mais les plus ombrageux étaient parfois conduits en main et au pas si l'on doutait de pouvoir les arrêter une fois lancés.

— Voir une piste en herbe le rend toujours dingue… Mais ça ira !

Antonin leva les mains et les posa sur le garrot, récupérant les rênes au passage, puis il plia sa jambe gauche. D'un geste sûr, Axelle saisit la botte et donna l'impulsion nécessaire pour expédier le jeune homme sur sa selle.

— Ne le lâche pas tout de suite, dit-elle au lad.

Elle attendit qu'Antonin ait chaussé ses étriers, bouclé la jugulaire de son casque.

— C'est bon, ça roule…

Sous le regard inquiet du lad qui repliait sa longe, Federal s'éloigna en trottinant et en renâclant, les naseaux dilatés.

Dans la tribune des professionnels, qu'elle se hâta de gagner, Axelle retrouva Romain venu en spectateur. Lorsqu'il ne montait pas, il aimait assister aux performances des chevaux de l'écurie et faisait volontiers le déplacement. Benedict appréciait beaucoup la manière dont ce garçon prenait son métier au sérieux, lui prédisant une belle carrière de jockey.

— *Les chevaux sont sous les ordres !* lança la voix du speaker dans les haut-parleurs.

Là-bas, sur la piste, les pur-sang s'étaient à peu près alignés devant la rangée d'élastiques. Pour les courses de plat, le départ s'effectuait dans les « boîtes », sortes de cages individuelles dont toutes les portes s'ouvraient automatiquement en même temps, mais lors des courses d'obstacles on utilisait les élastiques car, sur de longues distances semées d'embûches, un mètre de plus ou de moins en début d'épreuve ne changeait rien à l'arrivée.

— *Excellent départ de Mistigri qui s'élance le premier, suivi d'Oiseau bleu et de Federal Express...*

Fidèle à son habitude, Axelle se mit à jouer avec ses jumelles sans les utiliser tandis que le speaker égrenait les noms des chevaux et leurs places dans le peloton.

— Federal est dur à tenir, constata Romain, il tire comme un treuil !

Les yeux rivés sur la casaque bleu clair barrée d'une croix de Lorraine gros bleu, Axelle voyait bien les efforts d'Antonin pour ne pas prendre trop tôt la tête de la course.

— Encore un peu, souffla-t-elle entre ses dents. Attends, attends…

— *Mistigri est toujours au commandement devant Federal Express qui va facilement, suivi de…*

Une sourde inquiétude commençait à envahir Axelle qui se dressa sur la pointe des pieds. Au loin, Antonin essayait de ne pas se bagarrer avec son cheval afin qu'il conserve tout son allant, mais il se retrouvait déjà en seconde position, loin devant le peloton très étiré à présent.

— *Pour aborder la rivière, Mistigri et Federal Express sont largement détachés devant… Chute de Federal Express !*

À l'instant où il avait vu l'eau, le pur-sang s'était mis à hésiter, freiné dans son élan, puis avait choisi de sauter mais n'avait pas pu couvrir la totalité de l'obstacle. Il se releva presque aussitôt, semant la pagaille parmi les concurrents et provoquant la chute d'un autre cheval.

D'abord bien visibles sur l'herbe, la casaque et la toque d'Antonin disparurent au milieu des jambes des chevaux qui se réceptionnaient tant bien que mal. Federal Express galopait maintenant sans cavalier, les rênes au vent, fonçant vers le tournant d'Auteuil à la suite des autres.

Tétanisée, Axelle regardait toujours fixement Antonin. Couché sur le dos, le garçon ne bougeait pas.

— Oh, mon Dieu… Non !

Elle dévala les marches de la tribune, Romain sur ses talons, bousculant des gens au passage. Arrivée en bas, au niveau de la pelouse, elle aperçut un médecin qu'on venait de faire entrer sur la piste et qui courait vers Antonin toujours immobile. La voix du speaker continuait à résonner dans les haut-parleurs, de plus en plus stridente avec l'arrivée qui approchait.

Axelle laissa défiler les chevaux devant elle, puis elle montra son badge à un homme de la sécurité qui la laissa passer. Elle se mit à courir et se tordit plusieurs fois les chevilles dans l'herbe avant de rejoindre le médecin.

— Je suis son entraîneur ! lâcha-t-elle, à bout de souffle. Qu'est-ce qu'il a ?

Agenouillée près d'Antonin, elle découvrit son visage livide, ses yeux fermés.

— L'ambulance arrive, déclara le médecin. Ne le touchez surtout pas.

Il n'avait pas répondu à sa question et elle imagina le pire. Brutalement, elle eut la vision de Benedict couché sur le ciment de la cour le jour de cet accident qui l'avait rendu infirme.

— Antonin..., souffla-t-elle.

Elle avait assisté à suffisamment de chutes pour savoir que celle-là était grave, mais elle refusa d'y penser. La tête vide, elle sentit qu'on la prenait par un coude et qu'on la faisait se relever.

— Les secours sont là, lui glissa Romain à l'oreille.

Sa voix tremblait et Axelle se raidit. Elle souhaita désespérément qu'Antonin ouvre les yeux, rien qu'une seconde.

— Il s'est fait piétiner, expliqua-t-elle au médecin.

— Oui, j'ai vu...

Une ambulance du SAMU venait de s'arrêter près d'eux. Tout de suite, on les obligea à reculer, et Romain l'emmena presque de force un peu plus loin.

— Ils nous diront où ils vont le transporter. Il est entre de bonnes mains…

Au-delà de la lice, le lad et le garçon de voyage leur adressaient de grands signes.

— Federal a été rattrapé, il n'a rien, traduisit Romain.

Elle faillit dire qu'elle s'en fichait, mais c'était faux. Une seconde, elle ferma les yeux, revit le film de la chute. Federal Express atterrissait mal, les antérieurs dans la rivière, perdait l'équilibre et basculait, éjectant Antonin loin devant. Le choc avait dû sonner le garçon qui ne s'était pas relevé immédiatement, alors qu'une quinzaine de chevaux s'élevaient au-dessus de la rivière. Avait-il vu arriver tous ces sabots sur lui ?

— Il est inconscient mais il respire, leur annonça le médecin en les rejoignant. On l'emmène à Garches, aux urgences de l'hôpital Raymond-Poincaré. Ils ont un excellent service de traumato…

Les chevaux qui venaient de courir arrivaient au pas, couverts d'écume, pour se rendre au pesage. Certains jockeys s'arrêtèrent à la hauteur d'Axelle, l'interrogeant du regard sans oser formuler la question. Elle eut un geste d'impuissance et se détourna.

Enfermé dans un matelas-coquille, Antonin était en train de disparaître dans le camion du SAMU. La dernière chose qu'aperçut Axelle fut la couleur de sa toque car on ne lui avait pas enlevé son casque.

*

— Je ne sais pas, madame Marchand, je ne sais rien !

Constant se tordait les mains, nerveux et épuisé. Depuis le coup de téléphone d'Axelle, en milieu d'après-midi, il avait dû assumer trop de choses à la fois. D'abord, le retour des chevaux et leur débarquement du van de la STH. Faire venir le vétérinaire pour examiner Federal Express, à tout hasard. La série de radios prises dans le camion du véto allait coûter une fortune, mais par chance le pur-sang n'avait pas de séquelles de sa chute. Ensuite, Constant avait appelé Mme Marchand, la suppliant d'être là pour l'arrivée de Benedict qui prenait le premier avion. Puis expédier Romain à Orly car Ben n'y avait pas laissé sa voiture, étant parti pour un mois. Accomplir la tournée habituelle de l'écurie et tout vérifier *deux fois* puisque Axelle n'était pas là. Sauter sur son scooter et foncer acheter les provisions dont Mme Marchand avait établi la liste. Enfin rappeler Axelle sur son portable pour avoir des nouvelles d'Antonin, mais il n'avait obtenu que la boîte vocale.

— Bon sang, j'espère qu'il va s'en sortir… Pourquoi on ne me tient pas au courant ?

— Dans les hôpitaux, on doit couper les portables, rappela Mme Marchand. En attendant, vous avez bien fait de m'avertir, cette maison est dans un état de désordre ahurissant ! Je fais ce que je peux pour que M. Montgomery n'ait pas un choc en arrivant, il déteste le foutoir.

— Je ne crois pas qu'il s'en souciera ce soir, répliqua Constant. Mais vous avez encore le temps de ranger.

Plus l'absence de Benedict était longue, plus Axelle et Constant semaient la pagaille à travers les pièces.

— En tout cas, j'ai préparé un bon dîner *français*. Après un séjour à Londres, je vois très bien de quoi il peut avoir envie, le pauvre !

Elle reprit son aspirateur et s'éloigna, abandonnant Constant à ses soucis. Tout ce qu'il savait à propos de l'accident était qu'Antonin se trouvait dans un « état grave ». Axelle n'avait rien pu dire d'autre, avec des larmes dans la voix.

— Ces satanés canassons, grommela Constant.

Il se félicitait d'avoir toujours refusé de monter dessus et les chutes de Douglas, quelques années plus tôt, lui avaient causé des frayeurs épouvantables. À présent, c'était le tour d'Antonin, un garçon formidable que tout le monde appréciait. Surtout Axelle…

Croyait-elle vraiment qu'il n'avait rien remarqué ? Malgré toute son habileté à dissimuler ses sentiments, son regard la trahissait parfois, et celui qu'elle posait sur Antonin n'était pas toujours indifférent.

— Elle doit se faire un sang d'encre pour lui… Et maintenant, qui va monter les prochains engagés ?

— Vous parlez tout seul ? lui lança Mme Marchand. Vous feriez mieux de trier tous ces vieux programmes, sur la console du vestibule. Moi, je ne sais pas ce qu'il faut jeter !

— Rien du tout. Je vais les monter dans la pièce aux archives, Axelle décidera.

— Là-haut ? Dans ce capharnaüm où une chatte ne retrouverait pas ses petits ?

L'endroit était interdit de ménage, Axelle refusant qu'on touche à quoi que ce soit, mais Mme Marchand ne s'en offusquait pas puisque, de toute façon, Benedict ne pouvait pas y accéder.

Constant récupéra la totalité des papiers qui encombraient les meubles, puis il gagna le bureau où flottait une bonne odeur de cire d'abeille. Là, au lieu de prendre l'escalier en colimaçon, il s'attarda devant les photos accrochées au mur. Son père et son grand-père semblaient le regarder. Chacun à son époque, ils souriaient à l'objectif, posant devant des chevaux illustres qui étaient morts depuis longtemps. Un jour, Axelle rejoindrait la galerie de portraits des grands gagnants. Peut-être à côté de Macassar, comme elle l'espérait tant. Mais lui, Constant, n'aurait jamais sa place sur ce mur. Il n'était qu'un rouage subalterne dans le système Montgomery, néanmoins, sans lui, tout l'engrenage se coincerait, il en était persuadé. « Premier garçon » était une lourde responsabilité, surtout pour une écurie de cette importance, et il tenait son rôle avec ferveur.

Y songer le ramena inéluctablement aux deux visites nocturnes de Douglas, qui demeuraient un poids sur sa conscience. Se taire était une chose, mentir en était une autre, bien plus grave. Or il avait menti à Axelle. Si elle l'apprenait un jour, qu'adviendrait-il ? Mentirait-elle à son tour à Ben ? Ou bien toute cette histoire deviendrait-elle un scandale, un drame conduisant à l'éclatement de la famille ?

Secoué d'un frisson désagréable, il se détourna des photos.

*

— Comme tu vois, ç'a été un voyage éclair ! ricana Kathleen.

Malgré son maquillage, elle avait la mine défaite et les traits tirés. Sa mère la considéra un moment, perplexe, avant de risquer une question.

— Oliver t'aurait-il déçue, chérie ?

— Déçue ? Disons plutôt humiliée, indignée !

Elle n'en était pas à sa première déconvenue avec les hommes, mais elle acceptait moins bien l'échec à quarante ans qu'à trente.

— J'avais des doutes à son sujet, reprit Kathleen, et en principe, j'avais rompu. Mais c'est un tel charmeur que je me suis laissé avoir comme une débutante !

— Débutante en quoi ? demanda Grace d'un ton uni.

— Oh, maman ! J'ai eu une kyrielle d'amants, tu sais bien.

Sa mère eut un froncement de sourcils à peine perceptible, puis, tout de suite après, un sourire éblouissant.

— Tu profites de la vie, ma chérie, personne ne te le reproche.

Grace n'avait jamais fait la morale à sa fille, elle se contentait d'écouter ses trop rares confidences sans porter de jugement.

— Avec Oliver, reprit Kathleen, je croyais être suffisamment armée pour déjouer ses pièges.

— De quelle sorte ?

— Quand je lui ai signifié son congé, il est parti avec un de mes bracelets. Pas n'importe lequel, tu imagines. Mais il a dû avoir des difficultés pour le revendre, ou alors il a réfléchi, bref il m'a rappelée deux jours plus tard pour m'annoncer que, à sa grande surprise, il venait de trouver ce bijou dans une de ses poches.

— Bel aplomb, apprécia Grace. Et, bien sûr, il t'a donné rendez-vous pour te le rendre ?

— Nous avons bu quelques verres au Grenadier. Un bloody mary poussant l'autre, on a fini par dîner là-bas, et puis…

D'un geste las, elle repoussa une mèche qui barrait son front.

— Séance de galipettes, déclarations enflammées, au petit matin nous en étions à un projet de voyage en amoureux. Oublié, l'incident du bracelet ! Oublié jusqu'à ce qu'Oliver m'explique que j'allais devoir financer notre expédition à cent pour cent. Billets d'avion, hôtels, restaurants et tout le reste, de préférence en catégorie luxe, pourquoi se priver ? D'après lui, je *n'en suis pas à ça près*, n'est-ce pas ? D'ailleurs, dans notre monde moderne, qui se soucie de savoir si c'est l'homme ou la femme qui paye ? Pour tout t'avouer, j'ai failli céder, je ne me suis ravisée qu'en salle d'embarquement, une demi-heure avant le départ, quand je l'ai vu loucher sur une minette mal attifée et à peine pubère. J'ai rassemblé ce qui me restait d'orgueil pour le planter là. Fin de l'histoire.

Elle tourna la tête vers l'une des portes-fenêtres et s'absorba dans la contemplation du paysage noyé par la pluie. La journée était assez morose pour que Grace ait fait allumer un grand feu dans la cheminée, mais il s'éteignait car aucune des deux femmes ne s'était donné la peine d'ajouter une bûche.

— Quel horrible été, soupira Kathleen. Et je n'ai pas le moindre projet…

— Reste ici tant que tu voudras, chérie. Un peu de repos ne peut pas te faire de mal.

— Du repos ! Mais je ne fais rien, maman, je ne suis pas fatiguée !

Pourtant, son visage crispé proclamait le contraire.

— Écoute, soupira-t-elle, c'est une propriété magnifique, et tous ces bébés chevaux dans les prairies sont craquants, néanmoins j'ai peur de mourir d'ennui si je m'attarde. Sincèrement, je ne sais pas comment tu fais pour vivre ici à longueur d'année.

— Je m'occupe, répondit Grace d'un air guilleret.

Kathleen la considéra avec curiosité puis enchaîna, tout naturellement :

— Est-ce que Ben va bientôt revenir ?

— Il n'est parti que pour se rendre au chevet de son jockey, mais il devrait finir la saison avec nous. Tu sais comment il est : d'un côté, il se languit de son écurie, de l'autre, il voudrait laisser Axelle se débrouiller seule.

— Il lui abandonne le devant de la scène, alors ?

— Et tout le travail qui va avec. Mais il aura bientôt soixante-dix-sept ans, il faut qu'il lâche du lest.

— Tu aimerais qu'il se *repose*, lui aussi, et plutôt ici qu'ailleurs, n'est-ce pas ?

Grace esquissa un sourire indéfinissable tout en hochant la tête. Son prénom lui allait bien, chacun de ses gestes était empreint d'aisance et de délicatesse. C'était d'elle que Kathleen tenait son élégance à la fois innée et soigneusement cultivée.

— Ce temps de pluie te réussit, maman, tu es très en forme.

— Merci, chérie. Je ne peux malheureusement pas te retourner le compliment et ça me désole. Pourquoi n'irais-tu pas quelque part au soleil pour te changer les idées ? Peut-être même pour faire une rencontre ?

— Je n'ai pas la tête à ça. Je vais rester quelques jours avec vous, ensuite j'aviserai. J'avais bien pensé à un voyage au Japon, mais…

De nouveau, elle jeta un coup d'œil au-dehors. Son existence devenait morne, comment en était-elle arrivée là ? Trop d'atouts en main dès le début, et trop d'exigences par la suite ?

— As-tu toujours mené une vie exemplaire, maman ? Es-tu née sage, raisonnable, satisfaite ?

— Non à toutes tes questions, Kat. Mais…

Grace leva les yeux vers sa fille, hésita un instant, finit par sourire.

— Dans ma jeunesse, j'ai commis des bêtises, comme tout le monde. Je te jure que je ne les regrette pas.

Sa dernière phrase, prononcée lentement et d'un ton pénétré, ressemblait à un aveu ou à un serment.

Kathleen se demanda si l'instant était propice, si elles devaient enfin en venir à ce sujet tabou parfois suggéré mais jamais évoqué.

— Une bonne tasse de thé serait la bienvenue ! s'exclama Jarvis en pénétrant dans le salon.

Son imperméable était trempé, sa casquette aussi, pourtant il rayonnait.

— Figurez-vous que j'ai aidé à rentrer les poulinières, ajouta-t-il, très content de lui.

Ensemble, Kathleen et Grace jetèrent un coup d'œil à ses bottes de caoutchouc, couvertes de boue, qui laissaient de vilaines traces sur le tapis aux couleurs pastel.

— Tu deviens un vrai propriétaire terrien, ironisa Kathleen.

— Oh, c'était juste pour voir ce qui rebute Douglas dans cet exercice, répliqua Jarvis.

Étonnée, sa fille l'observa plus attentivement.

— Le sort de Doug t'intéresse vraiment ?

— Je crois que c'est une grosse épine dans le pied de Ben, et nous devons trouver la pince pour l'extraire.

Comme toujours, il était question de Benedict.

— Si Ben n'existait pas, je me demande de quoi nous parlerions, dit Kathleen avec une totale mauvaise foi car elle était la première à le mettre au centre des conversations.

— De la pluie et du beau temps, j'imagine, répondit Jarvis, imperturbable.

Grace eut un petit rire indulgent, puis elle se leva pour aller réclamer le plateau du thé.

*

Antonin ne devait son salut qu'à sa bonne étoile. Fracture du bassin, épaule démise, plusieurs côtes cassées et une entorse du poignet n'étaient que moindre mal en comparaison de ce qui aurait pu lui arriver. Force était donc de constater qu'il avait eu de la *chance*.

— Tu étais pile à l'endroit où les chevaux se réceptionnaient de leur saut au-dessus de la rivière, lui expliqua Axelle. Ils ont cherché à t'éviter mais certains n'ont pas pu faire autrement que te piétiner au passage.

À son réveil, Antonin se rappelait juste être tombé, s'être écrasé dans l'herbe, mais après il n'avait pour tout souvenir qu'un grand trou noir, sans aucune image, jusqu'à ce que le visage d'une infirmière entre dans son champ de vision.

— De la chance, répéta fermement Benedict. Une veine de cocu, si tu veux mon avis. Tu aurais pu avoir la cage thoracique enfoncée, ou la tête arrachée ! En prime, tu n'as même pas eu le temps d'avoir peur, tu te rends compte ?

— Peur, non, admit Antonin d'une voix rauque.

Il avala sa salive avec difficulté, la gorge encore endolorie par l'intubation.

— Moi, oui, rappela Axelle. Bon Dieu, quelle trouille !

— Ne jure pas, lui enjoignit Benedict.

De part et d'autre du lit, ils observaient Antonin avec un reste d'inquiétude.

— Les médecins ne savent pas me dire pour combien de temps j'en aurai avant de… de remonter, murmura le jeune homme.

— Un peu tôt pour t'en soucier, non ?

Des semaines, voire des mois de rééducation seraient nécessaires, ils le savaient tous trois.

— Ta saison est fichue de toute manière, reprit Ben, alors ne te presse pas, n'essaie pas de brûler les étapes.

Il en parlait en connaissance de cause, lui qui avait tellement bataillé, en vain, pour recommencer à marcher.

— Romain va me remplacer ? demanda Antonin à Axelle.

— En partie, mais il ne pourra pas tout assumer. On fera appel à des jockeys de l'extérieur.

— Tu lui laisses Macassar dans le grand prix ?

— Oui, répondit-elle sans hésiter.

Elle en avait toujours eu l'intention mais ne l'avait pas annoncé officiellement jusque-là. Chaque matin, lorsqu'elle suivait des yeux son cheval préféré, elle appréciait la manière dont Romain en obtenait le maximum. Au fil des semaines, sa conviction s'était forgée, et même si Romain manquait encore un peu d'expérience, il serait le cavalier idéal pour Macassar.

Fuyant le regard d'Antonin, elle croisa celui de Benedict qui l'observait.

— Il s'entend vraiment bien avec lui, plaida-t-elle, et cette course sera capitale. Mais nous ne sommes pas venus pour te parler de chevaux. Dis-nous plutôt de quoi tu as besoin.

— De rien, merci, rien du tout, répondit-il en fermant les yeux.

Pour toute famille il n'avait que son père, parti vivre en Allemagne depuis cinq ans et avec qui il ne s'entendait guère.

— Ne sois pas bête, protesta Axelle, fais-moi plutôt une liste, je note.

Elle sortit un carnet et un stylo de son sac, sans se laisser décourager par le silence d'Antonin.

— Tu as la télé mais je peux aussi t'apporter une radio, des journaux, et puis un pyjama, une trousse de toilette… Quoi d'autre ? Romain a récupéré tes affaires dans le vestiaire des jockeys, il te rendra ta montre et ton portable.

Comme il se taisait toujours, elle posa doucement sa main sur le poignet bandé.

— Antonin ? Tu vas t'en remettre…

Ce qu'il éprouvait était facile à deviner. Sa carrière venait de subir un coup d'arrêt brutal qui l'expédiait sur la touche pour des mois. Et ensuite, n'aurait-il vraiment aucune appréhension en remontant à cheval ? Douglas avait dû abandonner, au-delà de ses problèmes de taille et de poids, pris de panique lorsqu'il se rendait au départ.

— Et si tu as le moindre souci matériel, tu sais que nous sommes là.

— Côté fric, je suis tranquille, dit-il avec effort. Mais merci de le proposer.

Avec ses gains, il s'était acheté quatre ans plus tôt une jolie petite maison, qu'il payait à crédit, et il avait souscrit toutes les assurances inhérentes aux risques de son métier.

— Tu veux qu'on sonne l'infirmière ? intervint Benedict. Si tu as besoin de calmants, n'hésite pas, souffrir n'aide pas à guérir.

Axelle se reprocha de ne pas y avoir pensé la première. Embarrassée par la présence de Ben, elle ne parvenait pas à être naturelle dans cette chambre d'hôpital, et jusqu'ici elle n'avait dit que des banalités.

Antonin avait sans doute très mal après la longue intervention subie pour réparer son bassin, d'autant plus qu'il respirait avec précaution en raison de ses côtes cassées, et peut-être préférait-il être seul pour gérer la douleur. Cependant, il devait aussi espérer un élan de sa part, des mots ou des gestes tendres qu'elle n'avait pas eus.

— Je reviendrai demain en fin de matinée, murmura-t-elle.

Ben se passerait d'elle pour le troisième lot, celui des poulains, elle devait à Antonin un moment d'intimité.

Dans la voiture, alors qu'ils venaient de reprendre la route de Maisons-Laffitte, son grand-père laissa échapper toute une série de jurons entrecoupés de soupirs.

— Oui, je sais, je t'ai dit de ne pas le faire, mais moi je suis un vieux monsieur impotent, j'ai le droit ! Franchement, cet accident est une catastrophe, pour le pauvre Antonin, bien sûr, et aussi pour nous. Tu vas vraiment confier Macassar à Romain ?

— Je te rappelle que c'est toi le premier qui l'as mis dessus.

— Comme cavalier d'entraînement, pas comme jockey du grand prix de Maisons-Laffitte !

— Il y arrivera, j'ai confiance, répondit-elle d'un ton sec.

— Ne prends pas la mouche, ma jolie, nous ne faisons que discuter, c'est toi qui décides.

Boudeur, il s'absorba dans la contemplation de la forêt qui défilait le long de l'autoroute.

— Puisque tu n'as pas besoin de moi, ajouta-t-il au bout d'un moment, je repartirai pour Londres après la course de Macassar. En attendant, il y a une chose que tu dois me promettre, c'est de ne pas passer tes journées au chevet d'Antonin. Il va avoir la visite de tous ses copains, et je ne veux pas que des commérages se mettent à circuler.

C'était la toute première fois qu'il intervenait dans la vie privée d'Axelle. Plutôt que lui rappeler qu'elle était adulte depuis longtemps, elle choisit de répondre en riant :

— Je ne te savais pas sensible aux commérages, Ben !

— Tu as raison, je m'en fous, disons que je me suis mal exprimé. Écoute, je ne veux ni te vexer, ni te braquer, seulement… Antonin est un très gentil garçon, mais j'espère que tu n'envisages rien de sérieux avec lui.

— Pourquoi ?

— Tu mérites mieux, Axelle.

— Parce qu'il est jockey ?

— Grands dieux, non ! Juste parce qu'il n'a pas de… d'envergure. Ce n'est pas un homme solide, ce n'est pas un homme pour toi. Et puis l'affaire serait tout de même trop bonne pour lui. Épouser Mlle Montgomery, il doit en rêver, c'est humain. Mais toi, tu ne sauras jamais de quel poids l'écurie a pesé dans la balance de ses sentiments, tu auras un doute et ça te pourrira la vie.

Les dents serrées, elle s'obligea à ne pas répliquer. Ce que Ben venait de dire, elle se l'était tellement répété qu'elle avait rompu avec Antonin. Parfois, elle le regrettait, comme lors de cet après-midi de juin où elle avait cédé à l'envie de se retrouver dans ses bras, ou comme à Auteuil à l'instant de sa chute car la peur éprouvée avait pu lui faire croire qu'elle l'aimait.

— Sois tranquille, souffla-t-elle. Je sais tout ça et je n'ai pas de projet sérieux avec Antonin. C'est juste une…

— Amourette ? Tant mieux ! Tu fais ce que tu veux, ma grande.

Une affirmation à moitié vraie. Certes, Benedict l'avait laissée libre dès son plus jeune âge, par pudeur et parce qu'il se sentait trop âgé pour comprendre une adolescente, mais il lui arrivait d'émettre des diktats. Antonin faisait partie des interdits, comme monter à cheval ou partir en voyage. « On ne peut pas être entraîneur de chevaux de course à temps partiel ! » avait-il coutume de répéter. Axelle s'était pliée à tout sans rechigner, amoureuse de son métier et prête à consentir de grands sacrifices, néanmoins, avec les années, elle supportait moins bien l'autoritarisme de Ben.

Ses pensées la ramenèrent vers Antonin, seul sur son lit d'hôpital. Oui, tous ses amis allaient défiler à son chevet, tous les cavaliers qui seraient navrés pour lui mais heureux de ne pas être à sa place. Et puis les amis ne remplaçaient pas une mère ou une épouse, il n'aurait pas droit à de la vraie tendresse, à l'amour qui console et qui rassure.

Elle s'engagea dans l'avenue qui menait à l'écurie, franchit le portail. La première chose qu'elle vit, incongrue au milieu de la cour, fut une niche toute neuve avec un berger allemand couché devant.

— Qu'est-ce que c'est que ça ? tonna Benedict.

— Je crois que Constant a acheté un chien, répondit-elle en coupant le contact.

— Tu plaisantes ?

— Ben…

Tournée vers lui, elle le dévisagea jusqu'à ce qu'il se mette à hausser les épaules.

— Parfait, je ne dis plus rien ! Mais si ce cabot fait peur à un cheval, il se retrouvera à la SPA. Il y a des moments, je te jure, où je me demande si je ne ferais pas mieux de m'installer chez Jarvis pour de bon…

Constant vint ouvrir la portière de Benedict à l'instant où Axelle éclatait de rire.

*

Assis à la table de sa cuisine, la tête entre les mains, Douglas était prostré. Dans Maisons-Laffitte, on ne parlait que de l'accident d'Antonin, et en allant acheter ses journaux Doug avait entendu bon nombre de commentaires. La plupart des gens qu'il connaissait, ceux qui appartenaient au petit monde du turf, s'apprêtaient à rendre visite au malheureux jockey et se répartissaient l'achat des fleurs ou des chocolats.

Douglas ne faisait plus partie de cet univers-là. Pourtant, quelques années plus tôt, il avait partagé avec Antonin des galops et des fous rires, des soirées en boîte, des cuites et des réveils difficiles. Plus âgé que lui, Antonin l'avait aidé à débuter en course, ne ménageant pas ses conseils. À l'époque, Doug le considérait un peu comme son grand frère, jusqu'à ce qu'Antonin se mette à faire les yeux doux à Axelle.

Récemment, alors que Doug arpentait le parc sans but, il avait aperçu Antonin à plusieurs reprises mais ne s'en était pas approché.

À la une du *Paris-Turf* étalé devant lui, une photo de la chute à la rivière le fascinait. Il avait connu des moments semblables et en conservait d'atroces souvenirs. Tomber, sentir qu'on se casse, attendre les secours qui arrivent toujours moins vite que la douleur…

Douglas retourna le journal pour ne plus voir la photo. Même si, d'un coup de baguette magique, il avait eu la possibilité de redevenir jockey, il ne l'aurait pas voulu. Les chevaux, il n'avait plus envie de monter dessus, cependant ils lui manquaient. Un paradoxe qui ne lui laissait pas le choix. Le sinistre « Étienne » l'avait encore une fois abordé discrètement, la veille, et de nouveau il s'était défilé, mais sans faire de scandale car il ne voulait pas que ce type devienne son ennemi. Non, tout ce qu'il souhaitait, et de plus en plus désespérément, c'était sortir de cette ornière où il s'enlisait. Avoir une vraie vie, des projets, un avenir, un peu d'argent. Ne plus penser à Benedict comme à un gêneur, ne pas attendre sa mort ni son héritage.

Tu es devenu mauvais. Cet abruti de Constant finirait par avoir raison. Espérer la fin de son grand-père, jalouser sa sœur et bientôt la haïr, droguer un pur-sang la veille d'une course… Ah, il était tombé bien bas !

La sonnette de la porte le fit sursauter, l'arrachant à ses idées noires. Il se leva pour aller ouvrir, curieux de savoir qui venait lui rendre visite. Lorsqu'il découvrit Étienne, flanqué d'un inconnu, il comprit que les vrais ennuis allaient commencer.

*

— À la piste ! cria Constant.

Debout à côté de la niche, il regarda le lot des pur-sang se mettre en route.

— Non, non, pas bouger, murmura-t-il au chien qui s'était assis pour mieux voir passer les chevaux.

— Comment s'appelle-t-il ? demanda Axelle en le rejoignant.

— Patch.

— Il a l'air obéissant.

— Oui, il m'écoute, admit Constant avec un petit sourire de fierté. Pour l'instant, je le laisse attaché le matin, et je le libère à l'heure du déjeuner, dès que le dernier cheval est rentré dans son box. Il s'habitue à l'écurie, il est sage.

Posséder un animal semblait lui apporter une immense satisfaction.

— Ben finira par l'apprécier, j'en suis sûre.

— De toute façon, maintenant qu'il est là, je le garde ! répliqua Constant d'un ton véhément.

Elle lui jeta un coup d'œil intrigué mais n'ajouta rien. Constant étant toujours d'humeur égale, cette histoire de chien devait vraiment lui tenir à cœur.

Près du portail où il avait arrêté son fauteuil, Benedict examinait attentivement les chevaux au fur et à mesure qu'ils quittaient la cour. Quand Axelle arriva à sa hauteur, il était en train de bougonner.

— Crabtree fait du lard, pourquoi le laisses-tu grossir ?

— Il a été arrêté quelques jours pour un tendon, et bien qu'on ait baissé les rations, ça lui a profité.

— Pamela, c'est le contraire, je la trouve maigrichonne.

— Elle a couru trois fois coup sur coup, mais sa saison est terminée, je vais l'envoyer au pré.

— Bon, allons-y. Qu'est-ce que tu as prévu comme travail ce… ? Tiens, voilà ton soupirant !

Axelle reconnut la voiture de Xavier qui se rangeait le long de l'avenue pour laisser passer le lot de chevaux.

— Pourquoi dis-tu ça, Ben ?

— Parce que je ne suis pas aveugle.

Contrariée, elle haussa les épaules avant de lâcher, à mi-voix :

— Pas du tout mon genre.

— Trop grand ? railla son grand-père. Trop bien élevé ? Écoute, je file à la piste, accueille-le.

Comme Xavier s'attardait devant son coffre ouvert, Axelle se dirigea vers lui.

— Tu es très matinal ! Mais tu aurais dû téléphoner, là, j'ai du travail.

Les bras chargés, il rabattit son hayon tant bien que mal.

— Les fleurs sont pour toi et le paquet rouge pour Antonin, quand tu le verras. Je n'ai pas osé aller à l'hôpital, je ne sais pas si les visites sont autorisées.

— Pourquoi des fleurs ? s'enquit-elle d'un ton froid.

Benedict allait mourir de rire lorsqu'il verrait le bouquet, tout à l'heure. Des roses rouges, somptueuses et probablement en nombre impair, selon la tradition.

— Tu as dû avoir tellement peur, Axelle ! Mais j'ai une autre surprise. Mon logiciel est fin prêt, et je n'avais pas la patience d'attendre une heure de plus pour te l'apporter, voilà.

Embarrassée, elle se contenta de hocher la tête. Elle n'avait ni le temps ni l'envie de s'installer devant un ordinateur maintenant. Hélant l'un des palefreniers qui balayait la cour, elle lui remit les fleurs et le paquet destiné à Antonin.

— Donne tout ça à Constant, tu veux ? Viens avec moi, Xavier, on m'attend à la piste.

Il lui emboîta le pas, apparemment ravi de la suivre.

— Tu vas voir, j'ai ajouté des animations. Le genre de gadgets ludiques qui devraient t'amuser. Des silhouettes de chevaux qui galopent, d'autres qui sautent des haies… Bien entendu, tu pourras les faire disparaître s'ils t'agacent ! En fait, je voulais habiller un peu le décor pour ne pas rester figé sur des tableaux et des colonnes. Dans le bas de l'écran, il y a un petit cheval noir, très élégant avec ses deux chaussettes blanches, qui broute un coin d'herbe. Je ne suis pas sûr qu'il ressemble vraiment à ton Macassar mais j'ai fait de mon mieux. Il te signalera les erreurs en se mettant à ruer si tu entres les données dans la mauvaise case.

— Tu es complètement fou ! s'exclama-t-elle en riant.

— Tous les ingénieurs informaticiens le sont.

— Drôle de métier. Vous vivez enfermés, le nez sur un écran, dans un monde virtuel. Moi, j'ai besoin d'être dehors, avec de vraies choses autour de moi.

Comme ils venaient de pénétrer dans l'enceinte du centre d'entraînement, elle désigna les arbres, les pistes en sable fin, les groupes de pur-sang qui galopaient.

— La réalité.

— C'est un très beau spectacle, apprécia-t-il.

Elle dissimula un sourire en se souvenant à quel point les chevaux étaient étrangers à Xavier. Trois mois plus tôt, il n'avait jamais mis les pieds sur un hippodrome et jugeait stupide l'engouement de son père pour les chevaux de course.

Ils rejoignirent Benedict qui était posté à l'une des sorties du rond Poniatowski.

— J'ai envoyé tout le monde faire un canter, annonça-t-il. Bonjour, Xavier. Comment va votre père ?

— Bien, j'imagine, mais vous devez le voir plus souvent que moi.

— Non, il se montre peu à l'entraînement, c'est un homme très occupé. De toute façon, j'étais en Angleterre.

Levant la tête vers le jeune homme, Ben le regarda avec une expression ironique.

— Ça y est, vous avez attrapé le virus ?

— Du cheval ? Peut-être bien… Mais « virus » est un mot détestable pour qui travaille sur des ordinateurs.

Ils furent interrompus par l'arrivée du lot de l'écurie. Les uns derrière les autres, les pensionnaires des Montgomery galopaient sans le moindre effort, avec une foulée élastique, aérienne, comme s'ils étaient juste en train de s'échauffer. Ils défilèrent rapidement, soulevant des gerbes de sable sur leur passage.

Impressionné, Xavier les suivit des yeux jusqu'à ce qu'ils aient disparu dans le virage. Lorsqu'il se retourna vers Axelle, il la vit accroupie à côté du fauteuil de Benedict, se retenant d'une main à un accoudoir, lancée dans une discussion qui semblait très technique. Plutôt que d'essayer de comprendre des termes qui ne lui disaient pas grand-chose, il s'absorba dans la contemplation de la jeune femme. Sa queue-de-cheval, attachée très haut et qui s'échappait à l'arrière de sa casquette, était d'un blond étincelant au soleil. Ses yeux restaient cachés par l'ombre de sa visière, mais il put détailler son petit nez à peine retroussé, sa bouche, la ligne de son cou. Son polo blanc la moulait un peu, laissant deviner des formes appétissantes et un ventre plat. Il la trouva tellement jolie qu'il s'obligea à regarder ailleurs. Le virus qu'il avait attrapé n'était pas celui des chevaux, non, il était tout bêtement tombé amoureux. Le déclic avait même dû se produire la première fois, le soir où il était venu dîner chez les Montgomery avec ses parents.

« Et maintenant, je fais quoi ? »

Comment s'y prendre pour la séduire, pour sortir du rapport vaguement amical établi entre eux ? Xavier ne s'estimait ni beau ni brillant. Il ne possédait pas l'assurance et la faconde de son père, ne faisait pas de la chasse aux filles son sport favori. Jusqu'ici, il avait surtout bataillé pour rendre sa boîte compétitive, laissant sa vie privée loin au second plan.

— On rentre, Xavier ! lança Axelle qui était en train de s'éloigner avec son grand-père.

Bon, apparemment, elle ne lui accordait aucune importance. Jamais il n'aurait dû terminer la mise au point de son logiciel si vite. Pourquoi s'était-il acharné à y travailler jour et nuit ? Désormais, il n'aurait plus de prétexte valable pour la rencontrer en tête à tête et, dans les tribunes d'un champ de courses, il n'obtiendrait pas son attention une seule seconde.

« Donc, c'est aujourd'hui que je dois tenter ma chance… »

L'idée était ridicule, il savait bien qu'il n'oserait pas. Il allongea le pas pour rattraper les Montgomery, surpris par la rapidité du fauteuil électrique.

— Eh, vieux filou, on ne te voit plus, qu'est-ce qui se passe ? Toujours chez les rosbifs ?

Un type venait d'arrêter Benedict et lui tapait familièrement sur l'épaule.

— J'ai droit à des vacances, la petite s'occupe de tout.

— Je crois bien qu'elle est devenue meilleure que toi, Ben ! Cette victoire dans la grande course de haies, chapeau…

Xavier en déduisit qu'il s'agissait d'un autre entraîneur, et qu'une nouvelle discussion incompréhensible allait s'ensuivre. Mais Axelle se détourna des deux hommes pour revenir vers lui.

— Tu restes déjeuner ? proposa-t-elle. À midi, la seule chose dont j'ai envie, c'est de dévorer !

Son regard bleu azur était vraiment irrésistible. Il acquiesça en silence, pour ne pas avoir l'air de se jeter sur l'invitation.

6

Douglas arpentait la salle d'embarquement avec la démarche mécanique d'un lion en cage. Tout ce qu'il désirait, c'était monter à bord de son avion et quitter le territoire. S'éloigner de la menace qui planait sur lui désormais.

Dans la navette menant à Roissy, il avait essayé de réfléchir calmement, mais de quelque façon qu'il aborde le problème la même conclusion s'imposait : fuir.

Une fois son billet pour Londres acheté, il avait appelé Kathleen, sa seule alliée possible. « Tu lis trop de romans policiers ! » s'était-elle exclamée avec un grand rire, mais elle avait promis d'aller le chercher à Ipswich s'il trouvait une correspondance pour aller jusque-là.

Quels qu'aient pu être ses remords depuis son expédition nocturne dans le box de Macassar, il n'avait pas vraiment pris la mesure du pétrin dans lequel il s'était fourré. Tout seul comme un grand, un grand con qu'il était ! Accepter un marché avec l'abominable Étienne revenait à mettre le doigt dans un engrenage fatidique, et ensuite il était impossible de s'en dégager. Étienne le lui avait bien fait comprendre, ce matin, en l'accusant d'avoir la tête d'un type *prêt à craquer*.

Prêt à craquer signifiait qu'il devenait dangereux. Et s'il allait tout déballer à sa famille, pris d'une crise de conscience ? C'était pour le tester qu'Étienne lui avait proposé d'autres *affaires*, et ses refus successifs n'avaient pas seulement déplu mais inquiété. « Si tu n'es pas avec nous, tu es forcément contre nous. À toi de choisir de quel côté de la barrière tu veux te retrouver. En tout cas, tu ne peux pas rester à cheval dessus ! »

Le ton brutal et le tutoiement étaient significatifs. Presque aussi éloquents que la tête patibulaire de l'homme qui accompagnait Étienne et qui n'avait pas desserré les dents. Effrayé, Douglas avait juré ses grands dieux que, non, il n'était pas du genre à craquer, vraiment pas. Pour lui, l'histoire s'arrêtait là, il avait rempli sa part du marché, pourquoi le harceler ? Avec un ricanement méprisant, Étienne avait conclu : « À moins d'avoir gagné au Loto, tu as toujours besoin d'argent, non ? Moi, je peux t'en fournir, je te laisse vingt-quatre heures pour y réfléchir. »

Obliger Douglas à retomber dans une nouvelle combine, c'était se l'attacher définitivement. D'un côté la carotte du fric, de l'autre le bâton d'une raclée, ou pire encore. Devant cette alternative, Doug avait réagi au quart de tour, et à peine les autres avaient-ils franchi la porte qu'il s'était décidé. Après avoir jeté des vêtements dans un sac, il avait quitté son petit appartement sans regret, sachant qu'il n'y reviendrait pas. Un détour par la banque, le temps de récupérer l'argent qui restait sur son compte, et en route pour l'aéroport.

À présent, il attendait le décollage avec anxiété. N'était-il pas parti trop vite de chez lui ? Est-ce qu'on le surveillait ? Sans doute pas, car au fond il ne représentait pas un gros problème. En disparaissant, il l'effaçait, du moins l'espérait-il, et, dans quelque temps, tout le monde l'aurait oublié, Étienne compris.

Lorsque l'hôtesse d'Air France annonça que les passagers pouvaient commencer à embarquer, il se dirigea le premier vers le long tube télescopique qui menait à la porte de l'avion.

*

Antonin s'était abstenu de trop utiliser sa pompe à morphine avant l'arrivée d'Axelle. Il ne voulait pas qu'elle le trouve endormi et en profite pour repartir sur la pointe des pieds. Du coup, comme il était bien réveillé, il subissait une douleur lancinante, presque insupportable, mais au moins il pouvait la voir, l'écouter, se laisser bercer par sa gentillesse.

— On se croirait chez un fleuriste ! Tes copains se sont donné le mot ?

— Non, ils m'ont surtout apporté des bouquins, des tee-shirts, des gâteaux… Les fleurs, ce sont plutôt les cavalières qui me les ont offertes.

Partout où on pouvait poser un vase trônait un superbe bouquet.

— Je croyais les fleurs désormais interdites dans les hôpitaux ?

— J'ai dit aux infirmières de les emporter chez elles ce soir.

— Tu vas devenir la coqueluche du service ! En fait, tu dois déjà l'être, non ? Un beau jeune homme célibataire et blessé…

— Je suis célibataire contre mon gré. Et mon cœur est pris.

Elle accusa le coup, esquissant un sourire très crispé.

— Tu ne veux pas que je t'en parle, n'est-ce pas ? Mais je suis toujours amoureux de toi, je n'y peux rien. Du fond de ce lit, je n'ai même plus de dérivatif, je ne pense qu'à toi.

— Arrête, Antonin. Je me sens déjà très coupable de ce qui est arrivé l'autre jour, n'en rajoute pas !

— Coupable de quoi ? Tu n'étais pas bien dans mes bras ? Pour moi, c'était un moment merveilleux.

— Arrête, répéta-t-elle fermement.

Insister ne ferait que la braquer davantage, il le savait, pourtant il ajouta, avec toute la douceur dont il se sentait capable :

— D'accord, je me tais, à condition que tu me laisses une petite lueur d'espoir.

Au lieu de répondre, elle prit sa main valide et la serra un moment sans rien dire. Ce silence était une condamnation, qu'il eut du mal à accepter.

— Tu me rends très malheureux, souffla-t-il.

Mais il ne cherchait pas à l'attendrir. Entre la douleur physique qu'il éprouvait et ce nouveau refus qu'elle venait de lui infliger, il avait soudain envie d'être seul pour pouvoir pleurer sur son sort. Jamais Axelle ne le croirait, jamais elle ne lui ferait assez confiance pour se laisser aller à l'aimer. Il resterait l'amant de passage, traité en bon copain, jusqu'à ce qu'elle tombe amoureuse d'un autre homme et le rejette définitivement.

Pour ne plus la voir, il tourna la tête vers la fenêtre. Il devait trouver le courage d'abandonner ses illusions, cesser de courir après une chimère.

— Je reviendrai demain, dit-elle en se levant.

— Tu as mille choses à faire, Axelle. Je connais ton programme, ne viens pas perdre ton temps ici. Quand je serai rentré chez moi, ce sera plus simple.

Le retour n'aurait pas lieu avant au moins deux semaines, d'après les médecins. En quinze jours, peut-être réussirait-il à prendre un peu de recul, à ne plus s'obséder en vain. Son accident l'avait rendu moralement très vulnérable, il ne tenait pas à se retrouver comme un petit garçon quémandant des faveurs ou de l'affection.

Il entendit Axelle quitter la chambre, refermer la porte presque sans bruit. Aussitôt, il appuya sur la pompe à morphine.

*

Dans l'obscurité, ils avaient investi l'aile gauche sur la pointe des pieds, comme des cambrioleurs. Cette partie de la grande bâtisse victorienne n'était pas habitée, cependant tout y était impeccable en prévision d'éventuels invités.

Kathleen précéda Douglas à travers le hall d'entrée jusqu'à la porte d'un salon.

— Attends-moi là, je vais enclencher le disjoncteur.

Elle disparut quelques instants et, en revenant, appuya triomphalement sur les interrupteurs. Des appliques murales s'allumèrent, éclairant la pièce d'une lumière plutôt froide.

— Aide-moi à enlever les housses, lui enjoignit-elle.

Ils ôtèrent les draps blancs qui protégeaient trois gros fauteuils et un canapé recouverts de chintz à fleurs.

— La déco est très, très anglaise, je te préviens ! Bon, voilà le living, à côté tu trouveras une cuisine équipée pour les petits déjeuners seulement, et à l'étage deux chambres séparées par une salle de bains. Maman a fait aménager cette aile il y a deux ou trois ans, en principe pour moi, afin de préserver mon indépendance. Inutile de te dire que, lorsque je séjourne ici, je préfère ma chambre de jeune fille dans la grande maison. Vu ses proportions, on ne risque pas de s'y gêner les uns les autres ! D'ailleurs, les invités préfèrent aussi, en conséquence personne ne vient jamais ici, tu seras tranquille.

Tout en parlant, elle s'était dirigée vers un bar en acajou et en cuivre. Elle sortit une bouteille de whisky hors d'âge, des verres, un bac de glaçons.

— Il y a un petit frigo là-dessous, expliqua-t-elle.

Après avoir déposé le tout sur la table basse, elle se laissa tomber dans l'un des fauteuils.

— Bon sang, je suis épuisée !

Douglas regardait autour de lui avec curiosité, prenant la mesure de l'endroit où il allait vivre désormais.

— Quand nous étions gamins et qu'on venait chez vous en vacances, ce n'était pas une grange ?

— Non, une ancienne salle pour les banquets de chasse ou quelque chose comme ça. Mais on y jouait au badminton les jours de pluie, tu t'en souviens ?

— Très bien.

Kathleen avait dix-huit ans de plus que lui, et lorsqu'il était enfant il la voyait comme une princesse, une fée. Rarement présente durant l'été, elle ne faisait que de brèves apparitions, mais elle en profitait toujours pour s'amuser avec ses petits-cousins.

— Tu es gentille de m'accueillir, Kat.

Fidèle à sa parole, elle était venue le récupérer à l'aéroport d'Ipswich où il avait atterri à bord d'un coucou.

— Je ne suis pas la propriétaire des lieux, Doug, ce sont les parents qui te reçoivent.

— Tu as négocié mon séjour ?

— À vrai dire, tout est arrangé. Au mieux, j'espère que tu en conviendras. Nous nous sommes donné beaucoup de mal pour imaginer une solution… acceptable.

— J'accepterai n'importe quoi, répondit-il d'une voix éteinte.

— Vraiment ?

Elle le toisa, sourire aux lèvres, avant de vider la moitié de son verre.

— Qu'est-ce qui t'arrive, Doug ? Dans quel piège à loup t'es-tu pris les pattes ?

— L'histoire serait trop longue.

— Nous avons la nuit devant nous ! Tiens, allume donc les petites lampes et éteins les appliques, cette lumière est odieuse.

Il s'exécuta, et l'atmosphère du salon devint aussitôt beaucoup plus chaleureuse.

— Tu verras, ce ne sera pas si terrible, affirma-t-elle tandis qu'il s'asseyait en face d'elle.

— Vivre ici ?

— Non, te confier. En principe, ça soulage.

— Je n'ai pas très envie d'en parler, mais disons que j'ai eu le tort de me mettre en cheville avec des gens peu recommandables. Je leur ai rendu un… service, contre de l'argent bien entendu, et j'ai été assez stupide pour croire que les choses s'arrêteraient là. Évidemment, ça n'a pas été le cas. Ce matin, ils m'ont rendu une petite visite qui m'a vraiment flanqué la trouille et j'ai compris qu'il valait mieux disparaître un certain temps. Tu sais tout.

Amusée, elle le contempla en silence, puis termina son verre.

— Ressers-moi, tu veux ? Avec deux glaçons, merci. Alors, c'était quoi, le *service* ?

— Un truc illégal, moche, amoral, un…

Il s'interrompit, chercha ses mots, renonça.

— Je ne peux pas, Kat, murmura-t-il avec un geste impuissant.

Elle fut frappée par son expression désespérée. Douglas n'était pas un grand sensible, et la morale n'avait jamais été sa préoccupation essentielle. Qu'avait-il pu commettre d'assez terrible pour se retrouver dans cet état-là ? Comprenant qu'elle avait intérêt à changer de sujet, elle enchaîna :

— Je vais te faire part des conclusions de notre petit conseil de famille.

— Quel conseil ?

— Tout le monde s'inquiétait pour toi ces temps-ci, surtout depuis ta dernière entrevue avec Ben. Tu connais mes parents, ils sont partisans de la paix en famille…

— Non, ils sont avant tout partisans de Ben, de ce qui l'arrange, lui, de ce qui lui fait plaisir !

— Si tu veux. Mais justement, votre querelle leur pèse. Par conséquent, nous avons réfléchi à une solution susceptible de contenter tout le monde. Quand Ben t'a proposé de vivre ici, tu n'avais pas envie de cohabiter avec maman, et elle non plus, sans doute. Cette aile indépendante représente un compromis, c'est papa qui en a eu l'idée et il était tout heureux de sa trouvaille. Restait le problème du salaire ou d'une forme quelconque de rétribution. Sur sa lancée, papa a proposé de te verser une somme d'argent, ce qui a fait rire maman, vu qu'il n'en a pas. Ce qu'il t'a donné la dernière fois a séché son compte et maman a dû le remettre à flot. Mais comme tu le sais, pour elle l'argent n'est *jamais* un problème, c'est donc elle qui va t'embaucher très officiellement. Tu seras censé faire le lien entre la propriété et le haras, n'importe quoi d'assez crédible pour obtenir un permis de travail et les maigres avantages sociaux qui vont avec.

De nouveau, elle avait terminé son verre qu'elle regarda en fronçant les sourcils.

— Je crois qu'on va se saouler, ce soir. Redonne-m'en une larme.

Il la servit, l'air assommé par tout ce qu'elle venait de dire. Puis il se décida à boire quelques gorgées à son tour avant de demander :

— Mais… quand Ben va revenir ? En général, il passe l'été ici, non ? Vous ne pouvez pas le mettre devant le fait accompli, il va piquer une crise !

— Pas si tu es malin. Et tu as tout intérêt à l'être, crois-moi. À jouer les repentis, à expliquer que tu as réfléchi et que le haras t'intéresse vraiment, même en tant que simple stagiaire bénévole. Si tu fais ton mea-culpa, il sera d'accord. Vous ne serez même pas obligés de vous voir tous les jours, une fois qu'il t'aura présenté à Richard, son homme de confiance, il te laissera en paix.

— Vous allez lui mentir à mon sujet ? insista-t-il, incrédule.

— Pour son bien. Car votre réconciliation lui sera bénéfique. Il sera heureux de te savoir revenu parmi les chevaux. Et toi aussi, je suppose…

De toute façon, il n'avait plus le choix. Il semblait s'être attiré de gros ennuis en France et Kathleen lui offrait le salut, assorti d'arrangements propres à le satisfaire.

— Les deux seules conditions requises par maman, avant de signer ce contrat, seront ton allégeance à Ben et ton engagement à être au haras à huit heures précises chaque matin. Ma vieille Austin est au fond du garage, tu pourras t'en servir, à moins que tu ne préfères le vélo de cross de papa, il n'y a pas touché depuis dix ans !

Maintenant qu'elle lui avait mis le marché en main, tout dépendait de lui. Elle s'installa plus confortablement, croisant ses jambes sur l'un des accoudoirs.

— Tu as dit « allégeance », Kat. Tu utilises le mot en connaissance de cause ?

— Oui, oui, mon français n'est pas si mauvais, ça signifie l'obligation de fidélité et la soumission. Tu trouves ça trop dur ? C'est ce qu'il me semblait aussi quand nous avons concocté ce projet... Mais à ce moment-là, je ne te savais pas en perdition. Si tu l'es vraiment, mon petit Doug, te voilà dans l'obligation d'accepter, même en grinçant des dents.

— On dirait que ça te réjouit ! Qu'est-ce que vous avez, tous, dans cette famille, à être en extase devant Ben ? C'est un dieu vivant ou quoi ?

Sa rage faisait plaisir à voir, enfin il sortait de son apathie, réagissait un peu. Elle prit son verre, but la dernière gorgée, attrapa avec sa langue un glaçon à moitié fondu et se mit à le sucer.

— Dans toutes les familles, il faut un chef, dit-elle enfin. Chez nous, c'est Ben. Papa n'était pas taillé pour ça, maman s'en fiche, Constant est hors jeu, Axelle trop jeune, toi, tu déconnes, moi, je ne me sens pas concernée... et puis il y a ceux qui sont morts. Bref, c'est Benedict. D'ailleurs, il adore ça, il n'aurait laissé le rôle à personne. Mais il faut bien reconnaître qu'il en a la stature, n'est-ce pas ?

Elle se sentait agréablement ivre. Changeant de position, elle s'assit en tailleur après avoir enlevé ses chaussures.

— C'est sympa, notre petite conversation au milieu de la nuit.

— Si l'on veut.

— Oh oui, je veux ! Pour une fois, je m'amuse. Allez, ne fais pas cette tête de condamné, ressers-nous à boire et détends-toi. On ne t'oblige pas à avaler du poison mais juste à jouer au petit-fils repenti. Tu vas t'en tirer ?

Il était comme une souris entre les griffes d'un chat et elle se reprocha de le pousser à bout.

— Je n'ai pas les moyens de faire autrement, Kat. J'irai donc m'incliner devant le grand homme, l'homme parfait !

— Benedict n'est pas parfait, loin de là, dit-elle en pesant chaque mot.

Devait-elle partager avec Douglas certains doutes au sujet de Ben, certaines questions sans réponse ? De délicieux doutes pour elle, mais pas nécessairement pour son petit-cousin. Et puis, ne serait-ce pas trahir sa mère ? L'alcool lui donnait envie de parler, cependant elle ne possédait pas la moindre preuve pour étayer sa théorie. Ce n'était pas faute de les avoir cherchées, mais elle n'avait rien trouvé de tangible et Doug ne la croirait pas sur parole. D'ailleurs, il n'était pas assez fiable pour qu'on lui confie un secret.

— Pas parfait, non, se contenta-t-elle de répéter.

Levant les yeux vers Doug, elle vit qu'il la fixait de manière intense, sa curiosité en éveil.

— Sais-tu pourquoi on s'entend bien, toi et moi ? enchaîna-t-elle.

— Parce que tu aimes les chiens perdus.

— Faux, je n'aime pas les bêtes. Non, c'est plus subtil que ça, en réalité nous sommes deux rebelles, deux renégats.

— Ou deux ratés.

Le mot lui avait échappé et resta entre eux quelques instants. Rouge de confusion, il baissa la tête.

— Pardon, Kat…

Une vague de colère submergea Kathleen. De quel droit l'associait-il à son propre naufrage ? Elle l'avait flatté en le traitant de rebelle car il n'en avait pas l'envergure. Où était-il en cet instant précis, sinon réfugié sous la protection de sa famille ? Raté était un mot juste pour lui, pas pour elle ! D'ailleurs, elle n'avait rien raté pour la simple raison qu'elle n'avait rien entrepris.

— Tu es un sale petit con, Doug.

— Je suis désolé, je ne voulais pas dire ça.

— Bien sûr que si. Tu me vois comme une ratée, hein ? Pourquoi donc ? Parce que je suis une vieille fille ? Parce que je n'ai pas de mari, pas d'enfants, pas de métier, pas de projets, pas de… Au fond, tu as peut-être raison. Vue sous cet angle, ma vie ne vaut pas grand-chose. La tienne encore moins puisque tu ne sers à rien. Moi, au moins, je t'ai aidé.

— Kathleen…

— Mais ne t'inquiète pas, ça ne change pas ta situation présente. Tu es notre invité, bientôt notre *employé*, et je suis contente de t'avoir sorti du pétrin. Dors bien !

Elle abandonna son fauteuil à regret, titubant un peu. L'impression de complicité ressentie en début de soirée s'était totalement effacée. Dès demain, elle repartirait pour Londres chercher un peu de distraction. D'ici à quelques jours, elle aurait sans doute oublié la méchanceté de Douglas, et peut-être reviendrait-elle pour voir Ben. Car, quels que soient les secrets de son oncle, elle adorait sa compagnie. Il était même le seul à trouver grâce à ses yeux, à être épargné par son cynisme.

Ses chaussures à la main, elle gagna la porte sans se retourner.

*

Axelle avait répété ses ordres à Romain au moins cinq fois de suite, jusqu'à ce que Benedict lui adresse le signe impérieux d'en finir. Très nerveuse, elle avait mis son jockey en selle, puis asséné deux ou trois claques d'encouragement sur l'encolure de Macassar avant de s'écarter enfin.

— Tu vas grimper bien gentiment dans ta tribune, lui intima Benedict. Je ne veux pas regarder la course avec toi, tu es comme une pile électrique, tu vas me flanquer le trac !

— Désolée, mais je ne te quitte pas. Je compte rester le long de la lisse pour voir l'arrivée, c'est tout ce qui m'intéresse.

— Tout ce qui t'intéresse ! Ne me fais pas rire, tu te repasseras le film de la course au ralenti pendant des heures. Mais tu as la trouille, voilà.

— Je l'ai *toujours*. Seulement, Macassar, c'est particulier.

— Tu crois qu'il peut gagner ? demanda-t-il pour la taquiner.

— Même si la distance est un peu courte pour un cheval froid comme lui, j'ai confiance.

Ils se frayèrent un chemin jusqu'en bord de piste, les gens s'écartant pour laisser passer le fauteuil de Ben.

— J'en suis malade, avoua-t-elle d'une voix étranglée. S'il ne me donne pas raison aujourd'hui, ça signifiera que je me suis trompée sur lui.

— Je n'ai jamais partagé tout à fait ta certitude à son sujet. Il a déjà été très décevant, je ne le vois pas comme un grand champion.

Elle lui jeta un regard furieux mais se radoucit aussitôt. Son grand-père essayait de la préparer à un éventuel échec, sachant à quel point elle aimait Macassar.

— Pas un champion, lui ? Tu fais de l'humour, Ben ! Tu verras, il va te convaincre, il va t'épater…

La voix du speaker annonça que le départ était imminent. Axelle se mit à serrer très fort ses jumelles sans les porter à ses yeux pour autant. Le claquement sec des portes métalliques ouvrant les boîtes de départ la fit tressaillir, puis elle sentit la main de Ben agripper son bras.

— Il est très bien parti, il a jailli comme un boulet de canon !

Couvrir les deux mille mètres de la course allait demander environ deux minutes aux pur-sang qui galopaient pour l'instant en un groupe compact. Le speaker égrenait leurs noms à toute vitesse, et Axelle distingua deux fois celui de Macassar derrière plusieurs autres.

— Vas-y, Romain, dit-elle entre ses dents, n'attends pas, c'est trop court. Sollicite-le maintenant, maintenant !

Comme s'il l'avait entendue, son jockey était en train d'émerger du peloton, venant en pleine piste sans effort apparent.

— *À deux cents mètres de l'arrivée, c'est Macassar qui semble vouloir se détacher, aussitôt attaqué par Folamour...*

Couché sur l'encolure de son cheval, Romain faisait corps avec lui, bougeant exactement au rythme de la foulée puissante, irrésistible. Sur sa lancée, il tourna un peu la tête pour voir où en étaient ses adversaires mais à présent il avait presque deux longueurs d'avance et ne pouvait plus être rattrapé.

— Oui, oui, oui ! hurla Axelle qui trépignait.

— *Victoire facile de Macassar devant Valparaiso, photographie pour la troisième place.*

La vue brouillée par des larmes de joie, Axelle se pencha vers son grand-père pour l'embrasser.

— C'est le plus beau jour de ma vie, Ben ! Il les a laissés sur place, il avait des ailes !

Dans le mouvement rapide qu'elle fit pour s'écarter de la lisse, elle heurta brutalement la personne qui se trouvait juste derrière elle.

— Félicitations, vraiment, lui dit Xavier en la retenant.

— Oh, tu étais là ?

— J'ai regardé par-dessus ta tête puisque tu as eu la bonne idée de ne pas mettre de chapeau. Je n'aurais raté ça pour rien au monde, tu sais !

— C'était magnifique, n'est-ce pas ?

— Je n'y connais rien, mais quand il est passé devant nous il était superbe. Superbe !

Avec un sourire d'excuse, elle s'essuya les joues du bout des doigts.

— Tiens, j'ai un Kleenex, lui proposa Xavier.

— Alors, Ben, comment l'as-tu trouvé, dis ?

— Stupéfiant… C'est ça, je suis stupéfié par ce cheval. Romain n'a même pas eu besoin de lever une seule fois sa cravache, on aurait cru qu'ils étaient juste au travail le matin ! Pourtant, le lot était relevé, il y avait des concurrents sérieux. Ma petite-fille, je salue ta clairvoyance, Macassar est une locomotive à grande vitesse comme j'en ai rarement vu.

L'hommage lui fit de nouveau monter les larmes aux yeux et elle lança :

— Je vais le rejoindre, je vous retrouverai après !

Les deux hommes la suivirent du regard, presque aussi émus l'un que l'autre.

— Elle est jolie, hein ? murmura Ben.

Sa réflexion prit Xavier de court. Le vieux monsieur attendait-il une réponse ?

— Mieux que jolie, se décida-t-il à déclarer.

— Et puis, elle est douée ! Son Macassar, franchement, je n'y croyais pas. L'année prochaine, il va courir les classiques. C'est une belle réussite pour elle, elle toute seule, sans mon aide. En conséquence, je la laisse récolter ses lauriers, je vais attendre un peu avant de la suivre.

Axelle avait disparu au milieu de la foule. Elle devait déjà être au pesage, en train de féliciter Romain et de se pendre à l'encolure du cheval.

— Monsieur Montgomery…, commença Xavier d'une voix mal assurée.

— Le problème, l'interrompit Benedict, c'est qu'elle a vraiment la passion du cheval de course chevillée au corps. Ça l'empêche de s'occuper d'autre chose, et ça empêchera un homme d'avoir la première place dans sa vie. Ou alors, il faudra qu'il sache partager.

Le message était assez clair pour que Xavier se sente autorisé à aller un peu plus loin.

— Est-ce qu'il s'agit en quelque sorte d'un... euh... feu vert ?

— Grands dieux, mon garçon, vous n'avez pas besoin de mon autorisation ! En revanche, vous aurez peut-être besoin d'un petit coup de pouce, qui sait ? Bon, allons-y maintenant. Passez devant, vous allez m'ouvrir la route. Vraiment, je regrette qu'il n'y ait pas de klaxon sur ce fauteuil.

Égayé par cet échange inattendu, Xavier aurait volontiers remercié Benedict pour sa franchise, mais il devina qu'il valait mieux ne pas ajouter un seul mot.

*

Constant écrasa le mégot de son cigarillo sous son talon, puis il le ramassa et le glissa dans la poche de son pantalon. Ne rien laisser traîner dans la cour était une consigne absolue, il faisait la guerre aux apprentis pour qu'il n'y ait pas un seul brin de paille en vue.

Assis sur un coffre à grains, il observait Patch depuis un moment, très satisfait du comportement de l'animal. Bon gardien, le chien dressait les oreilles au moindre bruit, accomplissait d'incessantes allées et venues entre sa niche, le grillage de la forêt, les rangées de boxes. De temps à autre, il fonçait sur un rat.

— Bon chien, mon Patch, murmura Constant.

Avec ce cerbère, il avait retrouvé le sommeil, et s'il se réveillait en pleine nuit, il se contentait de jeter un coup d'œil par la fenêtre. Dès qu'il apercevait l'ombre rassurante du berger allemand en vadrouille, il retournait se coucher, la conscience tranquille.

Mais aujourd'hui, il avait reçu un appel de Douglas. Le garçon s'était montré assez malin pour téléphoner à une heure où ni Axelle ni Benedict ne répondraient puisqu'ils étaient en route pour l'aéroport. Sans lui laisser le temps de protester ou de demander des explications, Doug l'avait mis en garde : « Surveille les chevaux, toute l'écurie, sois vigilant. Ce n'est pas de moi qu'il faut te méfier désormais, je suis en Angleterre et je vais y rester un bout de temps. Mais il y aura peut-être des représailles, un retour de bâton pour mes conneries. Je ne sais rien de précis, mon vieux, je te dis juste d'ouvrir l'œil. À bon entendeur… »

Atterré, Constant s'était mis à bafouiller, mêlant questions et protestations, jusqu'au moment où il s'était rendu compte qu'il parlait tout seul, que Douglas avait coupé la communication. Cette fois, c'en était trop pour lui, il devait mettre Ben au courant sur-le-champ.

Mais son père n'était pas là, et de toute façon Constant n'aurait jamais eu le courage de tout lui avouer. Révéler qu'il avait *vu* Douglas pénétrer dans le box de Macassar quelques semaines plus tôt, qu'il avait su que le cheval avait été drogué, et qu'il s'était *tu* ? Non, totalement impossible, inconcevable.

Surtout Macassar, le chouchou d'Axelle, celui qui venait de gagner le grand prix de Maisons-Laffitte !

Après ce coup de fil, Constant avait décidé de changer les chevaux de place. Si Axelle s'en étonnait, il inventerait une invasion de rats ou n'importe quoi d'autre. Il avait mis Macassar dans la rangée d'en face, malheureusement le bai brun était très reconnaissable avec ses grandes balzanes blanches sur les antérieurs. Et puis ce ne serait peut-être pas lui qui serait visé, la prochaine fois.

— J'ai juré qu'il n'y aurait pas de prochaine fois, hein, Patch ?

Le chien vint s'asseoir à côté de lui, quémandant une caresse.

— Si tu n'étais pas là, je me sentirais vraiment seul. Ah, j'en ai trop sur les épaules, je te jure !

Dans la grande cour, de l'autre côté de l'avenue, il y avait toujours un garçon ou une fille qui ne dormait pas, toujours une lumière allumée dans les chambres des apprentis. Depuis qu'on engageait presque autant de filles que de garçons pour s'occuper des chevaux, une vie nocturne et secrète s'était instaurée, qui constituait une sorte de garantie contre les intrus. La petite cour restait plus vulnérable, et de surcroît abritait les meilleurs chevaux, s'il devait se produire quelque chose, ce serait ici.

— Donc, il n'y a que toi et moi, mon Patch.

Étouffant un bâillement, Constant grattouilla le chien derrière les oreilles. Et s'il s'agissait juste d'un autre mauvais tour de Douglas ? Comment savoir ? Son neveu était-il devenu assez méchant pour vouloir affoler Constant et rire ensuite de ses insomnies ?

Peu probable. La voix de Doug, au téléphone, avait paru sincèrement angoissée. Une tardive crise de remords ou la certitude d'être menacé ? Les gens avec qui il s'était acoquiné voulaient peut-être lui donner une leçon s'il n'avait pas été régulier avec eux. Se venger sur un cheval était si facile !

— Empoisonner un chien aussi…

Constant se demanda s'il pourrait dresser Patch à ne jamais rien manger d'autre que ce qu'il lui donnait dans sa gamelle.

— Faut que j'arrête mon cinéma, je ne suis pas dans un film de gangsters.

Pourtant, il avait beau se raisonner, il se sentait mal dans sa peau. Outre le poids du secret sur sa conscience, il n'avait jamais eu à gérer seul une situation complexe. Il ne prenait aucune décision, n'improvisait rien, en référait systématiquement à son père ou à sa nièce. Là, il n'avait pas ce recours, personne ne lui dirait ce qu'il devait faire. En choisissant de protéger Douglas, il s'était créé un problème sans solution.

Après une dernière caresse, il se leva pour regagner la maison. Il existait tout de même une bonne nouvelle dans cette lamentable histoire : Douglas avait enfin rejoint le reste de la famille. Bien pris en main, il redeviendrait un gentil garçon, Constant en était presque certain.

« De là-haut, veille sur ton fils, Norbert. Moi, je fais de mon mieux ! »

En haut du perron, il se retourna, jeta un dernier regard sur la cour et sur la silhouette du chien.

— Tout ira bien, marmonna-t-il fébrilement, tout ira bien…

*

Xavier vérifia la liste de noms et d'adresses qu'il venait d'établir. Presque tous les entraîneurs de Maisons-Laffitte et de Chantilly y figuraient, ne restait qu'à rédiger le courrier destiné à les convaincre.

— Tu crois vraiment que ça peut marcher, ton truc ?

Debout à côté de lui, son associé, Laurent, regardait l'écran d'un air dubitatif.

— Si je n'y croyais pas, je n'aurais pas passé autant de nuits là-dessus. Il y a un marché. Étroit et très spécialisé, mais comme personne n'y a pensé avant moi…

— Toi, ton père possède des chevaux de course ! lança Ingrid depuis son bureau.

La jeune femme était l'autre associée de l'entreprise, et généralement les idées originales venaient d'elle. Grande, très sportive, elle avait des épaules de nageuse, une démarche de hussard, mais un sourire de gamine émerveillée. Xavier la connaissait de longue date car ils avaient fait toutes leurs études ensemble, et l'envie de monter une boîte indépendante leur était venue en même temps. Pour sa part, Laurent avait apporté les premiers fonds, de quoi louer un local, acheter un peu de matériel et se lancer dans l'aventure.

— C'est ton père qui t'a donné l'idée ? s'étonna Laurent.

— Il se ferait plutôt arracher la langue, répliqua Xavier. Tu sais dans quels termes nous sommes, lui et moi ! Néanmoins, c'est grâce à lui ou malgré lui que j'ai fait la connaissance de son entraîneur, et de fil en aiguille…

— Tu t'es pris de passion pour les hippodromes, railla Ingrid. Il n'y aurait pas plutôt une jolie fille là-dessous ?

— La jolie fille *est* l'entraîneur.

— Ah, tu nous en diras tant !

— Bon, c'est vrai, elle me fait craquer, toutefois ça n'enlève rien au marché potentiel. Je conjugue l'utile et l'agréable pour le bien de tous.

Laurent se mit à rire et envoya une solide bourrade à Xavier, le précipitant le nez sur son clavier.

— J'adorerais te voir tomber amoureux, ça t'empêcherait de me charrier à longueur d'année sur ma copine.

— Tu finiras par l'épouser et nous laisser tomber, prédit Xavier avec une grimace.

— L'épouser, oui, mais il faudra au contraire que je travaille deux fois plus puisque j'aurai charge de famille.

Durant leur échange, ils n'avaient pas prêté attention à Ingrid qui faisait une drôle de tête. Quand Xavier le remarqua, il s'en inquiéta.

— Tout va bien, ma grande ?

— Pas de problème. Mais arrêtez un peu de bavarder, je ne sais plus où j'en suis.

Elle s'absorba dans la contemplation de son écran tandis que les deux hommes échangeaient un coup d'œil. Jamais elle ne parlait de sa vie privée, comme si elle n'en avait pas, d'ailleurs elle était souvent la dernière à partir, le soir, apparemment peu pressée de rentrer chez elle.

— J'ai envie d'une bière bien fraîche, annonça Laurent. Qui m'accompagne au bistrot d'en bas ?

— Banco, accepta Xavier en repoussant sa chaise à roulettes.

Ingrid déclina l'invitation avec un geste agacé, plongée dans son travail, et ils sortirent sans bruit.

— J'ai l'impression que ça ne la réjouit pas vraiment de te savoir amoureux, déclara Laurent lorsqu'ils furent attablés au fond du petit café de la rue Saint-Lazare où ils avaient leurs habitudes.

— Pourquoi ? J'adore Ingrid et je la connais depuis longtemps, mais je peux te jurer que nous n'avons pas eu d'aventure ensemble.

— Peut-être qu'elle aurait bien voulu ?

— Non, penses-tu !

— Tu n'en sais rien, tu n'es pas dans sa tête. À force de se voir toute la journée, ça peut finir par donner des idées.

— Elle sait très bien que je suis systématiquement attiré par les petites blondes aux yeux clairs, ça la faisait rire quand nous étions étudiants et elle disait qu'au moins je lui ficherais toujours la paix.

Contrarié par l'expression ironique de Laurent, Xavier but la moitié de sa bière d'un trait. Le mois de juillet était très chaud, rendant l'atmosphère de Paris asphyxiante. Comparé au parc de Maisons-Laffitte, le quartier était une véritable fournaise saturée de pollution.

— J'ai bouclé tout mon programme, déclara Laurent pour changer de sujet. Et j'ai aussi fait la compta du dernier trimestre, je vais enfin pouvoir partir en vacances. De ton côté, tu as quelque chose de prévu ?

— Pas vraiment.

Jusqu'ici, Xavier n'avait fait aucun projet, mais la chaleur écrasante lui donnait une soudaine envie de bord de mer ou de campagne.

— J'irai peut-être passer quelques jours à Deauville. Il y a des courses là-bas, l'été, ce qui me donnerait l'occasion de prospecter un peu mes futurs clients.

— Oh, mais tu es très atteint ! s'esclaffa Laurent.

Le voyant s'étrangler de rire, Xavier leva les yeux au ciel. Certes, il ne s'imaginait pas s'éloignant d'Axelle pour l'instant, trop occupé à poursuivre ses tentatives de séduction. Il l'avait invitée à déjeuner deux fois déjà et, en principe, ils devaient dîner ensemble le lendemain soir.

— Laurent, où as-tu emmené ta copine, la première fois ? Je cherche un endroit original, romantique…

— Il y a bien le chalet de l'île, au bois de Boulogne, qui a la particularité de n'être accessible qu'en barque. Si tu trouves ça trop mièvre, file à Honfleur manger des moules au bord du vieux bassin. Ou alors, choisis les jardins et restaurants des grands palaces. Le Bristol est génial, à condition d'être en fonds !

— Je ne veux pas l'épater, je veux la charmer.

— Plus simplement, tu veux l'avoir.

— Ne crois pas ça. Je n'ai rien d'un don Juan, ce qui ne me rend pas très adroit.

— En tout cas, ne commets pas la bévue de demander des conseils à Ingrid.

Devant l'air consterné de Xavier, Laurent se remit à rire.

— Quelle tête tu fais ! Écoute, l'été va passer sur tout ça, et peut-être qu'Ingrid fera une rencontre sur une plage ?

— C'est une chic fille, doublée d'un bourreau de travail, arrête de te moquer d'elle.

— Pas d'elle, de toi ! Allez, vieux, souris un peu, je paye la tournée.

Il déposa de la monnaie près de leurs verres vides, tandis que Xavier se levait, pressé d'aller consulter la liste des restaurants de Honfleur.

*

— Mais si, répéta Benedict, je vieillis. Comment n'ai-je pas repéré la classe de ce cheval avant elle ? Ce n'est pas faute d'avoir attiré mon attention sur lui, car elle en parlait sans arrêt.

— Tu n'es pas omniscient, dit gentiment Grace.

— À une époque, je le croyais presque !

Elle le considéra un moment en silence puis murmura :

— Tu es drôle, Benedict… D'un côté, tu veux que la petite réussisse et, de l'autre, tu as peur qu'elle n'ait plus du tout besoin de toi.

— Possible.

— Je te connais, tu sais !

— Oui, je sais.

Il l'admettait avec une nuance de mélancolie qui bouleversa Grace. Allait-elle souffrir de sensiblerie avec l'âge ? Pour se donner une contenance, elle s'arrêta et se pencha au-dessus d'une plate-bande.

D'un coup sec, elle arracha la seule mauvaise herbe en vue.

— J'ai fait retirer les ifs, comme tu l'avais demandé.

— Ton jardinier est irresponsable ! s'exclama Benedict. Planter des ifs à proximité d'un haras, tu te rends compte ? C'est mortel pour les chevaux, mortel.

— Je le lui ai dit. Les choses sont en ordre maintenant, ne t'inquiète pas.

Il fit faire demi-tour à son fauteuil et considéra Grace, sourcils froncés.

— Navré d'être un tel vieil emmerdeur... Je t'assomme avec mes histoires de chevaux, n'est-ce pas ?

— C'est ta passion, je comprends très bien.

— Pourquoi es-tu si gentille, si patiente ?

— Parce que je t'ai toujours énormément aimé, Benedict.

La phrase contenait trop de sous-entendus, surtout prononcée d'un ton aussi sentencieux. Elle s'en excusa avec un petit geste désinvolte.

— Je suis heureuse que Douglas soit ici, reprit-elle plus légèrement.

— Et moi donc ! Je n'aurais pas cru que son revirement puisse se produire à cette vitesse-là, j'étais persuadé qu'il me faudrait encore attendre un an ou deux avant de le voir s'assagir. Mais c'est fait, merci mon Dieu ! Et merci à toi de l'avoir installé dans une autre aile de la maison. Nous aurons sûrement besoin d'un peu de temps pour nous réhabituer l'un à l'autre.

— Comment s'est passée la rencontre entre lui et Richard ?

— J'ai mis les pendules à l'heure. Richard va lui apprendre le métier pas à pas, sans rien lui épargner. Douglas est stagiaire, il se tait, il écoute, il obéit et il exécute les corvées s'il y en a.

— Par bonheur, Richard est meilleur pédagogue que toi, ironisa-t-elle.

— C'est surtout un type qui connaît l'élevage comme personne.

Richard Steiner, qui dirigeait le haras depuis sa création, était un homme d'une soixantaine d'années. Féru de généalogie, il pouvait réciter toutes les lignées issues des trois grands étalons arabes qui avaient donné naissance à la race du pur-sang trois siècles plus tôt. Il pouvait aussi passer une nuit blanche, assis dans la paille, à attendre la naissance d'un poulain. Et dès que celui-ci faisait ses premiers pas dans un pré, derrière sa mère, Richard devinait déjà quels seraient son caractère et ses aptitudes.

— S'il transmet à Douglas le dixième de ses compétences, je serai comblé !

Ils se remirent en route, Benedict faisant avancer son fauteuil à vitesse réduite pour ne pas obliger Grace à marcher trop vite. Le temps était lourd, gris et orageux, mais la promenade matinale restait sacrée. Parfois, Jarvis se joignait à eux, ou bien les accueillait à leur retour, venant à leur rencontre avec un grand parapluie si une averse se mettait à tomber.

— Déjà, je t'envahis une partie de l'année, grommela Benedict, et maintenant tu vas avoir Doug sur le dos à longueur de temps.

— Je le connais depuis toujours, rappela-t-elle.

— C'est vrai, tu les avais déjà en pension l'été, quand ils étaient gosses, sa sœur et lui ! Tout ça ne nous rajeunit pas…

— Tu voudrais rajeunir ?

— Comme tout le monde.

— Pas forcément. Si on me donnait le choix, je ne suis pas sûre que j'aurais envie de tout recommencer. Ou alors, ce serait pour modifier le destin.

— Grace, protesta-t-il si bas qu'elle l'entendit à peine.

S'arrêtant de nouveau, elle lui tourna le dos et se mit à pianoter sur l'une des barrières blanches. Au loin, des juments et leurs petits broutaient paisiblement.

— Je n'ai jamais oublié, souffla-t-elle, et je ne m'en suis jamais remise.

Elle n'attendait pas de réponse et fut très étonnée d'entendre Benedict s'écrier :

— Comment peux-tu dire ça ? Regarde-moi, Grace !

Faisant volte-face, elle découvrit qu'il était furieux.

— Je suis un vieil impotent, tu t'en rends compte ou pas ? Tu crois vraiment avoir quelque chose à regretter ? Oh, et puis je ne veux pas en parler !

— Moi non plus, protesta-t-elle.

Depuis quarante ans, ils s'étaient effectivement appliqués à ne pas évoquer le passé, et Grace ne comprenait pas pourquoi, ce matin, elle avait eu besoin d'y faire allusion. Ses accès de nostalgie n'étaient pas rares, mais la plupart du temps elle les surmontait sans mal. Il lui suffisait de savoir que Benedict existait, qu'il n'allait pas tarder à revenir. Elle donnait le change avec élégance, toujours souriante et disponible pour son mari et sa fille, maîtresse d'elle-même en toutes circonstances. Pourtant, elle n'avait pas toujours été cette femme digne, calme et raffinée. Dans sa jeunesse, elle s'était même montrée capable de passion et de fureur, avec pour seul résultat de perdre la partie.

— Excuse-moi, murmura-t-il. Viens, montre-moi tes fleurs, nous avons assez regardé les chevaux comme ça. Le rosier grimpant que tu as planté l'autre jour, où est-il ?

Abandonnant la barrière, elle revint vers lui, se pencha, lui déposa un baiser sur la tempe.

— C'est gentil de t'en souvenir, Benedict.

Pour elle – et uniquement pour elle –, il pouvait devenir doux comme un agneau, l'espace d'un instant. Elle faillit lui dire qu'il n'avait aucune dette envers elle, qu'il ne devait pas se sentir coupable, mais elle n'arriverait pas à le convaincre, elle le savait bien, aussi préféra-t-elle le guider jusqu'au rosier.

*

Debout devant la glace en pied de sa salle de bains, Jean Staub s'observait sans indulgence. De face, de profil, les épaules en arrière et le ventre rentré en retenant sa respiration.

Bon, il n'était pas trop décati, et une fois vêtu d'un costume sur mesure, il arrivait encore à faire illusion. En conséquence, il ne regrettait pas les sommes folles dépensées chez son tailleur, son dentiste, et dans une salle de sport ultrachic où un coach l'aidait à conserver ses muscles.

Il décrocha son peignoir, revint dans la chambre en sifflotant. Henriette lisait, bien calée sur ses oreillers, le visage luisant de crème, et il faillit s'attendrir. Au moins, avec elle, il n'avait pas besoin de faire le moindre effort, il pouvait se laisser aller, ronfler ou se gratter le cuir chevelu, s'endormir la bouche ouverte sur un dossier.

— Pas trop fatigué ? demanda-t-elle par habitude, sans lever le nez de son livre.

— Non, ça va.

Assis au bord du lit, il se remémora les meilleurs moments de son cinq à sept avec sa secrétaire. Pas très douée pour les galipettes, mais pulpeuse à souhait, comme il les aimait. Sauf qu'il n'aurait pas dû, évidemment, parce qu'elle ferait désormais comme toutes les autres : essayer de prendre un peu d'importance et de lui soutirer quelques faveurs. Jusqu'à ce qu'il change de secrétaire.

— J'espère que Xavier passe une bonne soirée, marmonna Henriette en tournant une page.

Il n'avait pas envie d'entendre parler de son fils, malheureusement c'était le sujet favori de cette pauvre Henriette qui poursuivit :

— Figure-toi qu'il dîne avec Axelle Montgomery, en tête à tête, et jusqu'à cet après-midi il se rongeait les sangs pour savoir où il allait l'emmener. À trente ans, il est pire qu'un gamin à son premier rendez-vous !

— Qu'est-ce que c'est que cette histoire ? grogna-t-il. De quel droit Xavier drague-t-il une femme qui…

Ne sachant comment achever sa phrase, il s'interrompit. Une femme qui lui plaisait, voilà ce qu'il aurait pu dire. Parce que la petite Montgomery n'avait rien à voir avec une quelconque secrétaire, elle était d'une autre trempe, d'ailleurs il pensait à elle chaque fois qu'il se retrouvait dans une chambre d'hôtel, seul ou accompagné. Il avait fait d'Axelle son fantasme, à défaut d'autre chose puisqu'elle ignorait ses avances, ses clins d'œil et ses sous-entendus. Lors de leurs rencontres, elle se cantonnait à son rôle professionnel, pourtant il ne s'était pas vexé jusque-là.

— Jean, je t'ai déjà dit qu'ils se plaisent, tous les deux, je l'ai très bien vu. Et je m'en réjouis ! Si seulement Xavier pouvait se marier, avoir des enfants…

— Il ne va pas épouser un entraîneur de chevaux de course, ce serait ridicule.

— Pourquoi ?

— Mais enfin, Henriette, tu réalises ? Elle n'est pas de son milieu, pas de son monde, elle ne vit pas sur la même planète que lui ! D'ailleurs, je te préviens, je verrais ça d'un très mauvais œil.

— Comme tu es injuste…, soupira-t-elle. Tout ce que fait Xavier te déplaît.

— Il ne fait rien de bien, rien d'intéressant, rien de sérieux !

— Je crois au contraire qu'il prend cette affaire très au sérieux.

Le sourire béat qu'elle affichait mit un comble à l'exaspération de son mari. Son fils allait-il obtenir ce que lui-même ne pouvait pas avoir ? Imaginer Xavier en train d'embrasser Axelle, de la déshabiller, de la caresser, le fit exploser de rage.

— Tout ça parce qu'elle a un beau petit cul ! hurla-t-il. Un beau cul et aussi beaucoup d'arrogance, ma parole ! Rien ne nous prouve qu'elle n'est pas une arriviste pressée d'épouser un de ses propriétaires, hein ? L'univers des courses est rempli de crapules, il faut être naïf comme Xavier pour ne pas le savoir. Je ne veux pas qu'il se mélange à ces gens-là. Et surtout pas qu'il s'imagine vivre une grande histoire d'amour, le pauvre chéri !

— Mais je croyais qu'il s'agissait d'une fille formidable ? s'étonna Henriette. C'est ce que tu as clamé sur tous les tons, il me semble ?

Il se maîtrisa aussitôt, alerté par le regard ironique de sa femme. Certes, Henriette n'était pas très maligne, mais il ne devait pas non plus la prendre pour une idiote. Elle le connaissait bien, elle avait dû remarquer qu'il louchait sur la gamine.

— Bon, après tout, je m'en fous. Je vais prendre un somnifère et dormir, j'ai beaucoup de travail demain.

Jusqu'ici, Henriette l'avait laissé tranquille, elle ne lui adressait aucun reproche, ne lui faisait jamais de scène. Il pouvait lui raconter n'importe quoi à propos de ses voyages ou de ses dîners d'affaires, elle se contentait de hocher la tête et d'attendre sagement à la maison. C'était une bonne épouse, qui le maintenait à l'abri des prétentions de ses maîtresses, il devait la ménager un peu.

Il retourna dans la salle de bains, avala un comprimé sans eau puis, après réflexion, en prit un second, sachant qu'il aurait du mal à trouver le sommeil.

*

Tous les efforts d'imagination de Xavier n'avaient servi à rien car, lorsqu'il suggéra de dîner à Honfleur, Axelle se récria :

— Je fais de la route à longueur d'année pour aller voir courir mes chevaux, j'aimerais autant qu'on aille plus près. Et même beaucoup plus près ! As-tu déjà mangé à la Vieille Fontaine ? Une très bonne table, qui a le mérite de se trouver à deux avenues d'ici.

Déçu, Xavier en déduisit que si elle ne voulait pas quitter le parc de Maisons-Laffitte, c'est qu'elle n'envisageait pas cette soirée sous un angle romantique. À la Vieille Fontaine, elle allait dire bonjour à des tas de gens, et elle refuserait de se donner en spectacle s'il s'avisait de lui prendre la main sur la nappe.

— J'aurais préféré te faire découvrir un endroit que tu ne connais pas, plaida-t-il.

— Je connais quasiment tous les restaurants des environs, que ce soit à Saint-Germain ou à Versailles. Tu veux aller jusqu'à Paris ? Mais après, il faudra que tu me ramènes, que tu repartes, c'est bête. Ou alors, on prend deux voitures ?

— D'accord, céda-t-il, allons à ton Vieux Puits.

— Vieille Fontaine. Tu verras, tu seras content.

Non, il ne le serait pas, mais il ne voyait pas le moyen de faire autrement. Elle dut s'apercevoir de sa contrariété car, au moment de monter dans l'Alfa, elle lui tendit ses clefs.

— Finalement, je verrais bien la mer… À condition que tu conduises. Et fais très attention, ma voiture est aussi nerveuse qu'un pur-sang !

Il eut tout loisir de le constater en traversant la forêt pour prendre l'autoroute de Normandie à Poissy, et bien qu'il ne soit pas un fanatique d'automobiles, il éprouva un réel plaisir à piloter.

La nuque calée contre l'appui-tête, Axelle regardait défiler le paysage tout en bavardant, comme elle l'aurait fait avec un bon copain.

— Ma cousine Kathleen est quelqu'un de très original, atypique, si jamais tu as l'occasion de la rencontrer, tu seras édifié !

Rencontrer tous les membres de la famille d'Axelle faisait partie des choses que Xavier envisageait volontiers, mais le *si jamais* n'était pas de très bon augure.

— Emmène-moi à Londres, un de ces jours, risqua-t-il. J'adore l'Angleterre, d'ailleurs, j'ai failli monter ma boîte là-bas.

— Vraiment ?

— Quand tu vois tous les problèmes administratifs, en France, il y a de quoi se décourager d'y entreprendre le moindre truc, crois-moi ! Mais si je m'étais installé à Londres, je ne t'aurais pas connue, alors j'ai bien fait de rester malgré tout.

Elle lui jeta un regard surpris qui le mit mal à l'aise. Était-elle contrariée par ce qu'il venait de dire ? En tout cas, elle resta silencieuse jusqu'à ce qu'il se gare non loin du vieux bassin lorsqu'ils arrivèrent à Honfleur.

Avant le dîner, ils firent une balade dans les rues étroites et escarpées de la ville, visitèrent l'église Sainte-Catherine, léchèrent les vitrines des nombreuses galeries de peinture, puis s'attardèrent un moment devant les bateaux de pêche et de plaisance amarrés à quai. Finalement, ils s'attablèrent au Vieux Honfleur et commandèrent des moules, comme prévu.

— Nous sommes déjà au milieu de l'été, soupira Axelle, ça va trop vite.

— C'est ta saison préférée ?

— L'hiver est dur sur les pistes, et le jour se lève tard.

— Tu feras ce métier toute ta vie ?

— J'en suis persuadée. Je ne vois pas comment j'arriverai à m'en passer !

— Mais peut-être qu'en fondant une famille…

— Eh bien, quoi ? Ce n'est pas contradictoire !

Le sujet semblait trop délicat, au lieu de poursuivre sur ce terrain Xavier préféra sortir un petit paquet de sa poche.

— Tiens, c'est pour toi.

De nouveau, elle le regarda avec étonnement.

— Pour mon anniversaire, plaisanta-t-elle, tu es en retard de plusieurs mois.

Après avoir défait les nœuds et déchiré le papier d'emballage, elle découvrit le compact-disc au centre duquel était gravé : « Logiciel destiné aux entraîneurs de chevaux de course. »

— Je te l'offre, il est au point.

— Je tiens à le payer et à être ton premier client.

— Hors de question. C'est un cadeau, Axelle, et ça me fera vraiment plaisir si tu t'en sers. Peut-être verras-tu des modifications à lui apporter avant que je le commercialise.

Jouant machinalement avec le petit disque nacré, elle réfléchit quelques instants puis hocha la tête.

— Je m'en servirai, promit-elle. Et si je deviens accro, j'en parlerai autour de moi. Tu devrais aussi prospecter les éleveurs, les haras nationaux, toute la filière cheval qui est bien plus étendue que tu ne l'imagines.

Elle remit le disque dans sa boîte avant de le faire disparaître au fond de son sac. Les coquilles vides des moules avaient été débarrassées et on venait de leur apporter de superbes soles grillées. Pour se donner du courage, Xavier termina son verre de vin blanc, mais au moment où il allait enfin se décider à lui prendre la main, elle fit remarquer :

— Celui de nous deux qui conduira au retour doit arrêter de boire.

— Je me sacrifie, proposa-t-il joyeusement.

— Je vois que tu as apprécié ma voiture.

— En comparaison de ma poubelle... Mais je ne m'en sers que rarement, la circulation est sinistrée à Paris.

Pourquoi ne parvenait-il pas à lui parler de choses plus personnelles ? S'il continuait de la sorte, il n'avait aucune chance de la séduire.

— Est-ce qu'une promenade sur la plage te tenterait, avant que la nuit tombe ?

Elle accepta avec enthousiasme et il se leva aussitôt pour aller régler l'addition. Face à la mer, au soleil couchant, il allait devoir tenter quelque chose. Prendre Axelle par les épaules, par la taille, par le cou ? Oser d'abord un geste ou un mot ?

Il fouillait les poches de sa veste pour trouver sa carte bancaire lorsqu'il se sentit mal. Non, impossible, il n'avait pas pu faire une chose pareille ! Il se revit en train de changer de veste plusieurs fois, tout excité par la perspective de sa soirée, sa carte bleue et son chéquier posés sur la tablette de sa salle de bains.

Ils devaient toujours y être ! Affolé, s'injuriant mentalement, il plongea la main dans la poche de son jean où il trouva quelques billets qu'il compta et recompta de manière fébrile tout en regardant le montant de la note qu'on lui présentait. Il avait juste de quoi payer, sans laisser le moindre pourboire. Son soulagement fut tel qu'il faillit éclater de rire. À cinq euros près, il se serait couvert de ridicule en allant demander à Axelle un peu d'argent pour l'aider à payer. Inimaginable.

Arborant un sourire béat, il la rejoignit à l'extérieur et lui prit spontanément la main.

— Nous avons de la chance, c'est marée haute !

Elle ne chercha pas à se dégager, ne se moqua pas de lui mais suggéra :

— Reprenons la voiture, je connais une plage tranquille à laquelle on peut accéder par la route de la corniche, et ensuite par un petit sentier de chèvre.

Un endroit isolé avec le miroitement des vagues dans les dernières lueurs du jour, voilà exactement ce dont Xavier rêvait. Cette fois, il allait saisir sa chance sans hésiter.

Tandis qu'il ouvrait la portière de l'Alfa, le portable d'Axelle se mit à sonner.

— Peuvent pas me ficher la paix..., maugréa-t-elle en prenant la communication. Constant ? Oui, qu'est-ce qui... Lequel ? Depuis quand ? Tu as appelé le véto ? D'accord, continue de le faire marcher, je serai là d'ici à une heure !

Elle contourna la voiture en toute hâte et s'installa au volant.

— Je vais conduire, je suis pressée, expliqua-t-elle à Xavier. Un cheval de l'écurie est malade, on doit rentrer tout de suite.

La contrariété qu'il éprouvait fut un peu dure à dissimuler. La fin de la soirée était fichue, il lui suffisait de regarder le visage crispé d'Axelle pour abandonner tout espoir.

— Ne nous tue pas, murmura-t-il alors qu'elle démarrait sur les chapeaux de roues.

— Rassure-toi, je ne prendrai pas le risque d'un accident. Mais Constant ne peut pas gérer ce genre de situation tout seul, il panique, il a besoin que je sois là.

Foutus chevaux. Y aura-t-il donc toujours un pur-sang entre cette femme et lui ? Découragé, il attendit qu'elle soit sur l'autoroute avant d'essayer d'entamer une nouvelle conversation.

— Tu dois te sentir accablée de responsabilités avec toute cette cavalerie qui dépend de toi.

— Je n'y pense pas. Je fais mon travail le mieux possible, en priant pour qu'il n'arrive rien. C'est un boulot prenant, angoissant, exaltant, qui…

— Qui t'empêche de vivre, non ?

— Qui me *fait vivre*, corrigea-t-elle d'un ton sec. Au sens propre comme au figuré.

— Oui, bien sûr. Désolé, je ne voulais pas t'agresser, c'est parce que je suis déçu et frustré. Ce soir, j'avais décidé de te dire des choses différentes, or l'occasion vient de me passer sous le nez. Je réagis de manière égoïste, je m'en rends compte.

Les yeux rivés sur l'asphalte, droit devant elle, Axelle répliqua :

— Moi aussi, je me faisais une autre idée de cette soirée, tu n'es pas forcément le seul à être déçu. Mais avoir un cheval en colique est quelque chose de grave, qui peut même se terminer par l'euthanasie s'il y a une torsion irréversible de l'intestin. Les chevaux sont dotés d'un système digestif fragile et très compliqué. Je sais bien que tout ça te passe au-dessus de la tête, et rassure-toi je n'ai pas l'intention de te faire un cours sur les maladies équines, je voudrais juste que tu comprennes que, pour moi, c'est comme s'il y avait le feu à l'écurie. Imagine tes ordinateurs détruits par un virus et tu sauras ce que je ressens.

Il n'avait retenu que la première phrase, bien entendu. Ainsi, elle était déçue ? Il avait du mal à croire qu'elle ait pu espérer ou attendre le geste qu'il n'avait pas osé faire. Pour en avoir le cœur net, il tendit la main vers elle, frôla sa joue puis sa nuque du bout des doigts.

— Même si ce n'est pas le moment de te le dire, tu es vraiment très jolie, Axelle, tu me fais complètement craquer.

Une seconde, elle tourna la tête vers lui, puis revint aussitôt à la route. Il la vit esquisser un sourire énigmatique, mais elle ne répondit rien.

— N'hésite pas à m'envoyer au diable, ajouta-t-il à voix basse.

— Non, pourquoi ? Mais tu as raison, le moment est mal choisi.

Elle roulait vite, ne ralentissant qu'à hauteur des radars, concentrée sur sa conduite et sans doute obnubilée par le risque qui planait sur son pur-sang.

Lorsqu'ils arrivèrent enfin à Maisons-Laffitte, la nuit était tombée et un orage de chaleur commençait à gronder. Ils trouvèrent l'écurie illuminée, deux apprentis venus en renfort qui attendaient assis sur un coffre à grains, le camion du vétérinaire garé près de l'infirmerie.

Axelle bondit hors de sa voiture et se précipita vers un box dont la porte était ouverte. Ne sachant pas s'il devait la suivre, Xavier alluma une cigarette avant de se mettre à faire les cent pas. Il perçut quelques éclats de voix, un bruit de paille remuée, puis ce fut le silence. Les projecteurs éclairaient crûment les pavés de la cour où les premières gouttes de pluie vinrent s'écraser.

— De quel cheval s'agit-il ? s'enquit Xavier auprès des apprentis.

Les deux garçons échangèrent un regard, peu enclins à répondre, mais ils l'avaient vu descendre de la voiture d'Axelle et l'un d'eux lâcha, du bout des lèvres :

— Federal Express. Il n'a pas de chance en ce moment…

La chance devait tenir une grande place dans le monde des courses, tout le monde y faisait référence. Xavier hocha la tête puis, comprenant que les apprentis ne lui diraient rien de plus, il se décida à approcher du box où Axelle avait disparu. Il vit d'abord Constant, appuyé contre un mur comme s'il voulait s'y enfoncer, un autre apprenti qui maintenait la tête du cheval avec un tord-nez, Axelle et le vétérinaire près de la croupe. Écarquillant les yeux, au bord de la nausée, Xavier découvrit que tout le bras du véto disparaissait dans le cheval. Il se détourna aussitôt, s'éloigna un peu mais resta sous l'auvent qui protégeait la rangée de portes. L'averse tombait dru, à présent, et le vent qui s'était levé soufflait en rafales. Un éclair mauve embrasa la cour juste avant que le tonnerre n'éclate, assourdissant.

— Je crois que ça va aller, annonça Constant en le rejoignant. Ce n'était qu'un bouchon de paille !

Il avait parlé fort pour couvrir le chahut de l'orage qui se déchaînait. Par signes, il fit comprendre aux deux apprentis toujours assis qu'ils pouvaient retourner se coucher. Les gamins s'élancèrent vers le portail en courant et en sautant au-dessus des flaques. Ils traversèrent l'avenue, disparurent dans la grande cour.

— Le cheval n'est plus en danger ? demanda Xavier pour être certain d'avoir bien compris.

— Non, Dieu merci ! Vous voulez vous mettre à l'abri dans la maison ?

— Je vais attendre Axelle.

— Moi aussi. Mais elle en a encore pour un moment, elle va parler avec le véto, tout ça…

Constant sortit sa boîte de cigarillos et en offrit un à Xavier.

— L'orage, on le méritait, il faisait bien trop chaud. Les pistes seront moins poussiéreuses demain, tant mieux !

Xavier inhala un peu de fumée, trouva le goût atroce et réprima une grimace. Que faisait-il ici ? Rarement, il s'était senti aussi peu à sa place. La pluie dégringolait toujours avec violence, rendant toute conversation superflue. De toute façon, il n'avait rien à dire. Axelle appartenait corps et âme à un monde qui lui était tout à fait étranger. Aurait-il la volonté d'essayer de le comprendre ? Accepterait-elle de partager ? Peut-être ne pourraient-ils jamais surmonter tout ce qui les séparait, et dans ce cas, à quoi bon commencer ?

Il s'adossa au mur, vaguement découragé. En cet instant précis, Axelle ne devait même plus savoir qu'il existait, qu'il était là. Vouloir quelque chose avec elle revenait à se lancer un nouveau défi. Comme lorsqu'il était parti de chez ses parents pour se forger un destin différent.

L'averse se calmait un peu, le pire de l'orage était en train de s'éloigner. Xavier perçut le rire d'Axelle, puis le bruit sec et caractéristique d'une claque sur une encolure. Federal Express n'était pas si malchanceux puisque c'était lui, maintenant, qui était en train de se faire câliner.

7

Le mois d'août, assez maussade, passa néanmoins très vite. Axelle avait envoyé un certain nombre de chevaux au pré, en Angleterre, ne conservant que quelques partants dans le meeting de Deauville. Presque tous les jours, elle s'entretenait avec Benedict par téléphone afin de planifier au mieux les engagements de la saison d'automne qui se profilait.

Comme chaque année, Constant avait refusé de prendre des vacances. Effrayé à l'idée de se lancer dans l'inconnu, il ne s'éloignait jamais de l'écurie où il était né et qui demeurait son unique horizon. De surcroît, il avait désormais son chien et ne voulait pas le quitter.

Xavier était resté à Paris, contraint à l'immobilité à cause de l'absence de ses deux associés. Depuis la soirée interrompue à Honfleur, il avait décidé de prendre un peu de recul, de réfléchir et de laisser faire le temps. Il appelait régulièrement Axelle, riait avec elle mais ne proposait rien. Si elle s'en étonnait, elle ne le montrait pas et ne cherchait pas à provoquer une nouvelle rencontre.

Antonin était sorti de l'hôpital après quelques complications mineures. Chez lui, il s'astreignait à plusieurs heures de rééducation quotidiennes, pressé de remonter à cheval, mais les médecins et les kinés étaient formels, il devrait patienter encore deux ou trois mois avant de pouvoir prendre le départ d'une course. Pendant ce temps-là, Romain poursuivait son ascension prématurée, accumulant les places et les victoires.

Vers la fin du mois, n'y tenant plus, Xavier céda à l'irrésistible envie de revoir Axelle et risqua une invitation à déjeuner, qu'elle accepta d'emblée.

Elle arriva un peu en retard dans la brasserie où il lui avait donné rendez-vous, près de la gare Saint-Lazare, et lorsqu'il la vit traverser la salle, toutes ses résolutions s'envolèrent. Même si cette femme n'était pas pour lui, même s'il n'avait quasiment aucune chance de vivre une grande histoire d'amour avec elle, il la voulait, il la voulait par-dessus tout.

— Tu es rayonnante ! lança-t-il tandis qu'elle prenait place en face de lui.

Vêtue d'une chemise blanche, d'une jupe beige et de sandales assorties, ses cheveux d'or pâle lâchés sur les épaules, elle lui paraissait irrésistible.

— Tu m'as manqué, déclara-t-elle gentiment. Tu as dû avoir plein de travail ?

— Oui, bredouilla-t-il, j'étais seul au bureau, mais un de mes associés vient de rentrer, ça devrait aller mieux maintenant. Je suis très heureux de te voir. Très !

— Moi aussi. J'attendais que tu te décides.

Un petit silence embarrassé plana sur la table jusqu'à ce qu'il arrive à demander :

— Que je me décide à quoi ?

— À reprendre les choses où nous les avions laissées, sur le vieux bassin à Honfleur.

Elle lui tendit la main et leurs doigts s'emmêlèrent aussitôt. Les yeux dans les yeux, ils restèrent figés quelques instants.

— Ce déjeuner va rester dans les annales, dit enfin Xavier. Les miennes, en tout cas.

Le rire d'Axelle fut spontané, gai, assez communicatif pour provoquer des regards amusés en direction de leur table.

— Je meurs de faim, déclara-t-elle en lui retirant sa main.

— Bien entendu, tu es debout depuis cinq heures du matin ?

— Oui, et je commence à avoir hâte que mon grand-père revienne d'Angleterre.

— Tu fais la grasse matinée quand il est là ?

— Pas vraiment. Mais si j'ai une demi-heure de retard, je sais qu'il est déjà à la piste, en train de donner des ordres à ma place, et que je n'ai aucun souci à me faire.

— Vous êtes toujours d'accord sur tout ?

— Pour les chevaux ? La plupart du temps. Tout ce que j'ai appris, je le tiens de lui, et notre conception de l'entraînement est la même. Il n'y a pas de mode, pas de nouvelle technique révolutionnaire dans notre métier. Les fers en aluminium ou les compléments vitaminés ne sont pas des trucs récents.

Quand elle eut dévoré son entrecôte et englouti la dernière frite, elle poussa un long soupir de satisfaction. Refusant le dessert qu'il lui proposait, elle se contenta de réclamer un café.

— On est tout près de ton bureau, non ? J'aimerais bien voir à quoi ça ressemble.

— C'est tout petit, tu seras déçue si tu imagines une grosse société ! Mais je t'y emmène volontiers, allons-y.

Dans la rue, il n'hésita pas à la prendre par la taille, réglant son pas sur le sien. Ce premier contact lui parut étrangement familier, presque naturel, comme s'ils marchaient souvent ensemble.

— J'ai deux associés, expliqua-t-il. Ingrid et Laurent sont des copains de fac, on s'entend très bien. Nous avons tous les trois à peu près le même âge et la même ambition : développer la boîte. Ingrid est la plus créative, Laurent le gestionnaire parce qu'il y a mis tout l'argent qui lui venait d'un petit héritage.

— Et toi ?

— Le plus déterminé à réussir. Une revanche sur mon père, je suppose. En tout cas, quand je commence quelque chose, je vais toujours au bout, peu importe s'il faut travailler jour et nuit. Mais ça me plaît, j'adore ce boulot ! À propos, dis-moi, est-ce que tu te sers du logiciel ?

— Tu seras surpris de voir la foule de données que j'ai déjà enregistrées.

— Magnifique ! Eh bien, pendant ce temps-là, j'ai reçu quelques appels de tes collègues, des réponses à mes courriers de prospection. Pour l'instant, je n'ai pas encore de commande ferme, mais ça se profile.

— As-tu signalé que nous en possédons un, Ben et moi ? Si ça peut t'aider à le vendre…

— Non, je ne compte pas utiliser ton nom comme argument commercial ! Le jour où tu ne pourras plus t'en passer, tu en parleras autour de toi, ce sera ma meilleure publicité.

Il dut la lâcher, à regret, pour pénétrer dans l'immeuble. Sur le palier du deuxième étage, il désigna la plaque qui ornait l'une des trois portes.

— Société Xalaugrid, lut-elle. Xalaugrid ? Ah oui, d'accord, un acronyme de vos prénoms !

— C'est très gamin, je sais, mais il fallait qu'on trouve quelque chose dans l'urgence, on avait un million de formulaires à remplir pour déposer nos statuts, alors on ne s'est pas cassé la tête.

Il la précéda à travers une petite entrée aménagée comme une salle d'attente avec trois fauteuils design et une fontaine à eau, puis il poussa une double porte vitrée. Dans une grande pièce qui devait être à l'origine un salon, plusieurs tables à tréteaux supportaient une dizaine d'ordinateurs et tout un matériel informatique ultramoderne.

— Il y a deux autres bureaux plus modestes, dans les anciennes chambres, et la cuisine est devenue notre laboratoire. Mais nous n'avons pas touché à la salle de bains, pour celui d'entre nous qui aurait envie de prendre une douche après avoir bossé jusqu'à l'aube !

Des stores à lamelles masquaient les fenêtres pour éviter que les rayons du soleil n'éblouissent les écrans, et des gaines contenant tous les câbles couraient sur le plancher de chêne.

— C'est presque aussi fouillis que chez moi, constata Axelle.

Alors qu'elle se retournait pour sourire à Xavier, elle découvrit une femme qui l'observait, à l'autre bout de la pièce.

— Bonjour… Vous devez être Ingrid ?

— Gagné. Et vous ?

— Je te présente Axelle Montgomery, intervint Xavier.

Ingrid s'approcha pour serrer la main d'Axelle qu'elle broya dans la sienne.

— C'est vous qui entraînez les chevaux de son papa, c'est ça ?

Le ton était à la fois agressif et moqueur. Ingrid dépassait Axelle d'une bonne tête et ne se privait pas de la regarder avec une certaine condescendance.

— Bon, amusez-vous bien, moi je vous laisse, j'ai du travail. Je vais dans le bureau du fond, Xav !

Après son départ, Axelle fit une petite grimace en chuchotant :

— Elle ne m'aime pas du tout…

Embarrassé, Xavier restait les bras ballants, ne sachant pas comment enchaîner.

— Je vais te laisser aussi, j'ai rendez-vous avec ma cousine, Kathleen.

— Tu pars déjà ? protesta-t-il.

— J'ai promis de faire des courses avec elle. Chaque fois qu'elle est de passage à Paris, elle fait la tournée des boutiques, je ne peux pas y couper.

— Et demain, tu serais libre pour dîner ?

Il n'avait plus qu'une idée en tête, la revoir le plus tôt possible. Comment avait-il pu rester près de trois semaines à *réfléchir* ? Il s'en voulait d'avoir été lâche, de s'être posé des tas de questions inutiles, il était amoureux, voilà tout, et c'était une sensation exaltante, fantastique !

Dans la petite entrée, avant de lui ouvrir la porte, il la retint contre lui puis, tout naturellement, se pencha vers elle et l'embrassa. Un premier baiser un peu timide, presque chaste, jusqu'à ce qu'elle l'enlace à son tour, avec une sensualité qui l'électrisa. Quand elle se détacha de lui, il eut un mal fou à la laisser partir, et ensuite il faillit la poursuivre dans l'escalier. Aucune femme ne lui avait fait cet effet-là, il était en train de devenir cinglé. Au prix d'un gros effort et en traînant les pieds, il revint dans le bureau, erra un moment entre les ordinateurs sans la moindre envie de se mettre au travail. Finalement, il alla frapper à la porte d'Ingrid.

— Alors, comment la trouves-tu ?

Le visage caché derrière son écran, la jeune femme répondit d'un ton rogue :

— Petite et trop blonde !

Persuadé qu'elle faisait de l'humour, Xavier s'approcha en riant mais il s'arrêta net. Ingrid avait les yeux brillants et son menton tremblait, elle était au bord des larmes.

— Qu'est-ce qui se passe ?

Elle mit sa tête dans ses mains pour qu'il ne puisse plus la regarder.

— Je ne comprends pas, Ingrid…

— Les hommes ne comprennent jamais rien !

Les mises en garde de Laurent lui revinrent aussitôt en mémoire et il n'osa pas tenter le moindre geste amical. Devait-il s'en aller, s'expliquer, la consoler ? Elle trancha pour lui en murmurant :

— Va-t'en, Xav, s'il te plaît. Ça ira mieux dans cinq minutes, je t'assure.

Consterné, il quitta la pièce sur la pointe des pieds. Amener Axelle ici avait été une erreur, mais sous quel prétexte lui aurait-il refusé de visiter ses bureaux ? Pas une seconde il n'avait imaginé qu'Ingrid le prendrait si mal. Les avait-elle aperçus, dans l'entrée, en train de s'embrasser ?

Il alla s'installer devant son ordinateur, cherchant ce qu'il allait pouvoir dire à Ingrid pour clarifier la situation. S'il ne le faisait pas, leurs rapports de travail risquaient de devenir pénibles. Leurs rapports en général, d'ailleurs, car en plus d'être son associée, Ingrid était son amie. Une amitié qu'il voulait préserver, si c'était encore possible.

Baissant les yeux sur son agenda ouvert, il chercha la date du retour de Laurent.

*

En compagnie de Richard, son homme de confiance, Benedict achevait la tournée du haras. La plupart des poulains nés au printemps avaient bien profité de l'été et, à force de les observer quotidiennement, les deux hommes commençaient à dresser la liste de ceux qui seraient proposés aux enchères l'année suivante, par exemple aux ventes des yearlings de Deauville.

— La petite pouliche, Graine de champion, celle-là, il faut la garder, préconisa Richard. Rien qu'à la voir détaler dans les prés, je crois qu'elle porte bien son nom.

Une pluie fine tombait depuis le matin mais Benedict ne s'était pas laissé décourager. Dans deux jours, il repartirait pour la France, et avant cela il voulait être certain d'avoir enregistré le moindre détail.

— Nous commençons à avoir de bons résultats, Dick ! Quand je pense que Macassar est né ici et que je ne l'avais pas particulièrement repéré…

— C'était un poulain tardif, tout en jambes. Je me le rappelle très bien avec ses balzanes et son étoile entre les yeux. Il était calme, trop calme pour se faire remarquer, et un peu gauche dès qu'il galopait.

— Si vous l'aviez vu sur la ligne droite le jour du grand prix !

— Je l'ai vu. Axelle m'a envoyé une copie du film de la course.

Benedict eut un sourire radieux. Sa petite-fille pensait à tout et trouvait même le temps de rester en contact avec Richard, consciente que l'avenir de l'écurie se fabriquait sur ces pâturages du Suffolk. Décidément, il avait eu raison de lui faire confiance, de voir en elle son successeur, et peut-être même qu'un jour l'élève dépasserait le maître ? À ce moment-là, il n'aurait plus aucune raison de l'encombrer, à Maisons-Laffitte.

Il éloigna son fauteuil de la rangée de boxes, située à l'écart, où se trouvaient les yearlings qu'on avait séparés de leurs mères. Certains d'entre eux arriveraient à l'entraînement d'ici à quelques mois, à l'âge d'un an et demi.

— Je voulais vous demander quelque chose, Dick, mais il faut que vous me répondiez sans détour.

— Je le fais toujours, rappela Richard avec un petit mouvement du menton.

C'était en effet un homme intègre, consciencieux et sincère, capable d'asséner les mauvaises nouvelles sur le même ton que les bonnes. Depuis bien des années, Benedict se félicitait de l'avoir engagé, il n'y avait jamais aucun problème au haras.

— Comment ça se passe, avec mon petit-fils ?

— Très bien !

La réponse, nette et sans appel, prit Benedict au dépourvu.

— Très bien, vraiment ? Si vous pouviez me donner quelques précisions…

Ils étaient arrivés devant l'écurie intérieure, un grand bâtiment blanchi à la chaux qui abritait les boxes des poulinières. Avant de faire coulisser sur ses rails la gigantesque porte, Richard s'arrêta. Sourcils froncés, il parut réfléchir à la question.

— Vous m'aviez prévenu qu'il serait distrait, paresseux, et sans doute de mauvaise volonté, or je n'ai rien constaté de tel. Il arrive à l'heure le matin, il écoute ce que je lui dis. Les premiers jours, il était plutôt muet, puis il s'est mis à poser des questions. Quand je lui ai annoncé que les saillies n'auraient pas lieu avant le mois de mai prochain, il a eu l'air déçu de ne pas voir les étalons. Il adore s'amuser avec les foals, on dirait un gamin de dix ans, mais il fait des fiches sur chacun d'entre eux. Dans l'ensemble, je le trouve attentif, disponible, et d'assez bonne volonté.

Abasourdi, Benedict resta quelques instants sans réaction, puis il ôta sa casquette mouillée de pluie, la posa sur ses genoux et la considéra en silence.

— Eh bien, dit-il enfin, vous devez être un sacré pédagogue, Dick… Ou bien c'est moi qui suis nul ! J'étais persuadé que Doug allait périr d'ennui ici.

— Il n'en a pas l'air.

— Au moins, vous le faites travailler pour de bon ?

— Personne ne se tourne les pouces dans ce haras, je peux vous le garantir ! Écoutez, Benedict, je suis désolé de ne pas partager votre avis mais…

— Désolé ? Non, ne le soyez pas, c'est une très bonne nouvelle. J'ai un peu de mal à y croire, voilà tout. Mon petit-fils m'a infligé un certain nombre de déceptions, alors je ne voudrais pas m'enthousiasmer trop vite, vous comprenez ?

Hochant la tête, Richard hésita un peu avant de suggérer :

— Il est là, si vous voulez le voir.

Durant tout le mois d'août, Douglas avait évité la maison. Il vivait dans son aile, sans doute peu désireux d'affronter son grand-père. Grace prétendait qu'il devait se nourrir de sandwiches mais que si c'était son choix, il fallait le respecter. Benedict n'avait pas insisté, attendant la suite des événements. À présent, il se demandait s'il ne ferait pas mieux d'aller lui parler. D'après Richard, le petit était dans de bonnes dispositions, pourquoi ne pas en profiter ? L'heure de la réconciliation avait peut-être sonné, et Benedict la souhaitait du fond du cœur.

— D'accord. Ouvrez-moi, Dick.

Richard fit coulisser la porte mais il ne suivit pas Benedict à l'intérieur de l'écurie. De chaque côté de l'allée centrale, de vastes boxes abritaient les juments et leurs petits. Fermés par des grilles, on pouvait voir tout ce qui se passait à l'intérieur. Ce matin, en raison de la pluie, les poulinières n'avaient pas encore été lâchées dans les prés, et certains poulains étaient en train de téter. Ils s'habitueraient vite à l'herbe, puis à l'avoine, mais ne seraient totalement sevrés qu'à six mois.

Benedict fit avancer son fauteuil au ralenti, regardant à droite et à gauche. Il aimait l'ambiance du haras avec son côté nursery bien ordonnée, et surtout il aimait imaginer que parmi ces adorables foals aux longues jambes, aux gros genoux, aux longs cils et aux minuscules sabots, se cachait peut-être un vrai crack.

L'une des grilles était ouverte, tout au fond, et Benedict roula jusqu'à elle. Appuyé sur le manche de sa fourche, Douglas lui tournait le dos, cependant il l'avait forcément entendu arriver à cause du bruit caractéristique produit par le moteur du fauteuil roulant.

— Occupe-toi bien de Lady Ann, je crois que cette fois elle nous a donné une pouliche de premier ordre !

Douglas se retourna et planta son regard dans celui de son grand-père.

— D'après ce que m'a expliqué Richard, répondit-il lentement, il s'agit d'une lignée royale.

— Oui, la saillie a coûté cher, mais c'était le bon étalon pour elle. Un croisement réussi. Tu t'y intéresses ?

— Pour l'instant, j'essaie de retenir tous les noms.

— C'est simple, à l'origine il y avait trois étalons arabes, et aujourd'hui il y a trois chefs de file, Matchem, Hérode, Éclipse.

— Reste juste à savoir tout ce qui se trouve entre les deux trios !

Ils échangèrent un premier sourire, assez satisfaits d'avoir débuté leur conversation sur un terrain neutre.

— Tu te plais, ici ? risqua Benedict.

— Davantage que je ne l'aurais cru.

— Eh bien, dis-moi…

Tout ému, il chercha à formuler une phrase susceptible de les rapprocher encore, mais Douglas fut plus rapide que lui.

— Je sais qu'il est trop tôt pour parler d'avenir, Ben, pourtant j'y pense.

— Alors, je suis content.

— On ne s'est pas toujours bien compris, toi et moi.

— Cinquante ans nous séparent, ce n'est pas rien. Et je n'ai pas forcément été…

— Moi non plus !

Ils se turent un moment, savourant l'un comme l'autre cette paix inattendue entre eux. Au fond du box, la petite pouliche alezane s'agitait et donnait des coups de tête à sa mère.

— Allez, Graine de champion, du calme, tu vas bientôt sortir. Est-ce que la pluie s'est arrêtée, Ben ? La petiote a un de ces besoins d'exercice ! Tu sais, j'adore les conduire à l'entrée du pré et les voir s'ébattre comme des diablotins.

Benedict dissimula un sourire en songeant qu'à une certaine époque, pas si lointaine, Douglas regardait à peine les chevaux qu'il montait en course. Comment avait-il pu faire autant de progrès en si peu de temps ?

— C'est moi qui rêve, petit, ou bien tu as changé ?

— Tout le monde change. J'ai eu des hauts et des bas, avec des bas très… Je te raconterai ça un jour, si j'en ai le courage.

La voix de Douglas s'était étranglée sur les derniers mots. L'air soudain gêné d'en avoir trop dit, il reprit sa fourche et fit semblant d'arranger un peu la paille qui n'en avait nul besoin. Intrigué, et bien décidé à poursuivre la conversation, Benedict avança encore un peu son fauteuil.

L'énervement de sa pouliche, ou le bruit insolite du moteur électrique, inquiéta Lady Ann. Les oreilles couchées, elle se mit à piaffer et se déplaça au fond du box. Son mouvement suffit pour que la pouliche aperçoive la grille ouverte et se précipite vers la liberté.

L'instinct maternel obligea la jument à suivre. Il y eut une bousculade, Douglas essaya de s'interposer, les bras levés, mais la petite alezane s'était déjà glissée dehors, frôlant le fauteuil au passage. La jument, affolée, le percuta violemment et le projeta dans l'allée.

Malgré le piétinement des sabots, Douglas entendit la chute de son grand-père, et sa tête heurter le ciment avec un bruit atroce. Il avait réussi à saisir le licol de Lady Ann mais il le lâcha aussitôt, laissant filer la jument.

— Ben ? Ben !

Horrifié, il repoussa le fauteuil renversé et tomba à genoux. Les yeux grands ouverts, son grand-père semblait fixer le toit de l'écurie mais, à l'évidence, il ne verrait plus jamais rien.

— Richard ! hurla Douglas. Richard, vite !

Il saisit le col de la veste de Benedict, s'y accrocha comme un noyé.

— Ben, réponds-moi…

Derrière lui, quelqu'un arrivait précipitamment.

— Qu'est-ce qui s'est passé ?

Penché au-dessus d'eux, Richard soufflait avec force.

— Oh, Seigneur… Lâche-le, Douglas.

Il dut détacher un à un les doigts du garçon.

— C'est la jument ?

— Oui, il… Ben barrait l'entrée, mais pas à hauteur d'homme, à…

Douglas éclata en sanglots convulsifs tandis que Richard se redressait et sortait son téléphone portable. Il appela d'abord les secours puis la maison, s'expliquant en quelques phrases brèves. Ensuite il se courba de nouveau, mit un genou à terre. Durant deux ou trois secondes, il s'absorba dans la contemplation du visage figé de Benedict, avant de poser la main sur son cou. Il attendit un peu puis murmura :

— Je crois que c'est fini.

— Non, non ! Pas maintenant !

Une révolte hystérique s'était emparée de Douglas. Il se releva et donna de violents coups de poing dans la grille, jusqu'à avoir la main en sang. Richard s'approcha de lui, le prit fermement par les épaules.

— Calme-toi, mon garçon, calme-toi, ta famille va arriver. Tu sais, tu devrais lui fermer les yeux.

— Moi ?

— Qui d'autre ? Tu es son petit-fils.

Les choses allaient trop vite, se télescopaient. Douglas jeta un coup d'œil circulaire, évitant de poser son regard sur le corps de Benedict.

— Où est cette putain de jument ?

— Je l'ai rattrapée, la pouliche aussi. Allez, vas-y.

Autant lui demander de mettre sa main dans les flammes. Pourtant, il réussit à s'approcher, à s'accroupir. Il hésita, prit une profonde inspiration.

— Oh, Ben, pardon, chuchota-t-il.

Il ne parvenait pas à admettre que l'histoire s'arrêtait là. Un début de retrouvailles, une réconciliation tronquée, et encore tant de choses à dire qu'il faudrait taire à jamais.

— Merci pour tout, murmura-t-il en posant ses doigts sur les paupières de son grand-père.

Il n'avait pas trouvé d'autre oraison, mais brusquement la reconnaissance l'étouffait. Benedict l'avait élevé, aimé, remplaçant ses parents disparus, l'obligeant à grandir. Leur dispute avait été stupide, ils auraient dû y mettre un terme depuis longtemps.

— Benedict, Benedict !

La voix suraiguë de Grace fit tressaillir le garçon. Il entendit des talons marteler le ciment, puis sa grand-tante s'abattit à côté de lui. Elle essaya maladroitement de prendre le vieil homme dans ses bras, son visage ruisselant de larmes. Incapable d'intervenir, Douglas baissa la tête sans bouger, et ce fut Jarvis, aidé de Richard, qui releva sa femme.

*

Axelle, Kathleen et Constant avaient pris le premier avion. Ravagés tous les trois par la nouvelle, ils arrivèrent en fin d'après-midi.

Une fois le certificat de décès signé par le médecin, Benedict avait été transporté dans sa chambre, où Grace s'était occupée seule de sa toilette mortuaire. Elle lui avait laissé sa chemise et sa veste de velours mais avait ajouté une cravate parfaitement nouée. Ses cheveux blancs bien peignés, il avait un visage paisible, comme débarrassé des marques de la vieillesse.

Avant de quitter Maisons-Laffitte, Axelle s'était débrouillée pour convaincre Antonin de venir s'installer quelques jours chez elle. En s'aidant d'une canne, il irait surveiller le travail sur les pistes. Romain, de son côté, superviserait les deux cours et l'ensemble du personnel. Ce serait la première fois, depuis des décennies, qu'il n'y aurait pas un Montgomery dans l'écurie, mais Axelle était bien obligée de déléguer, en priant pour qu'il n'arrive rien.

Mais que pouvait-il arriver de pire que la mort de Benedict ? Au milieu de sa propre famille, Axelle se sentait absolument seule au monde. Seule, désormais, pour tout assumer, tout décider et tout faire marcher.

L'idée de ne plus pouvoir discuter trois fois par jour avec Ben, de vive voix ou par téléphone, la rendait malade d'avance. Pire encore était l'idée de ne plus rire avec lui, de ne plus l'entendre ronchonner, de ne plus voir son fauteuil sur les pistes.

Douglas était venu les chercher à l'aéroport, au volant de la vieille Austin de Kathleen. Ses premiers mots avaient été pour vouer la jument au diable.

— Cette sale bête a tué Ben ! s'était-il écrié en prenant sa sœur dans ses bras.

Constant avait cru bon de renchérir. Foutus canassons. Alors Axelle avait rappelé que Ben leur pardonnait toujours. « Cet-abruti-de-cheval » lui-même avait été absous, bien qu'il ait cloué Benedict sur un fauteuil roulant.

Dès leur arrivée, Jarvis fit servir le thé dans le grand salon, se substituant à Grace qui demeurait invisible.

— Elle est auprès de Benedict, expliqua-t-il. Je pense qu'elle ne le quittera pas jusqu'à la fermeture du cercueil.

La maison tout entière semblait en deuil. Malgré les dernières lueurs du jour, les rideaux étaient déjà tirés et, malgré le temps pluvieux, aucun feu ne brûlait dans la cheminée. Pourtant, Jarvis s'appuyait des deux mains au linteau, fixant l'âtre éteint. Les épaules affaissées et la tête basse, perdu dans son chagrin, il tournait le dos aux autres et ne se donnait pas la peine d'entretenir la conversation.

Axelle fut la première à se lever pour aller rejoindre Grace. Elle avait un besoin impérieux de voir Ben pour se convaincre qu'il était bien mort, ce qu'elle n'avait jamais pu faire lors de la disparition en mer de ses parents. Mais, comme elle atteignait la porte, elle s'arrêta net, se retourna.

— Constant ? Si tu veux, d'abord…

Tout le monde oubliait toujours qu'il était le fils de Benedict, et Axelle ne voulait pas qu'il se sente mis à l'écart une fois de plus.

— Non, dit-il d'une voix blanche, je n'irai pas. Je ne peux pas !

Il se précipita vers l'une des portes-fenêtres, écarta le rideau et cogna son front contre la vitre. Jarvis l'observa quelques instants puis, tandis qu'Axelle quittait la pièce, il le rejoignit.

— Ça va aller, ne t'en fais pas. Tu n'es pas seul, Constant, nous sommes tous là avec toi.

Son neveu était un vieux petit garçon. Dix fois, cent fois, Ben avait arraché à Jarvis la promesse solennelle de s'occuper de Constant après lui. Jarvis était le cadet et, depuis son accident, Benedict redoutait toujours de disparaître brutalement. Le drame de ce matin lui donnait raison, mais Jarvis ignorait ce qu'il devrait faire, dans l'avenir, pour honorer son serment.

Il poussa un long soupir, accablé de chagrin. Son frère avait toujours été son dieu. Sa façon de se redresser dans la tourmente, de saisir les événements à bras-le-corps et de mener à bien tout ce qu'il entreprenait fascinait Jarvis. Benedict était un pilier, un roc sur lequel chacun s'était lourdement appuyé. Son absence allait être un véritable gouffre pour la famille.

Revenant vers la cheminée, il se demanda enfin s'il ne devrait pas faire allumer un feu. Il avait froid et les autres semblaient recroquevillés dans leurs fauteuils. En principe, Grace s'occupait de tout, mais il était clair qu'elle ne serait pas disponible ces jours-ci, il fallait qu'il improvise.

Grace… Elle faisait peine à voir. Mais Jarvis était sans doute le dernier capable de la consoler. Elle n'attendait rien de lui, n'avait jamais rien attendu.

Kathleen se leva à son tour, estimant sans doute qu'elle avait laissé suffisamment de temps à Axelle. Avec un petit sourire triste à l'intention de son père, elle s'éclipsa. Si tout le monde partait, à quoi bon faire une flambée ?

— Il est mort de quoi ? demanda soudain Constant.

— De quoi ? Eh bien… le choc, je suppose. Traumatisme crânien. Mais sa colonne vertébrale était déjà très fragilisée… En fait, je n'en sais rien. L'important est qu'il n'ait pas souffert. Il n'en a pas eu le temps, c'est arrivé en une seconde. Douglas était là, il te racontera tout ça si tu veux.

— Ah, oui… Doug.

Constant garda le front contre la vitre et se tut. Étouffant un nouveau soupir, Jarvis comprit que les trois jours à venir risquaient d'être encore plus durs que prévu. Il aurait voulu penser à Benedict tranquillement, se remémorer tous les bons souvenirs, se revoir enfants avec Gus, leur père, lorsqu'ils étaient arrivés en France. À l'école, on riait de leurs prénoms, Jarvis et Benedict. Comme c'était loin !

Derrière lui, il entendit Constant renifler, et son cœur se serra davantage.

*

Axelle était entrée sans bruit et l'avait aussitôt regretté. Clouée sur place, elle s'était demandé si elle avait bien entendu.

Benedict, mon amour. Ces trois mots, répétés plusieurs fois à mi-voix, avec une intonation de profond désespoir, ne pouvaient se confondre avec aucun autre. Sa grand-tante Grace avait donc dit : « Benedict, mon amour. »

Son amour ? Trop désemparée pour bouger, Axelle était restée près de la porte jusqu'à ce que Grace ait enfin conscience d'une présence dans la pièce. Leurs regards s'étaient croisés, puis Grace avait détourné le sien, le temps de se reprendre.

— Viens, murmura-t-elle, viens voir comme il est beau dans son sommeil.

Surmontant son appréhension, Axelle s'approcha du lit où reposait son grand-père. Elle n'avait jamais vu de cadavre et en redoutait la vision, mais le visage de Ben lui parut rajeuni, apaisé, rassurant. C'était bien lui, et même lui avant son accident, quand il marchait encore et arpentait son écurie à grands pas, prêt à engueuler un apprenti.

— Je lui parle, chuchota Grace, je ne peux pas m'en empêcher. Tu m'as entendue, n'est-ce pas ?

D'un signe de tête, Axelle acquiesça. Durant deux ou trois secondes, Grace la scruta intensément.

— Eh bien, oui, Benedict a été mon unique grand amour. Je ne devrais pas te le dire, mais puisque c'est trop tard… Ne le répète pas à Kathleen, veux-tu ?

— Bien sûr.

Hormis une lampe de chevet, la pièce était plongée dans l'obscurité, mais Axelle voyait très bien les larmes ruisseler sur les joues de Grace qui ne semblait pas s'en apercevoir. Elle triturait un mouchoir de dentelle dans une main, l'autre posée sur les mains jointes de Benedict.

— Préfères-tu rester seule pour lui dire au revoir, ma chérie ?

— Non !

Chasser Grace de cette pièce était inimaginable, elle allait garder Benedict jusqu'au bout, jusqu'à ce qu'on le lui prenne.

— Quand j'aurai moins de chagrin, j'essaierai de te raconter notre histoire. Après tout, ce sera bien que tu la connaisses, que quelqu'un la connaisse. Toi, tu étais sa préférée.

L'émotion obligea Axelle à déglutir plusieurs fois.

— Je sais, réussit-elle à articuler. Il va... Il va horriblement me manquer.

Elle se pencha, effleura la tempe et les cheveux de son grand-père, puis elle se dépêcha de sortir. Trop bouleversée pour regagner le salon, elle partit s'isoler dans le petit fumoir où Jarvis testait parfois, sans conviction, les cigares que ses amis lui offraient.

La pluie frappait les vitres, mais elle ne l'avait pas entendue dans la chambre de Benedict où les volets devaient être fermés. Sur une table recouverte de feutre, un plateau de trictrac était abandonné, ses jetons en vrac. Jarvis et Ben aimaient y jouer, ou alors ils se lançaient dans une partie de cartes souvent interrompue par un coup de téléphone d'Axelle. Ces appels quotidiens n'auraient plus lieu. Impossible, désormais, de demander conseil, de partager ses doutes. Axelle serait seule pour décider de tout, elle allait travailler sans filet.

Benedict, mon amour. Cet aveu insensé la taraudait comme un leitmotiv. Grace et Benedict ? Mais quand ? Et comment Grace, si digne, si fière, pouvait-elle marteler ces mots à un mort qui avait été son beau-frère ? Et Jarvis, quel rôle tenait-il ?

Axelle n'avait rien deviné, rien soupçonné. Elle se souvenait de sa grand-mère, une femme douce, effacée, qui n'avait pas supporté la perte de son fils en mer et s'était laissée mourir. Durant cette série de deuils, Benedict avait préservé Axelle et Douglas de son mieux. Ses petits-enfants étaient alors sa principale préoccupation, ils passaient même avant les chevaux.

— Qu'est-ce que tu m'as caché, Ben ?

Elle avait cru tout savoir de son grand-père. Ils étaient si proches, si complices ! Mais la jeunesse ne parvient jamais à imaginer que des gens âgés puissent s'aimer avec passion.

Distraitement, elle s'était mise à jouer avec les jetons d'ivoire du trictrac. Ils cliquetaient dans ses mains, faisant écho à la pluie qui continuait de fouetter les vitres. L'histoire de sa propre famille lui était inconnue. Grace aurait-elle le courage de la raconter ?

— Ah, tu es là ! s'exclama Douglas. Je t'ai cherchée partout, je commençais à croire que tu étais sortie.

— Non, il pleut trop.

— C'est l'Angleterre, ma vieille ! Tu as oublié tous nos étés mouillés ?

Il se laissa tomber dans un fauteuil Chesterfield et considéra sa sœur avec inquiétude.

— Tu es allée le voir ?

— Oui…

— Je ne peux pas m'y résoudre. Je suis lâche, je sais, mais… Oh, bon sang, je ne revivrai ça pour rien au monde !

Il s'interrompit en se mordant les lèvres.

— Tu étais avec lui quand c'est arrivé, n'est-ce pas ? dit-elle très doucement.

— Hélas, oui. Crois-le ou pas, nous étions en train de nous réconcilier. D'un côté, j'en suis heureux, mais de l'autre, s'il n'était pas venu me parler, il serait encore là.

— Ne te mets pas ce genre d'idée en tête. Personne n'échappe à son destin, c'était son heure.

— Bien sûr que non. Il aurait vécu centenaire, toujours aussi ronchon et emmerdant ! Benedict Montgomery, quoi…

Axelle s'approcha de son frère et s'installa sur l'accoudoir du fauteuil.

— Réconciliés, alors ?

— À peu près. Grâce à Richard, je dois l'avouer. Même si tout n'était pas réglé entre nous, au moins nous sommes arrivés à nous parler.

Elle n'osa pas l'interroger sur son avenir, certaine qu'il n'avait pas eu le temps d'y penser, aussi fut-elle très étonnée de l'entendre demander :

— Qu'est-ce qui va se passer pour sa succession ?

— Je l'ignore.

— Pourtant, il te disait tout !

— Nous ne discutions pas de sa mort, Doug.

— En tout cas, il était prévoyant, il a dû organiser les choses.

Cette question ne l'avait pas encore effleurée. Depuis le coup de téléphone de Jarvis, en fin de matinée, son esprit était resté bloqué. Avec Kathleen, blottie l'une contre l'autre, elles avaient pleuré dans l'avion, sans songer à rien d'autre qu'à Benedict mourant brutalement sur le sol d'une écurie.

— Nous en discuterons plus tard, dit-elle. Après l'enterrement.

Douglas voudrait-il revenir à Maisons-Laffitte, dans cette maison biscornue où il était chez lui autant qu'elle ? À moins qu'ils ne se retrouvent tous les deux chez Constant…

Baissant les yeux sur son frère, elle croisa son regard.

— C'est toi l'entraîneur, miss…, lâcha-t-il dans une imitation quasi parfaite de la voix de Benedict.

En une fraction de seconde, elle entrevit toutes les difficultés qui les attendaient, et elle faillit se remettre à pleurer.

— Je voulais te faire sourire, plaida Douglas. Ce n'était ni ironique ni méchant.

Elle ne croyait pas qu'il était méchant, mais inconséquent, immature, et peut-être tenaillé par un besoin de revanche.

— Sois tranquille, Axelle, je ne vais pas venir te mettre des bâtons dans les roues. Je compte rester ici un certain temps encore, finir cet apprentissage que j'ai commencé.

Éberluée, elle se recula un peu, sans cesser de l'observer. Au bout d'un moment, il s'agita dans son fauteuil, fuyant son regard, et elle eut la certitude qu'il lui cachait quelque chose. La décision de poursuivre son exil au fin fond du Suffolk n'était guère crédible, il avait forcément une raison cachée.

— L'élevage te passionne pour de bon ? demanda-t-elle d'un ton sceptique. Tu as eu une révélation, ma parole !

— Je découvre des tas de choses. Et je n'ai pas envie de rentrer en France pour l'instant.

S'il mentait, demander de plus amples explications ne servirait à rien. C'était le jour des mystères, décidément, entre le secret de Grace et l'attitude étrange de Douglas.

— Allons retrouver les autres, proposa-t-elle.

Maintenir la famille unie, soudée, lui semblait plus urgent que les états d'âme de Douglas.

— Viens, répéta-t-elle, la main tendue.

Il était son petit frère, son cadet cabochard, et elle l'aimait depuis toujours. Mais elle ne le laisserait pas compromettre l'avenir de l'écurie Montgomery, l'œuvre de Gus, de Ben, et aujourd'hui la sienne.

*

Ingrid, qui possédait un féroce appétit, réclama un deuxième croque-monsieur avec une autre salade verte. Lorsqu'elle avait proposé à Xavier de descendre déjeuner ensemble au bistrot du coin, il s'était senti très embarrassé, mais à peine assise en face de lui, elle avait mis les choses au point. Pas de rancune, pas de conflit, et surtout pas de commentaire sur l'incident de l'avant-veille.

— Je m'étais fait des idées, voilà tout. Mais tu n'y es pour rien, rassure-toi ! On vit un peu les uns sur les autres à longueur de journée, Laurent, toi et moi, alors… En tout cas, on n'en parle plus, plus jamais. Promis ?

— Juré.

— Toujours la surenchère, hein ? Allez, dis-moi plutôt où vous en êtes, ta blonde et toi. Tu es vraiment mordu ?

— J'en ai peur.

— Peur ? Qu'est-ce qui te fait peur ? Être amoureux ? Ah, les hommes, quelle engeance !

Elle attaqua le croque-monsieur qu'on venait de lui servir tandis qu'il réfléchissait à sa question. Eh bien, oui, il redoutait ce sentiment envahissant qui l'empêchait de penser à autre chose. Axelle l'obsédait d'autant plus qu'elle n'était jamais disponible. Le décès de son grand-père n'arrangeait rien, elle était partie en catastrophe et resterait sans doute absente plusieurs jours. Lorsqu'il l'avait entendue pleurer, au téléphone, il avait éprouvé une irrésistible envie de la rejoindre, de la consoler, mais c'était évidemment impossible. Et quand elle rentrerait, elle n'aurait sans doute pas une heure à lui consacrer.

— Nous sommes tellement différents…, soupira-t-il. C'est ça qui m'inquiète. Tu sais à quel point notre métier est prenant, mais je crois que le sien est pire.

— Si tu veux juste coucher avec elle, ce n'est pas un obstacle, vous trouverez bien cinq minutes entre deux portes ! Non, ne boude pas, je plaisante. Mais si c'est pour lui demander sa main au clair de lune et en grattant une guitare, réfléchis bien avant. Le mariage de la carpe et du lapin ne donne jamais rien de bon. As-tu envie d'entendre parler de chevaux toute ta vie ?

— Pas vraiment.

— Alors, c'est un problème. Moi, par exemple, le type qui m'expliquera que je le fatigue avec mes histoires de virus, de navigateur et de système d'exploitation, je le vire sur-le-champ !

— Tu dis ça, mais si tu es folle de lui…

— Ce ne sera pas une raison pour tout renier. Pour faire semblant d'être quelqu'un d'autre. Renoncer à ce qu'on aime par amour est une aberration.

— Il y a tout de même des gens qui y arrivent, protesta-t-il. Des gens qui ne partagent pas les mêmes passions mais qui trouvent d'autres terrains d'entente.

— Sûrement. Sauf que, d'après ce que tu me racontes, avec ta blonde tu n'auras jamais un seul jour de vacances, jamais une grasse matinée, pas de souper aux chandelles non plus puisque sa tête tombe dans le potage à dix heures du soir ! Tu es prêt à accepter ce mode de vie ?

— Arrête de l'appeler « ma blonde ».

— Pourquoi, c'est une fausse blonde ?

— Ingrid…

Elle allait réussir à l'attrister pour de bon si elle continuait de la sorte car, avec ou sans ironie, avec ou sans jalousie, tout ce qu'elle disait était vrai.

— Désolée, Xav. Je me laisse emporter parce que je te vois très mal barré dans cette histoire. Mais après tout, il y en a eu de pires que la tienne qui se sont terminées en happy end !

— C'est vrai, tu en connais ?

Il avait tellement envie d'y croire qu'il devait être ridicule, pourtant Ingrid parut soudain désarmée. Elle le dévisagea, hocha la tête.

— D'accord… Tu es très atteint, mon vieux. Dans ton cas, le plus simple est de foncer sans te poser de questions. Qu'est-ce que tu fais ici à m'écouter radoter des trucs aigres-doux ? Suis ta belle en Angleterre, assiste à l'enterrement du grand-père !

— Non, je ne serais pas à ma place là-bas, on ne se connaît pas assez et elle est en famille.

— Tu peux aussi la noyer sous des textos délirants de tendresse, et surtout aller l'attendre à l'aéroport quand elle reviendra. Les femmes sont très sensibles à ce genre d'attentions.

Trop absorbés par leur conversation, ils n'avaient pas vu arriver Laurent qui se trouvait devant leur table.

— Vous parlez boutique ou c'est personnel ?

Tout bronzé, souriant, heureux de les retrouver, Laurent s'assit avec eux.

— On dissertait sur sa blonde, répondit Ingrid d'un ton désinvolte. Tu savais qu'il en était cinglé ?

Interloqué, Laurent les regarda l'un après l'autre avant de se remettre à sourire.

— C'est ce qui m'avait semblé avant de partir.

— Eh bien, ça ne s'arrange pas ! Tu manges quelque chose ?

Elle en profita pour commander une pâtisserie et un ballon de muscadet. Puis, avec un détachement très étudié, elle déclara :

— Je vous aime bien, tous les deux. Essayez de ne pas laisser trop de plumes dans vos histoires de cœur, et promettez-moi que, quand ce sera mon tour de bêtifier, vous m'écouterez religieusement.

— Promis ! s'exclamèrent-ils en chœur.

— J'aurai le droit de vous faire le feuilleton tous les jours, hein ?

— Matin et soir, affirma Xavier.

Le changement d'attitude d'Ingrid le soulageait beaucoup, il essaya de le lui montrer en demandant :

— Si je te dis que tu es vraiment ma meilleure amie, est-ce que tu vas me jeter ton verre à la figure ?

— Pas question de gâcher ce muscadet, il a un petit arrière-goût de noisette trop gouleyant. Trouve autre chose pour te rafraîchir !

Elle souriait bravement, comme la bonne copine qu'il voulait qu'elle soit, mais il comprit qu'elle se forçait, que la plaie n'était pas encore fermée.

*

Axelle n'avait aucune intention d'assister à la réception prévue à l'issue de l'enterrement. Au cimetière, elle s'était sentie incapable de dominer son émotion, et maintenant elle désirait par-dessus tout être seule.

Un soleil légèrement voilé brillait depuis le lever du jour, ce qui l'incita à marcher jusqu'au haras. Il y avait à peine deux kilomètres à faire, un peu moins en coupant à travers les prés, et la promenade lui fit du bien.

Dans la grande maison, les invités devaient déjà se restaurer et se désaltérer, d'ici à une heure le ton commencerait à monter, et à ce moment-là il ne serait sans doute plus beaucoup question de Benedict. Mais Grace ne pouvait pas échapper à ses devoirs d'hôtesse, selon la tradition elle se devait d'accueillir les gens venus rendre un dernier hommage à son beau-frère. Par chance, elle semblait avoir retrouvé son empire sur elle-même. À l'église, elle était restée les yeux secs, remuant les lèvres au moment des cantiques et s'appuyant à peine sur le bras de Jarvis. Ainsi, les apparences étaient sauves, et le mystère toujours entier.

Lorsqu'elle pénétra dans les bâtiments du haras, Axelle ne fut pas surprise par le silence qui régnait. Elle savait, pour les avoir croisés dans les pâturages, que la plupart des poulinières et des poulains étaient dehors. Elle gagna l'écurie intérieure, déserte, et s'arrêta devant le dernier box, au fond. Sur une plaque de cuivre accrochée à la grille, elle lut le nom de Lady Ann. C'était donc à cet endroit précis que Benedict avait trouvé la mort. Contre le ciment de cette allée.

Elle remonta un peu sa jupe, mit un genou à terre et toucha le sol de sa main. Quelle avait bien pu être la dernière pensée de Ben ? « Abrutie-de-jument », sans doute.

À présent, il était au paradis, au paradis des hommes de cheval, et il avait dû y retrouver son père, sa femme, son fils Norbert.

— Au revoir, grand-père, chuchota-t-elle.

Elle resta immobile un long moment, jusqu'à ce qu'elle entende un bruit de pas, à l'extérieur. Persuadée qu'il s'agissait de Richard, elle se dépêcha de se relever.

— Il y a quelqu'un ? lança la voix de Constant.

Après quelques hésitations, il se faufila par la lourde porte entrouverte, jetant des regards inquiets autour de lui.

— Je suis là, Constant !

— Ah, toi aussi… Je suis venu voir à quoi ça ressemble. Jarvis m'a dit qu'il y avait eu beaucoup de travaux, et comme je n'ai pas mis les pieds en Angleterre depuis bien longtemps…

Ce qu'il racontait n'avait aucune importance car il cherchait la même chose qu'Axelle.

— Le box de Lady Ann est ici, dit-elle seulement.

Il s'approcha à contrecœur, les yeux baissés, et s'arrêta à côté d'elle.

— Tu as fait le chemin à pied ?

Elle connaissait sa répugnance à se trouver au milieu de chevaux en liberté. Lorsqu'un pur-sang échappait à un apprenti, dans la cour, il ne fallait pas compter sur Constant pour le rattraper.

— Douglas m'a indiqué où trouver un vélo, et j'ai suivi la route. Si tu veux, je te prendrai sur le cadre pour rentrer…

Sa voix tremblait car il s'était mis à observer la grille du box, l'allée, avec une expression de crainte et de dégoût.

— Alors, c'est là, hein ?

— Oui…

Ils restèrent silencieux un moment, chacun essayant d'imaginer à sa manière les derniers instants de Ben.

— Viens, Constant, ne restons pas là.

Elle le prit par la main et l'entraîna vers la sortie. Une fois la porte franchie, ils reprirent leur souffle ensemble. Tout était paisible dehors, au milieu d'un paysage empreint de sérénité. Au pied des barrières blanches, fraîchement repeintes, des roses s'épanouissaient au soleil.

— Tu sais, Axelle, il n'y a rien de changé.

— Changé ?

— Je veux dire que… Jarvis a essayé de m'expliquer des choses à propos de l'héritage, mais je n'ai pas compris. Pour moi, il faut que ça continue.

— Quoi donc ?

— L'écurie, tiens ! La vie, comme avant. Tu y arriveras, sans lui ?

Une boule, dans sa gorge, empêcha Axelle de répondre immédiatement.

— Je t'aiderai, moi, insista-t-il, je suis là !

Sa véhémence était poignante. En perdant son père, il avait perdu son principal repère, et maintenant il avait peur. Peur de ne plus trouver sa place, ou d'être mis à l'écart, rejeté, oublié.

— Bien sûr qu'on va continuer. On ne sait rien faire d'autre, comme dirait Douglas.

— Et on restera à la maison ?

— Mais oui ! J'ai besoin de toi pour surveiller tout ça.

— Patch m'aide, tu sais !

Parfois, il était pire qu'un enfant. Elle comprit qu'elle serait responsable de lui, désormais, en plus du reste. De lui et de son chien, pour toujours.

— Rentrons, décida-t-elle, sinon on va rater l'avion.

Ils devaient partir le soir même, afin d'être au travail le lendemain matin. Malgré les appels rassurants d'Antonin, elle s'inquiétait pour l'écurie. Plus vite elle reprendrait les rênes, mieux ce serait, d'ailleurs, elle n'avait plus rien à faire ici.

Comme il l'avait proposé, Constant l'installa devant lui sur le vélo et, après un laborieux démarrage en zigzag, ils filèrent tout droit sur la petite route de campagne.

*

Les derniers invités avaient pris congé, renouvelant leurs condoléances. Jusqu'au bout, Grace était restée exemplaire, même si cette journée avait été l'une des pires de son existence.

Lorsqu'elle se retrouva enfin seule, après avoir laissé au salon Jarvis, Kathleen et Douglas qui continuaient à noyer leur chagrin dans le whisky, elle s'enferma dans sa chambre. Elle n'avait plus de larmes à verser, il ne lui restait qu'une tristesse infinie à laquelle il lui faudrait s'habituer.

À soixante ans passés, la vieillesse se profilait. Jusqu'ici, elle s'était donné beaucoup de mal pour rester belle, mais ce combat n'avait plus d'objet. Benedict ne viendrait plus séjourner ici, elle ne pourrait plus poursuivre ce rêve ancien soigneusement préservé.

Par la fenêtre, elle vit arriver le curieux équipage d'Axelle et Constant juchés sur un vélo. Sans doute revenaient-ils du haras, pressés d'aller boucler leurs sacs de voyage.

Le haras… Quel malheur ce serait, dorénavant, de voir brouter des chevaux dans les prés ! Fallait-il vraiment continuer cet élevage de pur-sang ?

Quand Axelle frappa, dix minutes plus tard, elle était toujours en train d'y réfléchir mais sa décision était prise.

— Entre, ma chérie. Tu es sur le départ ?

— Je viens te dire au revoir.

— J'espère qu'il ne s'agit que d'un au revoir. Tu reviendras ?

— J'essaierai, Grace, mais pas tout de suite.

— Oui, je comprends. Tu vas avoir du poids sur les épaules, n'est-ce pas ?

— Probable, répondit sa petite-nièce de façon laconique.

Grace la détailla avec curiosité, songeant à quel point Benedict avait pu adorer cette jeune femme et mettre tous ses espoirs en elle.

— Écoute, chérie, je t'ai promis une confidence et je tiendrai parole, seulement… pas tout de suite. Tu n'as pas le temps, et je n'en ai pas le courage. Il y a deux ou trois choses plus urgentes que je dois te dire. D'abord, ton frère. Tu connais ses projets ?

— Je crois qu'il aimerait rester encore quelques mois avec vous.

— Oh… eh bien, pourquoi pas ? Je lui verse un salaire, je continuerai.

— À Doug ? s'étonna Axelle.

— Oui, c'était pour l'inciter à se calmer un peu. Naturellement, Benedict n'était pas au courant, il n'aurait pas été d'accord. Mais ton frère semble faire du bon travail, du moins c'est ce que Richard affirme. S'il le souhaite, laissons-lui le temps de finir ce qu'il a commencé. De toute façon, la succession prendra du temps, il faut bien qu'il vive d'ici là.

Axelle semblait désemparée par cette cachotterie supplémentaire. Elle planta son regard dans celui de Grace avant de demander, d'un ton résolu :

— Vous comptez conserver le haras par la suite ?

Sans doute s'attendait-elle à une mauvaise nouvelle. Après tout, ni Grace, ni Jarvis, et encore moins Kathleen, ne s'y intéressait.

— La situation familiale est un peu compliquée. Il faudra que je me penche sur cette question mais… vois-tu, si bizarre que ce soit, ce sont les chevaux qui m'ont rendu Benedict, il y a dix ans. Tant qu'il était valide, il ne venait pas souvent ici, il réservait ses visites éclairs à Jarvis, à Londres. Mais, une fois cloué dans son fauteuil, il a été obligé de te confier l'entraînement, et il s'est mis à venir plus fréquemment, plus longtemps. J'ai enfin pu profiter de lui !

Elle s'interrompit net, esquissa un sourire navré.

— Profiter n'est peut-être pas le bon mot. Quoique… si, je n'en vois pas d'autre.

Après un coup d'œil vers la pendulette ancienne trônant sur la cheminée, elle s'écria :

— Il est temps que tu te sauves, chérie ! Ne te fais pas de souci, tu en as assez comme ça.

Dans un élan très inhabituel pour elle, elle serra sa petite-nièce dans ses bras.

— Attends, Grace, murmura Axelle. J'aurais voulu savoir…

— Pas maintenant. Je ne peux pas ! Mais je te le jure, tu sauras.

En hâte, elle poussa la jeune femme vers la porte. Contrairement à ce qu'elle s'était imaginé, elle avait encore des larmes.

8

Antonin descendit le premier pour préparer le petit déjeuner. L'aube ne se lèverait pas avant au moins une heure mais il voulait avoir tout son temps.

En quelques jours, il avait pris ses habitudes, et il se sentait si bien que la perspective de quitter cette maison le désolait. Installé dans une chambre d'amis, il avait dormi la fenêtre ouverte, écoutant chaque nuit les bruits familiers de l'écurie. Il mourait d'envie de remonter à cheval, de reprendre sa carrière où il l'avait laissée, mais surtout il mourait d'envie de tenir Axelle dans ses bras. Des heures durant, il avait rêvé de ce que pourrait être l'existence ici, avec elle. À eux deux, rien ne serait impossible, ils formeraient un couple parfait ! Ils partageaient la même passion des pur-sang, le même mode de vie, et ils se connaissaient déjà bien. Profondément amoureux d'elle, il avait la certitude qu'il saurait la rendre heureuse, mais comment la convaincre ? Comment lui prouver qu'il était sincère ? Il se raccrochait à l'espoir que la mort de Benedict allait changer des choses, et peut-être tenait-il là sa chance.

Il s'appliqua à la préparation du café, fit griller des toasts et arrangea des fruits dans une corbeille. Sa canne anglaise, appuyée au comptoir, ne lui servait que sur les pistes. Il avait mené sa rééducation tambour battant, allant plus loin que ce que les kinés exigeaient de lui, et il marchait à peu près normalement. Bientôt, sa terrible chute d'Auteuil ne serait plus qu'un mauvais souvenir.

— Déjà debout ? Waouh, tu t'es donné du mal…

Ses longs cheveux en bataille, les yeux encore gonflés de sommeil, Axelle venait d'entrer. Elle portait un tee-shirt et un short roses, des sandales dorées.

— Je suis contente d'être rentrée, soupira-t-elle en se juchant sur un des hauts tabourets. Constant n'est pas levé ?

— Pas encore. Et j'en profite pour…

Contournant le comptoir, il vint l'embrasser dans le cou.

— Tu es mignonne comme un cœur quand tu te réveilles, chuchota-t-il.

Elle avait eu un léger mouvement de recul, plutôt décourageant, mais sans doute était-elle toujours sous le choc du décès de Ben. La veille, elle était arrivée très tard, elle devait aussi manquer de sommeil. Compatissant, il lui servit un bol de café, ajouta deux sucres.

— J'ai préparé le planning de ce matin, tu verras s'il te convient.

— Rien de spécial à me signaler ?

— Non, je te l'ai dit et répété, tout va bien. Je n'ai eu aucun problème, j'ai même trouvé le temps de rentrer mes comptes rendus dans ton ordinateur. Marrant, ton logiciel…

— Et pratique ! Maintenant, raconte-moi quel effet ça t'a fait de te retrouver entraîneur ?

Bien que posée d'un ton léger, sa question contenait sûrement un piège et mieux valait répondre franchement.

— C'était très instructif, très réjouissant, presque grisant ! En fait, j'ai adoré, je ne vais pas prétendre le contraire, mais, vois-tu, j'ai surtout hâte d'être à cheval, c'est ça qui me manque.

Certes, il avait pris du plaisir à entrer dans le rôle de celui qui décide et qui donne les ordres. Il n'était pas dénué d'ambition et savait qu'une carrière de jockey ne dure pas jusqu'à l'âge de la retraite. Néanmoins, Axelle ne représentait pas son plan de secours, ni une quelconque espérance de grimper dans l'échelle sociale. Elle était la femme qu'il désirait par-dessus tout, la femme avec qui il aurait aimé s'endormir le soir et se réveiller le matin.

— Si tu veux, proposa-t-il, je peux continuer à te donner un coup de main pendant quelques jours.

— Non, tu dois te reposer, suivre ta rééducation. Je vais m'en sortir seule, j'ai l'habitude. Après tout, Ben passait la moitié de l'année en Angleterre, ça ne me changera pas beaucoup.

— Sauf que tu l'appelais pour un oui, pour un non !

— Son avis était important, mais j'apprendrai à m'en passer.

À se passer de lui aussi, apparemment, puisqu'elle refusait son aide. Déçu, il soupira :

— Ta maison est très agréable, je vais partir à regret.

— Agréable au point de dormir dans mon lit ? Ne dis pas non, mon oreiller sent ton eau de toilette !

— Je suis allé y faire une sieste, c'est vrai. Juste une fois, je te le promets. Je pensais à toi, aux moments qu'on a partagés, et je voulais retrouver ton odeur, pas mettre la mienne à la place. Allez, souris, ce n'est pas un crime, si ?

Il lui prit la main, la retourna, embrassa sa paume. De nouveau, elle s'éloigna de lui.

— Je file m'habiller…

À la porte de la cuisine, elle se retourna.

— Merci d'avoir été là, Antonin. Je n'aurais pas pu aller enterrer Ben sans toi, je ne l'oublierai pas. Mais, s'il te plaît, restons amis, ne cours pas après quelque chose que je ne peux pas te donner.

Comme à l'hôpital, quelques semaines plus tôt, elle le bannissait de sa vie sentimentale. Il en éprouva du dépit, de la colère, mais, en la regardant dans son petit short rose, c'était surtout le désir qui dominait.

— Tu n'as pas acheté tes jambes dans le même magasin que le reste, se contenta-t-il de dire pour essayer de plaisanter.

Intriguée, elle se pencha en avant, considéra ses cuisses, ses mollets. À force d'être en jean sur les pistes, seuls ses bras et son visage étaient bronzés, tout le reste avait la pâleur nacrée des peaux de blonde.

— Un autre compliment ? lui lança-t-elle avant de se mettre à rire. Puis, du bout des doigts, elle lui envoya un baiser.

*

Constant versa une généreuse portion de croquettes dans la gamelle qu'il alla déposer sous le nez de Patch. Leurs retrouvailles avaient été débordantes de joie, le chien se roulant aux pieds de son maître avec des jappements hystériques. Pourtant, Antonin s'était bien occupé de lui, mais Constant semblait être son dieu.

— Bon appétit, mon Patchounet !

L'attachement de son chien était réconfortant, tout comme le fait d'être rentré à la maison. Dans son environnement habituel, Constant se sentait moins mal qu'en Angleterre, où il se promettait de ne jamais retourner. Jamais.

Du coin de l'œil, il surveillait les apprentis qui, portes ouvertes, pansaient des chevaux avant de les seller. Le premier lot sortirait à l'heure, comme toujours, dès que le ciel commencerait à s'éclaircir à l'est.

— Tu as déjà fini ? Quel glouton tu fais ! Antonin t'a trop gâté, je le vois bien…

Il alla rincer la gamelle, la rangea à sa place. Dans la cour, l'activité habituelle régnait, quelques plaisanteries s'échangeaient d'un box à l'autre, les gamins se prêtaient une brosse ou un cure-pied, on entendait les pur-sang s'ébrouer. Un matin semblable aux autres, avec ses rites, ses repères, son déroulement immuable.

Constant s'assit sur un coffre à grains et alluma un cigarillo. D'où il était, il apercevait certains arbres de la forêt dont les feuilles commençaient à jaunir. L'automne approchait, les jours raccourcissaient.

— Cet hiver, mon Patch, tu dormiras dans la cuisine s'il fait trop froid.

Il n'y avait plus vraiment de raison de laisser ce chien dehors. Le danger lié à Douglas semblait s'être éloigné, bien que son neveu n'en soit pas encore persuadé. Leur dernière conversation, chez Grace et Jarvis, le matin de l'enterrement, avait été édifiante. Doug ne croyait pas le moment venu de rentrer en France, et surtout pas dans ces circonstances. D'après lui, la mort de Benedict fragilisait l'écurie Montgomery, il ne voulait pas en être la faille. « Si je me réinstalle à la maison, ces types s'imagineront peut-être pouvoir me faire du chantage. Je reste ici, je me fais oublier. » Oui, c'était la meilleure solution, mais il en parlait comme s'il pouvait décider. Avait-il seulement demandé à Axelle ce qui l'arrangerait, elle ? Non. En égoïste, il se planquait, attendant des jours meilleurs. Alors Constant l'avait prévenu que le jour où il se pointerait à Maisons-Laffitte avec ses valises, prêt à réintégrer la maison biscornue, il faudrait qu'il montre patte blanche. Eh, oui ! Pas question de laisser le loup entrer dans la bergerie, le traître chez les honnêtes gens. Il devrait d'abord raconter à sa sœur ce qu'il avait fait, une certaine nuit, comme ça tout serait clair entre eux, ils pourraient repartir du bon pied. « Tu es fou ? s'était récrié le gamin. Si je lui avoue ça, il faudra que tu t'expliques avec elle, toi aussi ! » Mais Constant avait campé sur ses positions car il n'avait pas peur d'Axelle. Elle, c'était la petite, à qui il faisait toujours des gâteaux et de bons petits plats. Parler à Ben aurait été au-dessus de ses forces, mais pas à la petite, non. Et cette histoire méritait d'être tirée au clair un jour, elle pesait trop sur sa conscience.

Il éteignit son cigarillo, enfonça le mégot dans sa poche. Au même instant, Axelle émergea de la maison, vêtue d'un jean et d'un pull, sa queue-de-cheval dépassant de sa casquette. Elle dévala le perron, s'arrêta devant le tableau où, face aux noms des chevaux, figuraient ceux de leurs cavaliers, puis elle rejoignit Constant.

— Avant de les envoyer à la piste, je dois leur parler. Fais-les venir.

— Tout le monde dehors, à pied ! cria Constant de sa voix de stentor. Et fermez vos portes !

Avec de grands gestes, il fit signe aux apprentis de se réunir autour d'Axelle.

— Va aussi chercher ceux qui sont dans la grande cour.

Il s'éloigna en hâte, tout investi de sa mission, tandis que les jeunes gens s'approchaient d'Axelle. En attendant que l'équipe soit au complet, elle prit Romain à part et le remercia d'avoir aidé à la bonne marche de l'écurie en son absence.

— Est-ce que Macassar va bien ? finit-elle par demander, avec un clin d'œil de connivence.

— Il est au mieux de sa forme, égal à lui-même.

— J'ai des projets très ambitieux pour lui, dont tu fais partie.

Une manière de lui signifier qu'il continuerait à monter le cheval en course, y compris dans les épreuves de très haut niveau auxquelles elle le destinait. Pour le jeune homme, qui avait craint qu'on ne fasse appel à un jockey-vedette extérieur, c'était une énorme promotion et il rougit de plaisir.

— Il devrait faire un malheur à la rentrée ! prédit-il.

Axelle hocha la tête, puis elle se tourna vers les apprentis qui patientaient.

— J'ai quelques mots à vous dire au sujet de notre avenir à tous, commença-t-elle avec assurance. Le décès de mon grand-père représente un coup dur pour l'écurie. C'était un entraîneur hors pair et il va beaucoup nous manquer. Peut-être certains propriétaires nous retireront-ils leurs chevaux, ce qui n'est pas grave car, dans ce cas, il en viendra d'autres. Depuis quelques années, je pense avoir fait mes preuves, je ne suis pas une débutante et j'estime avoir droit à votre confiance.

Des murmures approbateurs saluèrent sa dernière phrase, ce qui la fit sourire. En attendant que le calme revienne, elle vit Antonin qui arrivait à son tour, sans sa canne anglaise. Il se faufila parmi les apprentis pour venir se placer à côté d'elle.

— Antonin a bien assuré l'intérim, j'espère ? lança-t-elle à la cantonade.

Il y eut quelques rires et elle enchaîna, s'adressant à lui d'un ton chaleureux :

— Un grand merci à toi, et reviens te mettre en selle le plus vite possible !

Puis, ostensiblement, elle changea de place et alla s'adosser à la porte de la sellerie, le laissant parmi les autres. Elle tenait à montrer dès maintenant qu'elle était le seul patron, et que ni Antonin ni personne n'avait de rôle particulier à jouer auprès d'elle.

— Nous avons l'habitude de travailler ensemble, reprit-elle, il n'y a rien de changé. Constant est notre premier garçon, je suis votre entraîneur. Mais si l'un ou l'une d'entre vous préfère partir, je ne chercherai pas à le retenir. Il y a beaucoup d'écuries à Maisons-Laffitte, tout comme il y a beaucoup d'apprentis !

De nouveaux rires éclatèrent, plus spontanés.

— Si personne n'a de question… À cheval !

Le groupe se dispersa aussitôt, chacun filant vers un box.

— Tu ne veux vraiment pas de mon aide, hein ? lâcha Antonin entre ses dents.

Il était vexé, Axelle le savait, mais elle ne pouvait se permettre la moindre faiblesse.

— Ce que je ne veux pas, répondit-elle très bas, c'est qu'il y ait confusion des genres. Tu n'as pas à venir te planter derrière moi quand je fais un discours à mon personnel.

— Dont je fais partie ?

— Oui ! Tu as un contrat chez nous, tu t'en souviens ?

Blême de rage, il s'abstint de répondre et se détourna.

— Antonin, attends.

Nul ne leur prêtait attention, la plupart des cavaliers étant en train de sortir les chevaux des boxes, mais Axelle baissa encore la voix.

— Comprends-moi bien, à partir d'aujourd'hui je vais porter l'édifice à bout de bras, et même si ça me flanque la trouille, je dois rassurer tout le monde.

— Ils n'ont pas l'air d'avoir peur !

— On verra. Les choses ne seront pas forcément faciles, tu le sais aussi bien que moi.

Constant venait de mettre le dernier apprenti en selle et il hurla :

— À la piste !

Abandonnant Antonin sans plus d'explications, Axelle gagna le portail en quelques enjambées. Elle se plaça à l'endroit où Ben avait l'habitude d'arrêter son fauteuil pour voir défiler ses pur-sang.

— Christophe, ta sangle… Linda, raccourcis tes étriers, on va faire un travail rapide… Bon sang, Greg, tu l'as brossé dans le noir ou quoi, ton cheval ? Ah, voilà mon Federal Express déjà tout énervé !

Elle eut un mot pour chacun jusqu'au passage de Macassar que Romain arrêta devant elle afin qu'elle puisse le caresser.

— Pars le premier, je vous retrouve à la piste.

Le jour était déjà levé car son discours avait retardé l'horaire habituel. La tête en arrière, elle observa le ciel laiteux, annonciateur de beau temps. D'ici à quelques minutes, dans l'enceinte du centre d'entraînement, ses confrères viendraient tous lui présenter leurs condoléances. Certains seraient sincèrement désolés, d'autres réjouis à l'idée d'un éventuel déclin de l'écurie Montgomery. Dans le monde du turf, la concurrence était rude et personne ne faisait de cadeau. Axelle allait devoir démontrer au plus vite que la mort de Benedict ne signifiait pas qu'il y avait une place à prendre.

Résolument, elle enfouit ses mains dans les poches de son jean et se mit en marche.

*

Xavier n'avait pas pu attendre davantage, il vint rejoindre Axelle l'après-midi même. La première chose qu'il fit en la retrouvant dans la pièce des archives où elle travaillait au milieu d'une montagne de papiers épars fut de la prendre dans ses bras et de la serrer contre lui en silence.

— J'ai beaucoup pensé à toi, dit-elle au bout d'un moment. Il y a eu des moments difficiles, là-bas…

Elle ne lui donna pas d'autres détails, n'ayant aucune envie de reparler de l'enterrement, du chagrin de toute la famille.

— Et maintenant, je dois trier les dossiers de Ben pour savoir quoi jeter et quoi conserver. Je suis allée dans sa chambre, tout à l'heure. En principe, je n'y mettais jamais les pieds, il y tolérait uniquement Mme Marchand, il ne voulait pas qu'on puisse le voir autrement que tout habillé et assis dans son fauteuil.

Elle s'interrompit, songeant soudain au fauteuil à pneus larges, spécialement conçu pour rouler sur les allées sablonneuses du centre d'entraînement, et qui devait toujours se trouver dans la sellerie, sa place habituelle lorsque Ben était en Angleterre. Elle allait demander à Constant de s'en débarrasser.

— Bref, reprit-elle avec effort, dans sa chambre il y avait une enveloppe bien en évidence, scotchée sur un miroir, avec mon nom dessus. Et dedans, l'adresse de son notaire, à Paris. Rien d'autre, pas un mot, pas… Bon, il a eu raison, ça m'aurait fait pleurer de toute façon.

— C'est votre notaire de famille ?

— Pas du tout. Je ne connais pas cette étude mais je les ai appelés et, en effet, ce sont eux qui ont le testament de Ben. Ils vont s'occuper de la succession, on sera convoqués plus tard mais, en attendant, il faut leur fournir des tas de papiers. Voilà pourquoi le désordre est pire que d'habitude ici !

— Tu dois en avoir assez, tu as besoin de te changer les idées. Je t'emmène dîner quelque part ?

— Eh bien… À vrai dire, ça m'ennuierait de laisser Constant tout seul en ce moment. Je suis désolée.

— Ne le sois pas, on peut lui proposer de venir.

Elle le considéra avec embarras puis secoua la tête.

— L'écurie ne doit pas rester sans surveillance. Je pourrais demander à l'un des apprentis de monter la garde mais je les ai beaucoup mis à contribution ces derniers jours, je ne veux pas abuser.

Bien qu'il soit très conciliant, elle eut peur de l'avoir déçu une fois de plus et elle ajouta aussitôt :

— Je vais m'organiser pour être un peu plus libre dans l'avenir, ne t'inquiète pas.

— J'ai l'air inquiet ? demanda-t-il en souriant. Bon, il y a une solution toute simple, tu continues à trier tes papiers pendant que je file acheter de quoi dîner pour nous trois.

— Tu ferais ça ?

— De ce pas. Tu m'expliques où sont les commerçants et je fonce.

Son sourire de gamin s'accentua, la faisant fondre de gratitude. Non seulement il lui facilitait les choses, mais surtout il restait gai, disponible, attentionné, sans jamais prendre ombrage des contrariétés qu'elle lui imposait malgré elle. À chacune de leurs rencontres, elle s'était sentie plus en confiance avec lui, sans trop se poser de questions, mais à présent elle se rendait compte qu'il lui plaisait pour de bon.

— Si tu me regardes comme ça, dit-il d'une voix changée, je n'arriverai pas à m'en aller…

— Les magasins ferment tard, répliqua-t-elle lentement.

Une brusque envie d'être dans ses bras venait de la saisir. Envie de faire l'amour, de céder tout de suite au désir qu'il lui inspirait, et d'oublier le reste du monde. Elle le prit par la main pour le guider jusqu'à sa chambre dont elle referma la porte à clef.

— Alors, bredouilla-t-il, voilà ton royaume…

Il fit deux pas hésitants, revint vers elle.

— J'ai un peu peur, ça se voit ?

Au lieu de répondre, elle lui mit les mains autour du cou et l'attira à elle pour l'embrasser. Ensuite, tout fut facile, évident, comme s'ils se connaissaient déjà. Xavier s'y prenait bien, il avait des gestes tendres et ne précipitait rien, apparemment émerveillé de la découvrir. Elle le trouva moins maigre qu'elle ne l'avait cru, avec des muscles durs et plats, une peau mate et satinée. Quand il la souleva pour la porter sur son lit, il le fit sans effort et la garda un moment contre lui avant de la déposer en douceur.

Axelle chassa de son esprit tout ce qui n'était pas le corps, le regard et la voix de cet homme. Elle ne voulait plus que le toucher, le caresser, le sentir vibrer, et à son tour se laisser submerger de plaisir. Faire l'amour passionnément, sans retenue, avec une sorte de joie guerrière, prendre et offrir, se donner, se perdre.

Lorsqu'elle émergea, un peu plus tard, seule au milieu des draps froissés, elle constata qu'elle s'était endormie. Combien de temps ? S'appuyant sur un coude, elle regarda sa pendulette. Il n'était que huit heures du soir, elle avait dû sombrer quelques minutes seulement.

Fatiguée, courbatue, elle tituba jusqu'à la salle de bains et prit une longue douche tiède qui acheva de la réveiller. Xavier était sans doute en train de dévaliser une épicerie, comme il l'avait promis. Devant le miroir accroché au-dessus du lavabo, elle s'observa, fit deux ou trois grimaces, puis décida de maquiller ses yeux.

— Coquette, en plus…

Une sorte de légèreté bienfaisante était en train de l'envahir. Elle était soulagée d'un poids, elle sentait sa tête et son cœur apaisés.

— Merci, Xavier !

Elle enfila un tee-shirt et un jean, puis se ravisa et troqua le tee-shirt pour un chemisier dont elle releva le col.

— Xavier… Xavier Staub. Est-ce que je ne serais pas un peu…

Amoureuse ? Trop tôt pour le savoir. Mais, en tout cas, ce qu'elle venait de vivre avec lui ne ressemblait pas à ce qu'elle avait connu auprès d'Antonin ni d'aucun autre homme. À Xavier, elle s'était livrée sans réserve et sans arrière-pensée, abandonnée au point de sombrer dans le sommeil juste après l'amour, ce qui ne lui était jamais arrivé.

Entendant le bruit d'un moteur, elle alla jeter un coup d'œil par la fenêtre de sa chambre. Xavier descendait de voiture, des sacs plein les bras, il semblait rapporter de quoi nourrir un régiment ! Elle refit le lit en vitesse puis passa par la pièce des archives pour prendre l'escalier en colimaçon. Le voyant du répondeur clignotait, le téléphone avait dû sonner pendant qu'elle était sous sa douche. Impatiente de descendre, elle appuya néanmoins sur la touche pour écouter le message.

— *Bonjour, Axelle, ici Jean Staub. Je crains d'avoir une mauvaise nouvelle à vous annoncer car je ne pense pas vous laisser mes chevaux à l'entraînement. Je viendrai à Maisons-Laffitte demain matin pour prendre les dispositions nécessaires. Voilà, je suis navré, mais le décès de votre grand-père m'oblige à changer mon fusil d'épaule. Je vous souhaite une bonne soirée.*

Incrédule, elle repassa la bande une seconde fois. Si elle avait envisagé la défection de certains propriétaires, elle n'avait pas songé à Staub. La victoire de Jason dans la grande course de haies d'été aurait dû suffire à le convaincre, de surcroît deux autres de ses chevaux avaient obtenu d'excellents résultats durant le meeting de Deauville. Que voulait-il de plus ? Et quel ton froid, désagréable, pour annoncer sa décision sur un répondeur !

Elle descendit lentement, très préoccupée. Si Staub réagissait de la sorte, qu'en serait-il des autres ? Est-ce que la mort de Ben allait la reléguer au rang de sous-entraîneur dans l'esprit des gens ? Bon sang, elle avait fait ses preuves, depuis dix ans !

À la cuisine, elle trouva Constant et Xavier lancés dans la préparation du dîner, discutant comme des amis de longue date.

— J'ai mis le couvert sur la table, annonça Constant, on n'allait pas manger côte à côte sur le comptoir, hein ? Xavier a rapporté un tas de bonnes choses !

Elle regarda le jambon de parme, les pâtes fraîches, le gorgonzola, la bouteille de chianti. Le traiteur italien s'en était donné à cœur joie, mais elle avait l'appétit coupé.

— Une coupe de champagne pour commencer ? proposa Xavier.

Il la lui porta et elle but trop vite, les bulles lui faisant monter les larmes aux yeux.

— Te souviens-tu de cet infâme champagne tiède, dans un bar de la porte d'Auteuil ? demanda-t-il avec un sourire désarmant.

— Oui… Très bien ! Ce jour-là, tu étais venu voir courir Jason, que tu désignais par son numéro.

Ravi qu'elle s'en souvienne, il la contemplait béatement. Elle en profita pour enchaîner, très vite :

— À propos de Jason, je viens d'avoir un message de ton père, sur mon répondeur. Il a décidé de changer d'écurie, il me retire ses chevaux.

Xavier parut d'abord stupéfait, et tout de suite après, furieux.

— Mon père est une vraie girouette ! Il t'a donné ses raisons ?

— Peu importe. Il a parfaitement le droit de s'en aller et je n'essaierai pas de le retenir. Il vient demain matin, nous réglerons la question. Est-ce que c'est bientôt prêt, Constant ? Je meurs de faim…

En réalité, elle allait devoir se forcer pour avaler quoi que ce soit, mais inutile de gâcher la soirée.

— Tu es très contrariée, constata Xavier.

— Oui, très, admit-elle. Effrayée, aussi. Pour peu que tout le monde réagisse de cette façon-là…

— Sûrement pas ! s'écria Constant. Tu as gagné plein de courses, toi toute seule. Ben chantait tes louanges partout, et maintenant les gens te connaissent.

— Sauf que Maisons-Laffitte est pire qu'un village, les bruits se répandent à toute allure, et voir des camions embarquer des chevaux devant ma porte sera vite le principal sujet de conversation. Quand les rats quittent le navire, ce n'est jamais bon signe !

L'expression angoissée de Constant la fit taire. Au prix d'un gros effort, elle reprit son calme tandis que Xavier soupirait :

— Et c'est mon père qui organise le début de la débandade… Quel con mesquin, méchant !

— Ne dis pas ça.

— Pourquoi pas ? C'est la vérité ! Je ne devrais peut-être pas en parler sur ce ton, mais je trouve scandaleux qu'il puisse te faire du tort juste par bêtise ou par orgueil.

Sa colère avait quelque chose d'attendrissant qui toucha Axelle. Ils étaient amants depuis le jour même, et déjà il prenait sa défense contre le reste du monde.

— Si tu veux, je serai là demain matin, conclut-il d'un ton ferme.

Interloquée, elle dut le considérer d'une drôle de manière car il se hâta de préciser :

— Je peux *revenir* demain matin si tu as besoin de…

— Non, de rien.

La présence de Constant empêcha Xavier de répondre mais il prit l'air contrit. Elle savait bien qu'il n'avait pas voulu dire qu'il comptait dormir là, ni qu'il allait se mêler de ce qui ne le regardait pas. Cependant, à tout hasard, elle mit les choses au point.

— Ton père ne me fait pas peur, Xavier. Et j'ai l'habitude de traiter seule mes affaires. Mais c'était très gentil de le proposer.

— À table ! s'écria Constant.

Il l'avait dit avec presque autant de force que lorsqu'il hurlait : « À la piste ! », trois fois par matinée. Axelle lui adressa un grand sourire, bien décidée à ne pas le perturber davantage. Pour lui, les repas avaient toujours été des moments importants, où il se donnait le rôle du cuisinier et du diététicien de la famille. Malheureusement, il avait vu disparaître les Montgomery les uns après les autres, et les grandes tablées se réduire comme une peau de chagrin.

— Ça paraît délicieux, dit gaiement Axelle en s'asseyant.

Elle tendit la main à Xavier pour qu'il vienne prendre place à sa droite.

— Merci pour ce dîner, et aussi pour ta patience.

Penchée vers lui, elle lui déposa un baiser léger dans le cou, sans lâcher sa main. Autant elle s'était montrée discrète avec Antonin, autant elle ne souhaitait pas cacher Xavier. Si leur histoire se poursuivait, elle ne lui ferait pas raser les murs. Elle était libre, et Ben ne serait plus là pour froncer les sourcils ou maugréer. « Pas dans le monde des courses », avait-il coutume de lui rappeler. Pouvait-on considérer que Xavier appartenait à ce monde ? Même si son père possédait des pur-sang, il restait tout à fait étranger à ce milieu, personne ne savait qui il était. Et la société Xalaugrid se trouvait à des années-lumière de l'univers du turf, tant mieux !

Elle tendit son assiette à Constant qui lui octroya une généreuse portion de pâtes fraîches. Sur le point de protester, elle se ravisa, s'apercevant qu'elle avait faim.

*

Bien qu'on n'ait plus besoin de lui, Antonin vint faire un tour à l'écurie le lendemain matin. Il s'ennuyait chez lui, et il était persuadé qu'Axelle se sentait seule malgré ses déclarations péremptoires. De toute façon, il se languissait d'elle. Avoir passé quelques jours et quelques nuits dans sa maison avait entretenu des sentiments auxquels il n'arrivait pas à renoncer.

La cour était déserte, hormis Constant qui jouait avec son chien et qui lui lança :

— Ils ne sont pas encore rentrés des pistes ! Tu veux un café ?

— Avec plaisir.

Ils se dirigeaient vers le perron lorsqu'une voiture s'arrêta devant le portail ouvert. Deux inconnus en descendirent, avec l'air de chercher quelque chose, et Constant rebroussa chemin pour aller à leur rencontre.

— Je peux vous aider ?

— Oui, bonjour, nous passions voir Douglas. C'est bien l'écurie Montgomery, ici ?

Les deux hommes n'avaient pas des têtes avenantes, et Constant fut aussitôt sur la défensive.

— Douglas ? Il n'habite pas là.

— Mais pourtant, on nous a dit que…

— On vous aura mal renseignés. Doug s'est établi à l'étranger.

Constant s'efforçait de prendre un air dégagé, indifférent, mais son cœur battait la chamade. À l'évidence, ces types étaient ceux que redoutait Douglas. Leur avait-il donné la bonne réponse ? Il ne fallait surtout pas qu'il précise le pays, qu'il prononce un mot de trop. Il eut vaguement conscience de la présence d'Antonin, derrière lui, ce qui lui donna le courage de conclure :

— Désolé, messieurs. Bonne journée !

Sans leur laisser le temps de poser une autre question, il leur tourna le dos.

— Sales gueules, ces deux-là, remarqua Antonin à voix basse. Qu'est-ce qu'ils te voulaient ?

— Rien. Ils cherchaient quelqu'un.

En dire le moins possible, y compris à Antonin, mais dès ce soir il parlerait à Axelle, sa décision était prise.

— Je t'avais promis un café, bougonna-t-il, allons-y. Ah, non, trop tard…

Les chevaux revenaient de la piste, les fers des sabots résonnant sur l'avenue bitumée. Axelle pénétra la dernière dans la cour, les joues rouges et l'air essoufflé.

— L'Artiste s'est débarrassé d'Élodie sur le rond Boileau, et on a eu un sacré mal à le rattraper !

Une dernière vague de chaleur embrasait la fin de l'été dans un air étouffant. Axelle ôta sa casquette et passa ses doigts dans ses cheveux trempés de sueur.

— Fais-leur doucher entièrement les chevaux, Constant. Pour Federal, juste les membres, sinon il prend peur.

Elle adressa un signe amical à Antonin, et elle était sur le point de l'inviter à son tour au traditionnel café lorsqu'elle vit le coupé Mercedes de Jean Staub entrer dans la cour. Il fut obligé de freiner aussitôt, son arrivée intempestive affolant les pur-sang qui n'étaient pas rentrés dans les boxes. Prudent, il fit une marche arrière et alla garer sa voiture à l'abri sur l'avenue.

— C'est parti pour la corvée…, grommela Axelle.

Au lieu d'aller à sa rencontre, elle attendit Jean de pied ferme, là où elle était, et il dut la rejoindre. Ils échangèrent une brève poignée de main, puis Jean entra dans le vif du sujet, en homme habitué à traiter ses affaires tambour battant.

— Encore toutes mes condoléances pour votre grand-père, Axelle. Et croyez bien que je suis navré de vous retirer mes chevaux, mais Benedict représentait pour moi la garantie du bon fonctionnement de votre écurie. Je ne dis pas que vous manquez de qualités, toutefois vous êtes très jeune, un peu trop jeune à mes yeux pour conduire toute seule le navire !

— Vous ne faites pas confiance à la jeunesse, Jean ?

— Pas aveuglément, non.

Il la regardait de haut, avec une expression qui tenait à la fois du mépris et de l'exaspération. Elle en devinait sans peine la raison, ayant toujours ignoré ses tentatives de séduction. Elle n'était même pas entrée dans le jeu du marivaudage, avait refusé de voir ses sourires ou ses clins d'œil. Sans doute était-il habitué à obtenir ce qu'il voulait, ou au moins à être pris en considération. Aurait-elle dû ménager son orgueil masculin ? Non, sûrement pas. Benedict lui-même n'aurait jamais toléré qu'elle se mette à minauder par intérêt.

— À quel transporteur vous êtes-vous adressé ? s'enquit-elle d'un ton froid. Je surveillerai personnellement l'embarquement de vos chevaux. C'est prévu pour quand ?

Il se renfrogna davantage parce qu'elle venait de le prendre de vitesse. À l'évidence, il aurait préféré asséner ses directives plutôt que de répondre à des questions. Et peut-être avait-il espéré qu'elle essaierait de le faire changer d'avis, qu'elle plaiderait sa cause ?

— Demain après-midi. Le van sera là vers quatorze heures.

Pinçant les lèvres, il attendit qu'elle pose la question cruciale : chez quel entraîneur envoyait-il ses pur-sang ? Pour ne pas lui accorder ce plaisir, Axelle se contenta de hocher la tête.

— Parfait. Tout le matériel sera confié au garçon de voyage.

Cantonnée à son rôle professionnel, elle lui fit signe de passer le premier afin de le raccompagner à sa voiture.

— J'espère que vous ne m'en voulez pas ? insista-t-il sans bouger.

Il tenait à sa confrontation, il cherchait la querelle.

— Du tout, répondit-elle en se forçant à sourire. Ce sont vos chevaux, vous les confiez à qui bon vous semble.

Elle se mit en marche et il fut bien obligé de la suivre. Arrivé devant son coupé, il s'y adossa, croisa les bras.

— Une dernière chose, Axelle… Mais ça n'a rien à voir avec les courses, c'est d'ordre privé. Je ne tiens pas à ce que vous fréquentiez mon fils, voilà.

Prise au dépourvu, elle eut besoin d'une seconde pour réagir.

— Comme vous dites, Jean, c'est d'ordre privé !

Cette fois, ils se considéraient avec autant d'animosité l'un que l'autre.

— J'ai beau ne pas avoir Xavier en très haute estime, je l'empêcherai de faire des conneries ! Vous n'êtes pas une fille pour lui.

— Je ne suis surtout pas une *fille*, restez courtois.

Médusé, il chercha une réplique sans la trouver, puis il monta en voiture, claqua sa portière, fit rugir son moteur. Axelle regarda la Mercedes s'éloigner à toute allure dans l'avenue, et elle poussa un long soupir d'exaspération. En moins de vingt-quatre heures, les Staub père et fils avaient passablement chamboulé son existence.

— Alors, tu tiens le choc ? demanda Antonin dcrrière elle.

Il avait dû guetter le départ de Jean pour venir lui remonter le moral mais elle n'en éprouva aucune gratitude. Son insistance finissait par la mettre mal à l'aise, elle ne voulait pas qu'il continue à se faire des illusions.

— Bien obligée, répondit-elle brièvement. Les chevaux partent demain.

— Chez qui ?

— Je n'ai pas demandé. Staub n'attendait que ça pour me jeter un grand nom à la figure, j'ai préféré m'en passer et ça l'a frustré.

Antonin la considéra, bouche bée, puis il éclata de rire.

— Sacrée petite bonne femme !

Axelle lui adressa un franc sourire, mais, lorsqu'il voulut la prendre par les épaules pour rentrer dans la cour, elle s'écarta aussitôt et le précéda d'un pas vif.

*

Assis en face de Grace, à bord de l'Eurostar, Douglas était perdu dans ses pensées. Le voyage ne lui déplaisait pas, même s'il préférait l'avion, mais sa grand-tante souffrait du mal de l'air et avait choisi le train, prenant leurs billets d'office.

— Tu as quartier libre ce soir, dit-elle soudain sans lever les yeux de son magazine de jardinage. J'ai un dîner, des gens à voir…

Il pourrait donc organiser sa soirée à sa guise, mais qu'avait-il à faire à Paris ? Sur les conseils de

Kathleen, Grace avait retenu deux chambres à L'Hôtel, rue des Beaux-Arts, en plein quartier Saint-Germain où les distractions ne manquaient pas, toutefois Douglas n'avait pas d'amis à qui téléphoner, il devrait donc se débrouiller pour s'amuser tout seul. Et, avant ça, subir la visite chez le notaire qui était le but du voyage.

Jusque-là, Douglas avait essayé de ne pas trop penser à la succession de son grand-père. Il espérait bien ressortir de l'étude plus riche qu'il n'y entrerait, mais de quelle manière ? Si Benedict avait établi son testament à l'époque où ils étaient fâchés, la surprise risquait d'être mauvaise. De plus, la répartition et le versement de fonds éventuels allaient prendre des mois.

Le regard de Douglas se posa un instant sur Grace. Toujours aussi élégante, parfaite en toutes circonstances, ses traits s'étaient creusés et ses rides accentuées depuis la mort de Ben. Douglas aurait été incapable de dire si elle l'aimait bien ou si elle le tolérait comme son incontournable petit-neveu, cependant elle continuait à lui faire virer son salaire et à lui laisser la libre disposition de son aile. Si elle le croisait par hasard sur la propriété, elle poussait la courtoisie jusqu'à lui rappeler qu'il était invité en permanence à venir partager la table de la grande maison. Il ne s'y aventurait guère, les repas entre Jarvis et Grace étant empreints d'une ridicule solennité, sauf quand Kathleen était là. En revanche, Douglas appréciait vraiment la compagnie de Richard, avec qui il passait l'essentiel de ses journées. Tout ce qu'il apprenait sur l'élevage était bien plus passionnant que prévu, au point qu'il lui arrivait certains soirs d'accompagner Richard au pub pour y poursuivre une discussion. Et dire qu'en d'autres temps il s'était moqué des interminables conversations entre Axelle et Ben !

La lumière changea dans le compartiment, l'Eurostar venait d'émerger du long tunnel sous la Manche. Avec intérêt, Douglas se mit à contempler le paysage. Est-ce que la France lui manquait, exilé dans ce Suffolk où il avait trouvé refuge ? Eh bien, non. Là-bas, il ne se sentait pas dévalorisé, pas désœuvré et, surtout, pas menacé. Malgré le souvenir très amer de la mort brutale de Ben dans l'écurie des poulinières, il constatait qu'il se plaisait au haras. Être entouré de chevaux lui était agréable, vivre dans un certain luxe aussi, après son petit appartement minable, et avoir enfin une raison de s'intéresser de nouveau aux courses, le seul univers dans lequel il pourrait retrouver une place un jour. S'il fallait pour cela rester en Angleterre des mois ou des années, il ne le vivrait pas comme une punition, contrairement à tout ce qu'il avait redouté.

Il s'enfonça dans son siège confortable, ferma les yeux. Avant ou après le rendez-vous chez le notaire, il aurait sans doute l'occasion de parler avec Axelle. Quels étaient ses projets, comment envisageait-elle l'avenir de l'écurie sans Benedict désormais ? Qui sait si elle n'avait pas prévu de demander à son frère…

Rouvrant les yeux, il se redressa. Il ne voulait pas y penser maintenant. Peut-être lui offrirait-elle une chance, mais inutile d'échafauder de vaines hypothèses. Au moment de l'enterrement, ils n'avaient évidemment pas abordé le problème. Axelle était alors sous le choc, lui aussi. Depuis, elle avait dû réfléchir à tout ça.

— Qu'est-ce que tu as à te tortiller de la sorte ? demanda Grace en levant les yeux sur lui.

Il lui répondit d'un sourire contrit. Elle avait raison, pourquoi s'énerver ? Il était en train d'acquérir un début de sérénité qu'il ne devait pas compromettre, au risque de tout rater, encore une fois. Comme le répétait Ben, les leçons de la vie devaient servir à quelque chose, sinon impossible d'avancer. Et Doug avait fait trop de surplace ces dernières années. De nouveau, il essaya de fixer son attention sur le paysage.

*

Xavier était sur un nuage, hors d'état de travailler tant il avait envie de chanter à tue-tête et de sauter à cloche-pied. Tout ce qu'il fut capable de faire, ce matin-là, consista à passer chez un fleuriste pour envoyer un bouquet à Axelle, puis à essayer des chemises, des polos, des pulls et des eaux de toilette dans les rayons hommes d'un grand magasin qu'il dévalisa.

Encore tout étonné d'être devenu l'amant de cette femme extraordinaire, il voulait continuer à lui plaire. Pas un instant il ne considérait que la partie était gagnée, au contraire elle ne faisait que commencer. Renonçant à aller au bureau où sa joyeuse exubérance ne serait peut-être pas du goût d'Ingrid, il rentra chez lui déposer ses achats et fit le ménage dans les moindres recoins de son appartement, au cas où Axelle y viendrait. Même si c'était peu probable, tout bien considéré. Levée à l'aube, elle passait toutes ses matinées sur les pistes, la plupart de ses après-midi sur des champs de courses, et elle ne voulait ni laisser tomber son oncle Constant ni laisser son écurie sans surveillance. En conséquence, il y avait peu de chances qu'elle vienne chez lui. Peu de chances, aussi, qu'il la voie souvent, alors qu'il aurait souhaité ne plus la quitter.

Par bonheur, elle répondait à peu près toujours aux nombreux textos qu'il lui adressait sur son portable. Dans son dernier message, elle avait annoncé qu'elle dînait avec sa grand-tante venue tout spécialement d'Angleterre pour la « séance » chez le notaire. Donc elle ne serait pas disponible avant le lendemain : une éternité ! Néanmoins, Xavier ne devait pas la bousculer, la harceler, la saturer. Il fallait qu'il se tienne tranquille, qu'il attende avec la patience du sage.

Sauf qu'il était beaucoup trop amoureux pour ça. Après avoir essuyé le dernier grain de poussière, il se retrouva désœuvré, toujours sur des charbons ardents, et il décida d'aller embrasser sa mère. Dans la journée, son père n'était jamais là, au moins il aurait le loisir d'ouvrir son cœur, il en avait bien besoin.

Lorsqu'il arriva à Neuilly, il trouva sa mère dans le petit jardin, occupée à planter un ridicule palmier nain. Ravie de le voir, elle se jeta dans ses bras en lui posant mille questions, comme à son habitude.

— Je vais bien, mes affaires vont bien, éluda-t-il. Mais la grande nouvelle, maman, est que je suis heureux en amour ! Et absolument fou d'elle…

Un sourire béat s'épanouit sur le visage d'Henriette. Elle contempla son fils avec fierté, savourant cette nouvelle qu'elle attendait depuis longtemps.

— Vraiment fou ? dit-elle en riant.

— Pire que ça. J'ai trouvé la femme de ma vie, maman, j'en suis certain. Ce que je vis en ce moment n'a rien à voir avec ce que j'ai connu avant. Sauf peut-être cette fille, Caroline, quand j'étais à l'école primaire, mais j'avais sept ans. J'y vois une similitude parce que j'écrirais bien des poèmes à Axelle. C'est ridicule, n'est-ce pas ?

— Non, c'est merveilleux. Tu as l'air aux anges, transformé !

Elle l'avait souvent vu les traits tirés, avec des cernes sous les yeux à force de passer des nuits entières rivé à son écran. Là, elle retrouvait le jeune homme enthousiaste, gai et débordant de charme qu'elle adorait.

— Écoute, mon chéri, ton père est…

— Mais enfin, qu'est-ce que tu fabriques, Henriette ?

Jean se tenait sur le seuil de la baie vitrée, à l'entrée du jardin, englobant sa femme et son fils d'un regard courroucé. Il était en robe de chambre, un Kleenex à la main.

— Ton grog, c'est vrai ! Je te le fais tout de suite, retourne te coucher.

— Je ne t'embrasse pas, dit Jean à Xavier, j'ai une crève carabinée.

Henriette abandonna son palmier et précéda les deux hommes jusqu'à la cuisine.

— La petite Montgomery a dû te dire que je n'avais pas été très aimable, l'autre matin ?

Surpris par le ton agressif autant que par la question, Xavier se braqua aussitôt.

— Elle ne m'en a pas parlé, non, je sais juste que tu lui as retiré tes chevaux, Dieu seul sait pourquoi.

— Ça me regarde, tu n'y comprendrais rien de toute façon. Mais je lui ai aussi demandé de ne pas fricoter avec toi.

Bouche bée, Xavier considéra son père avec stupeur.

— Tu veux rire ?

— Elle cherche à te mettre le grappin dessus. Tu es bien naïf si tu t'imagines autre chose.

— Mais je rêve ! Sur quelle planète vis-tu ? « Fricoter », « grappin », d'où sors-tu tout ça ? J'ai trente ans, tu me laisses tranquille, tu n'interviens pas dans mon existence !

Il écumait de rage à l'idée de ce qu'avait pu penser Axelle. Même si elle n'avait fait aucun commentaire sur la visite de Jean, elle devait se sentir vexée, et pas uniquement en tant qu'entraîneur.

— Tu n'as pas les pieds sur terre, mon garçon. À force de vivre dans un monde virtuel, tu crois avoir rencontré une princesse ! Or cette fille vit dans le fumier à longueur d'année, malgré les grands airs qu'elle se donne.

— Jean…, tenta de protester Henriette.

— Toi, ne t'en mêle pas. C'est une conversation entre hommes, j'essaie de le mettre en garde. D'ailleurs, souviens-toi, Xavier, je t'avais prévenu il y a longtemps déjà, le soir où nous avions dîné avec ces gens-là à La Cascade…

L'expression « ces gens-là » désignait Benedict et Axelle avec une condescendance qui attisa la colère de Xavier. Oui, il se rappelait très bien cette soirée et l'avertissement de son père de ne pas chasser sur ses terres parce qu'il trouvait la petite Montgomery mignonne ! Mais comment le lui jeter à la figure devant sa mère ? Jean était assez malin pour savoir que Xavier se tairait, par décence, et qu'ainsi il conserverait le beau rôle, celui du moralisateur inquiet pour leur fils.

— Je préfère partir, maman, murmura le jeune homme.

Il la serra dans ses bras avant de quitter la cuisine, sans un regard pour son père.

*

Lorsqu'elle parvint enfin à se garer, avenue de Villiers, Axelle était à cran. Ce que Constant lui avait raconté sur l'autoroute était si impensable, si monstrueux, qu'elle n'était pas certaine de parvenir à garder son calme.

Comme ils avaient un quart d'heure d'avance, elle entraîna son oncle dans le premier bistrot venu où elle commanda un cognac qu'elle but d'un trait, debout au comptoir.

— N'en fais pas une affaire d'État, marmonna Constant en vidant sa bière.

— Ah, non ? siffla-t-elle. Je passe l'éponge, j'oublie ?

— Si j'avais su que tu le prendrais comme ça…

— Et alors ? Tu me l'aurais caché jusqu'à quand ?

D'un geste énervé, elle fouilla son sac mais il la devança en réglant leurs consommations.

— Je ne laisse jamais payer les dames, dit-il avec un petit sourire piteux.

Ils échangèrent un regard puis Axelle lui mit la main sur le bras.

— Excuse-moi. Je ne t'engueule pas, mais j'ai du mal à digérer ton histoire, vraiment. Maintenant, allons-y, sinon on sera en retard.

L'étude se situait un peu plus haut sur l'avenue et ils se hâtèrent car quelques gouttes de pluie commençaient à tomber. Une fois devant l'immeuble, qu'elle ne connaissait pas, Axelle se demanda pourquoi Benedict avait choisi un notaire parisien. Pour être à l'abri des ragots ? Malgré le secret professionnel, une secrétaire ou un clerc pouvait laisser échapper un mot, et Ben, trop connu à Maisons-Laffitte, avait manifestement préféré aller traiter ses affaires ailleurs.

Dans la salle d'attente, Axelle et Constant retrouvèrent Grace et Douglas, déjà arrivés. Au milieu des embrassades, quand Axelle fut devant son frère elle s'arrangea pour lui murmurer :

— Toi, ne m'approche pas, ne me parle pas. Compris ?

— Qu'est-ce qui te prend ? Tu…

Il s'interrompit net, devinant de quoi il était question, et il jeta un coup d'œil lourd de reproche à Constant.

— Je vois, dit-il seulement.

— À mon avis, tu n'as rien vu !

Comme on venait les chercher pour les conduire dans le bureau du notaire, ils n'eurent pas l'occasion de s'expliquer davantage.

Me Chamard était un homme d'un certain âge, qui se tenait un peu voûté en raison de sa très grande taille, et qui les reçut avec onctuosité. Il les invita à s'installer autour d'une table ovale, en marbre, sur laquelle étaient posés un petit écrin de velours fané, une enveloppe de papier kraft et trois feuilles imprimées.

— Aujourd'hui, nous ne procéderons qu'à la lecture du testament de M. Benedict Montgomery, afin de vous faire connaître ses dispositions, au demeurant assez simples. Il s'agit d'un testament authentique et non pas olographe, ce qui signifie qu'il a été établi ici, à l'étude, en présence de deux témoins.

Il marqua une courte pause, observant rapidement chacun des membres de la famille, puis il poursuivit :

— La quotité disponible que M. Montgomery pouvait répartir à sa guise a été entièrement attribuée à sa petite-fille, Axelle Montgomery. Cette quotité représente un tiers de l'ensemble de la succession. Les deux tiers restants sont partagés de manière égale entre, d'une part, son fils, Constant Montgomery, et, d'autre part, ses petits-enfants Axelle et Douglas Montgomery, qui prennent le rang de leur père Norbert, décédé.

Cette fois, il se tut un peu plus longtemps, pour laisser à ses clients le temps de prendre la mesure de ce qu'il venait de révéler.

— Un don particulier a été fait à Mme Grace Montgomery.

Il prit l'écrin de velours et le plaça devant Grace, mais il garda la main dessus, comme s'il voulait l'empêcher de l'ouvrir.

— L'objet contenu est personnel et sa valeur, négligeable, a été prélevée sur la quotité disponible. J'ai établi l'acte du legs, que les héritiers doivent signer.

Son regard s'arrêta successivement sur Axelle, Douglas et Constant.

— Si personne n'a d'objection à formuler…

Dans le silence qui suivit, il ôta sa main et Grace prit l'écrin qu'elle rangea aussitôt dans son sac. Ensuite, il fit passer les trois feuillets et attendit qu'ils soient signés avant de reprendre la parole.

— L'estimation des biens immobiliers va demander un certain temps, vu les récentes augmentations du marché. Nous nous réunirons donc plus tard, mais je n'aurai pas besoin de votre présence, madame Montgomery, uniquement de celle de mademoiselle et de ces deux messieurs. La question des parts de la SARL concernant l'écurie sera traitée à ce moment-là, et un inventaire devra être établi pour les meubles. Avez-vous des questions à me poser ?

Douglas s'agita un peu sur sa chaise avant de bredouiller :

— Je n'ai pas tout à fait saisi ce que signifie…

Il n'acheva pas sa phrase mais eut un geste d'impuissance.

— Bien, je comprends, dit le notaire avec un sourire affable. En termes de pourcentages, ce sera plus clair. Pour Constant, un tiers, soit trente-trois pour cent. Pour vous et Axelle, un tiers à partager, soit presque dix-sept pour cent chacun. Et un tiers supplémentaire pour Axelle, soit trente-trois pour cent qui s'ajoutent à ses presque dix-sept pour cent, ce qui porte sa part à un total d'environ cinquante pour cent.

Serein, il attendit la réaction de Douglas qui finit par hocher la tête sans piper mot. Après un nouveau silence, Grace fut la première à se lever et, tandis que le notaire les raccompagnait jusqu'à l'entrée de l'étude, elle lui glissa en aparté :

— Il n'y avait aucune lettre, aucun…

— Non, madame, uniquement le bijou que je vous ai remis.

Elle le remercia d'un signe de tête avant de suivre les autres vers l'ascenseur. Ils quittèrent l'immeuble ensemble mais s'arrêtèrent sur le trottoir, indécis et embarrassés. Au bout d'une minute, Constant rompit le silence.

— Bon, c'était sans surprise, hein ? Papa a fait au mieux, je trouve.

Grace semblait perdue dans ses pensées, et Douglas gardait la tête baissée. Axelle ouvrit son parapluie car une bruine persistante continuait à tomber.

— Je raccompagne Grace à son hôtel, annonça-t-elle à Constant. Tu peux prendre un train ou le RER pour rentrer ? Romain est de garde à l'écurie mais il ira te chercher à la gare, je l'ai prévenu, tu n'auras qu'à l'appeler. Tu as ton portable ?

— Oui, oui, ne t'inquiète pas. Mais si Doug n'a rien de prévu, on pourrait manger un morceau tous les deux du côté de Saint-Lazare ?

Douglas acquiesça, les yeux toujours rivés au bitume. À l'évidence, il ne voulait pas croiser le regard de sa sœur.

— Très bien, dit-elle à Constant. Bonne soirée !

Elle prit Grace par le bras et l'entraîna vers sa voiture.

— Qu'est-ce qui se passe avec ton frère ? Tu ne lui parles plus ? s'inquiéta sa grand-tante.

— Pas pour l'instant. Il faut d'abord que nous ayons une petite explication, lui et moi.

— À propos de cette succession ?

— Oh, non ! De ce côté-là, je n'ai pas à me plaindre, au contraire. Ben m'a terriblement avantagée, ce serait plutôt à Doug de se sentir lésé.

Elle en prit conscience avec une impression de malaise. Apprendre ce que Douglas avait fait à Macassar quelques mois plus tôt l'avait tellement révoltée que, durant l'entretien chez le notaire, elle avait considéré son frère comme un être nuisible et indigne. Pourtant, Doug s'était tu en découvrant les volontés de Ben. Il n'obtenait que la moins bonne part dans cette succession, le strict minimum que son grand-père n'avait pas pu lui retirer, mais il s'y résignait sans protester et sans maudire personne.

« Comment aurais-je réagi, à sa place ? Je n'en sais rien. Mais je ne peux pas non plus m'imaginer faisant des choses pareilles… Et le faisant chez Ben, sur un cheval né dans notre haras et portant les couleurs des Montgomery ! Évidemment, Doug se prenait pour un paria à ce moment-là, il avait sûrement des envies de vengeance, en plus il était sans le sou, aux abois… Tout de même, droguer Macassar, ça me rend folle d'y penser, il aurait pu lui injecter une trop forte dose et le tuer ! »

— Nous avons dépassé ta voiture, il me semble, fit remarquer Grace.

Elles rebroussèrent chemin et retrouvèrent l'Alfa non loin de là. Comme Grace tenait à passer à son hôtel avant d'aller dîner, elles durent affronter une heure de circulation infernale avant d'arriver enfin du côté de la rue des Beaux-Arts où Axelle mit encore vingt minutes à se garer.

À la réception, Grace demanda qu'on fasse monter une bouteille de Laurent-Perrier dans sa chambre, avec un plateau de canapés.

— Je suis fatiguée par cette journée et je ne connais pas de meilleur remontant que le champagne ! D'ailleurs, à Paris, que boire d'autre ?

Tout d'abord, elle disparut dans la salle de bains dont elle revint pieds nus et vêtue d'un peignoir de soie.

— Au fond, je ne suis pas sûre d'avoir envie de sortir, chérie…

Elle semblait lasse, mélancolique, abattue.

— Sers-nous une coupe, j'ai beaucoup de choses à te dire.

Axelle s'exécuta tandis que sa grand-tante s'installait à la tête du lit, calant les oreillers derrière elle.

— Approche-toi un fauteuil et mets-nous le plateau à portée de main. Il faut toujours manger quelque chose, sinon l'alcool monte à la tête !

Malgré son âge, Axelle la trouvait encore très belle. Ses mains, soignées, étaient ornées de deux bagues superbes, et sa coupe de cheveux, très étudiée, adoucissait son visage. Chacun de ses gestes était précis, élégant, et dénotait une éducation parfaite.

— Que penses-tu du testament de Benedict ? demanda-t-elle d'une voix douce.

— Eh bien, comme l'a dit Constant, je crois que Ben a fait pour le mieux. D'un point de vue administratif et fiscal, la gestion de l'écurie est assez complexe. Tout est cloisonné en sociétés distinctes, divisées en parts. Je suis le gérant de la SARL et Constant est le commissaire aux comptes. Cette SARL nous salarie et verse un loyer à la SCI, car même la maison a été mise en société ! Apparemment, Ben était bien conseillé, mais certains éléments de son patrimoine seront difficiles à estimer, par exemple la valeur de chacun des chevaux nous appartenant. Pour te donner un exemple, celle de Macassar a triplé depuis sa dernière victoire. Bref, ce sera un casse-tête, mais, au milieu de tout ça, je vais pouvoir garder les coudées franches, je ne devrais pas me retrouver en difficulté. Même si Douglas essayait de me mettre des bâtons dans les roues, il n'aurait que peu d'influence.

Grace hocha la tête, songeuse, avant de déclarer :

— Benedict voulait que tu puisses conserver l'écurie et continuer après lui. Il nous en a parlé souvent, à Jarvis et à moi. Cette lignée des Montgomery, depuis Gus jusqu'à toi, était sa fierté. D'après lui, c'était trop beau pour s'arrêter ! Il nous répétait à loisir qu'entre la saillie d'une jument et l'éventuelle victoire du poulain à venir, des années d'efforts sont nécessaires. Tout un travail de fourmi, avec une petite part de hasard et une grosse part de chance. Je t'avoue que je comprenais mal ses discours, mais j'adorais l'entendre s'exprimer avec autant de passion. N'importe qui d'autre à sa place aurait pris les chevaux en horreur, tu ne crois pas ? Et lui ne vivait que pour ça, depuis toujours… Passe-moi mon sac, veux-tu ?

Axelle le lui tendit, devinant que Grace allait en sortir le mystérieux écrin de velours fané.

— Tu dois te demander ce que peut bien contenir cette boîte, n'est-ce pas ?

Elle l'ouvrit délicatement et resta quelques instants en contemplation. Axelle la vit déglutir plusieurs fois, sous le coup de l'émotion.

— Je le savais, soupira-t-elle. Tiens, regarde.

Sur un minuscule coussin de soie, une petite bague brillait d'un éclat inattendu. L'anneau était en or blanc ou en platine, avec un modeste saphir monté sur six griffes. Il ne s'agissait pas d'un bijou extraordinaire, tant s'en fallait.

— Je devrais pouvoir la mettre, chuchota Grace.

Elle ôta un somptueux diamant de l'annulaire de sa main gauche et enfila la petite bague sans difficulté.

— Mes mains n'ont pas changé, on dirait…

Rangeant le diamant dans l'écrin, elle expédia le tout dans son sac de façon désinvolte, puis considéra sa main avec intérêt.

— Comme j'aurais aimé la porter toute ma vie ! Mais je la lui ai rendue, et il l'a gardée pendant plus de quarante ans.

Elle releva la tête et planta son regard dans celui d'Axelle.

— Tu veux connaître l'histoire ?

— Oui.

— Ça tombe bien, j'ai fichtrement envie de la raconter !

Axelle prit soin de resservir du champagne tandis que Grace grignotait un canapé au saumon.

— Quand j'ai rencontré Benedict, je venais juste d'avoir vingt ans. Mon père, qui adorait les courses, m'avait traînée à Ascot, un hippodrome magnifique près de Windsor. Il faisait très beau ce jour-là, je portais une robe légère et un chapeau dément, je m'en souviens dans le moindre détail. Des amis nous ont présenté les frères Montgomery, dont le nom était connu à cause de Gus. Jarvis avait vingt-huit ans, de belles études à Oxford derrière lui, un physique avenant, et c'était un jeune homme très mondain. Mon père l'a pris en sympathie aussitôt, mais moi je ne voyais que Benedict. J'avais même été foudroyée en le voyant ! Ceux qui prétendent que le coup de foudre n'existe pas ne savent pas ce qu'ils disent, ni ce qu'ils perdent ! Évidemment, Benedict ne s'intéressait pas à moi, mais il m'a fait la conversation, par politesse, et j'ai ainsi appris qu'il était marié, qu'il avait deux fils, qu'il vivait en France où il entraînait des chevaux de course, près de Paris. Bien entendu, le mot « marié » aurait dû éteindre en moi toute velléité de conquête si j'avais été une jeune fille sage, malheureusement je ne l'étais pas. En 1965, le divorce avait encore quelque chose de sulfureux, de contraire aux bonnes mœurs, en tout cas dans la société à laquelle j'appartenais. Raison de plus pour braver l'interdit, sans doute… Connaissant mon père, j'ai laissé entendre que Jarvis ne me déplaisait pas, et durant le séjour des frères Montgomery à Londres, nous les avons reçus à plusieurs reprises. Quand j'y repense, avec le recul, je me dis que je devais être complètement folle pour agir de la sorte. Je me suis jetée à la tête de Benedict sans réfléchir, sans scrupule, sans une once de remords. Pour lui plaire, j'ai fait tout ce qui était en mon pouvoir, et même au-delà. Je sentais bien qu'il n'était pas tout à fait indifférent, d'ailleurs, au fur et à mesure de nos rencontres, il se livrait davantage. À trente-quatre ans, il n'avait pas une vie sentimentale extraordinaire. Marié trop jeune, il s'était un peu lassé de son épouse et ne savait pas grand-chose de l'amour.

Elle s'interrompit pour reprendre son souffle, boire un peu de champagne, sourire à Axelle. Le plaisir qu'elle éprouvait à évoquer ces lointains souvenirs était manifeste, elle aurait pu en parler toute la nuit.

— Ne me fais pas languir, murmura Axelle.

— C'est moi qui languissais, à ce moment-là ! Je pensais à Benedict nuit et jour, à chaque seconde, j'étais ensorcelée. Mais il devait repartir, rentrer en France, ses vacances se terminaient et Gus l'attendait. Alors, j'ai arrangé un week-end dans notre propriété du Suffolk. Mon père était ravi, il croyait toujours que Jarvis me plaisait et il les a volontiers invités tous les deux. C'était ma dernière chance, je ne l'ai pas ratée. Je suis allée frapper à sa porte à deux heures du matin, je me suis glissée dans son lit et… Oh, mon Dieu, quelle nuit ! Sincèrement, chérie, tout le bonheur de ma vie tient dans cette nuit magique.

Elle parut se rendre compte de ce qu'elle disait et elle prit l'air contrit.

— Je ne devrais pas te parler de ça, si ?

— Si, bien sûr.

— Bon… Je l'ai quitté au petit matin, avant qu'on lui monte le plateau du thé. Il était assez bouleversé, il regrettait, pourtant il aurait voulu me retenir, il se posait toutes sortes de questions… Et moi, je me sentais au désespoir, prête à me jeter par la fenêtre ! Tu vois, j'étais bel et bien folle. Quand ils sont partis, Jarvis et lui, j'ai même failli tout avouer à mon père pour qu'il trouve une solution, qu'il fasse divorcer Benedict, n'importe quoi, cependant je me suis abstenue parce que mon père m'aurait étranglée, bien entendu. Il ne plaisantait pas avec la morale, et j'étais sa fille unique. À partir de là, j'ai écrit à Benedict, des choses anodines au cas où sa femme ouvrirait son courrier, mais il ne me répondait jamais. Je me suis morfondue pendant des semaines, et puis un beau jour je me suis aperçue que… que j'étais enceinte.

Interloquée, Axelle dévisagea sa grand-tante.

— Tu es en train de renverser le fond de ta coupe sur ta jupe, chérie, fit remarquer Grace.

— Enceinte ? répéta Axelle en se levant.

Elle gagna la salle de bains d'un pas incertain. Face au miroir, elle découvrit qu'elle était un peu pâle et elle se passa de l'eau sur le visage avant de s'occuper de la tache qui s'élargissait. Lorsqu'elle revint dans la chambre, Grace téléphonait à la réception pour faire monter une autre bouteille et un nouveau plateau de petits-fours.

— Tu n'auras qu'à dormir quelques heures avec moi avant de reprendre la route de Maisons-Laffitte si tu as trop bu.

Elles restèrent silencieuses en attendant le garçon d'étage qui se présenta cinq minutes plus tard. Une fois qu'il fut sorti, Axelle se réinstalla sur le fauteuil, à côté du lit.

— Enceinte, donc, dit-elle d'une voix grave.

— Oui.

— De Kathleen ?

— Oui. Mais je ne savais pas encore que ce serait une fille ! Une si jolie petite fille... Bref, j'ai trouvé le courage de téléphoner à Benedict pour le lui apprendre.

— Qu'est-ce qu'il a fait ?

— Que voulais-tu qu'il fasse ? Il m'a dit qu'il ne quitterait pas sa femme et ses fils. J'ai eu beaucoup de mal à accepter sa décision, mais je me suis raisonnée car, enfin, il ne m'avait pas séduite, il n'avait pas cherché ce qui arrivait, je portais la responsabilité de l'affaire, j'étais quasiment entrée de force dans son lit. Je crois avoir pleuré un week-end entier sans discontinuer. En me voyant dans cet état-là, mon père a pris le taureau par les cornes, il a convoqué Jarvis et l'a sommé d'annoncer ses intentions.

— Mon Dieu...

— Oui, n'est-ce pas ? Quel incroyable malentendu ! Jarvis a été parfait, comme toujours, il avait beau tomber des nues, il a évidemment demandé ma main, que mon père lui a accordée sur-le-champ.

— Mais c'est insensé, Grace, comment as-tu pu accepter ?

— Eh bien, ça m'arrangeait d'avoir un père pour l'enfant, et aussi la certitude de ne pas voir Benedict disparaître de ma vie.

— Tu l'aimais encore ?

— Encore plus.

— Et Jarvis ne se doutait de rien ?

— Je ne sais pas. Il n'avait pas l'air contrarié, il se comportait en parfait soupirant et il avait demandé à son frère d'être son témoin. J'ai voulu me marier vite, on a mis ça sur le compte de mes caprices de fille unique trop gâtée. Durant nos très brèves fiançailles, nous sommes allés en France, Jarvis et moi. J'ai rencontré la femme de Benedict et ses fils.

— Ça devait être intenable !

— Disons que c'était… une situation étrange. Benedict en avait la tête à l'envers, je le voyais bien, et peut-être avais-je envie de lui faire payer sa dérobade ? Nous n'avons eu qu'un seul aparté durant ce séjour, un quart d'heure difficile, avec encore beaucoup de larmes pour moi. Benedict s'est montré catégorique, jamais au grand jamais il ne trahirait son frère, en l'épousant je devenais sacrée à ses yeux.

La voix de Grace fatiguait et devenait rauque sur certains mots.

— Mange un peu, lui suggéra Axelle.

Elles vidèrent la moitié du plateau sans conviction, reprirent une coupe de champagne.

— J'arrive au bout de l'histoire, chérie.

— Mais, la bague ?

— C'est à la toute fin… Il y a eu le mariage, et j'ai enfin pu annoncer que j'attendais un heureux événement, sans préciser la date prévue. Quand Kathleen est arrivée, tout le monde a pensé qu'elle était prématurée, voilà tout. Je suis restée huit jours à la clinique, et c'est là que j'ai reçu ce petit paquet venant de France. « Pour l'heureuse maman, ou bien pour le bébé quand elle sera grande, avec ma plus profonde affection. »

Quelques mots sur une carte, et ce modeste bijou. Benedict n'était pas riche, il était salarié de son père à ce moment-là. Jarvis a trouvé l'attention merveilleuse, parce que c'était lui qui avait dit à Benedict que j'aimais beaucoup les saphirs… Les saphirs ! Dans ma famille, il y avait de véritables joyaux, des trucs gros comme des bouchons de champagne, tu te rends compte ? Et moi, j'ai pleuré toutes les larmes de mon corps sur cette petite pierre de rien du tout, parce que c'était Benedict qui l'avait choisie, payée en pensant à moi. Qu'on est bête quand on est jeune, c'est à ne pas croire. Je la lui ai discrètement rendue lors d'une réunion de famille, au moment où il se penchait au-dessus du berceau de Kathleen pour voir à qui elle ressemblait. Il était ému, tu sais, et son émotion me faisait mal, j'ai voulu lui faire mal à mon tour en lui restituant son cadeau.

Cette fois, elle se tut, elle en avait fini.

— Mais ensuite, Grace ? Chaque fois que vous vous êtes vus, Ben et toi ?

— Nous n'en avons plus parlé. Pas d'allusions, rien. Il était mon beau-frère, j'étais heureuse de le recevoir.

— Et tu as…

— Continué à l'aimer en silence, oui. Vraiment en silence.

— Et Kathleen ne sait rien du tout ?

— Non, comment aurais-je pu lui raconter une chose pareille ? Vis-à-vis de Jarvis, ce serait monstrueux. Mais, vois-tu, c'est surprenant, Kathleen a toujours eu un gros faible pour Benedict. Peut-être a-t-elle interprété certains regards, ou alors, c'est la loi du sang. En tout cas, je te demande solennellement de ne pas lui rapporter un seul mot de tout ceci.

— Tu peux compter sur moi, si c'est ta volonté.

— Ça l'est !

Durant quelques minutes, elles restèrent silencieuses, songeant toutes deux à Ben. Puis Axelle s'étira, se leva.

— Il est presque minuit, Grace, je dois rentrer.

Elle se pencha sur sa grand-tante, lui passa les bras autour du cou et la serra très fort.

— Je garde ton secret, murmura-t-elle.

En quittant la chambre, elle se sentit prise d'un vertige qui ne devait rien au champagne. Elle n'avait pas beaucoup bu mais sa tête était pleine de questions et de doutes. Quelques semaines plus tôt, elle aurait pu jurer qu'elle connaissait très bien chacun des membres de sa famille, or il n'en était rien. Elle découvrait que Kathleen n'était pas sa cousine mais sa tante, que Grace mentait depuis quarante ans, que Benedict avait été un séducteur. Quant à Douglas, il était capable de n'importe quelle trahison pour un peu d'argent.

Elle se glissa au volant de l'Alfa mais ne démarra pas aussitôt. Comment allait-elle trouver la force, ou seulement l'envie, d'être désormais le chef du clan ? L'avenir de l'écurie dépendait d'elle et, par voie de conséquence, l'avenir du haras. Le matin même, un autre de ses propriétaires, sans doute inspiré par Jean Staub, avait annoncé qu'il emmenait ses chevaux ailleurs. Au milieu des difficultés, elle était seule, plus seule qu'aucun Montgomery ne l'avait été avant elle. Gus et Ben, puis Ben et Norbert, enfin Ben et elle : l'entraînement avait presque toujours été dirigé en binôme. Devrait-elle absoudre Douglas et faire appel à lui ?

« Non, si je lui tends la main, que ce soit une décision réfléchie, pas parce que j'ai la trouille ! J'y penserai quand j'aurai trouvé de nouveaux propriétaires sans l'aide de personne, quand j'aurai gagné quelques courses. À ce moment-là, si Doug est disposé à me rejoindre et à s'investir pour de bon… »

Les yeux dans le vague, elle regardait la rue sans la voir, cependant elle finit par remarquer une contravention sur son pare-brise. Elle mit en route les essuie-glaces et attendit que le papillon s'envole, tombe dans le caniveau. Impossible de supporter la moindre contrariété supplémentaire ce soir, la coupe était pleine !

Elle chercha son portable, au fond de son sac. Deux messages de Xavier l'attendaient, tendres et inquiets car il se faisait du souci pour elle, supposant que la visite chez le notaire avait dû être un mauvais moment. À toute vitesse, elle tapa sur le clavier : *Voyageuse fatiguée cherche halte parisienne.* La réponse arriva une minute plus tard, exactement celle qu'elle espérait.

9

Fuyant l'averse qui noyait la cour, Constant s'était réfugié dans la maison. Le deuxième lot venait de partir à la piste, il disposait d'une heure pour prendre un petit déjeuner plus consistant que la tasse de café bue avant l'aube.

— Vous semez des traces mouillées partout ! protesta Mme Marchand lorsqu'il entra dans la cuisine.

Docile, Constant ôta ses bottes de caoutchouc puis s'installa en chaussettes sur l'un des hauts tabourets afin de laisser Gaby passer sa serpillière.

— Côté désordre, ça ne s'arrange pas, maugréa-t-elle.

— On fait ce qu'on peut, mais Axelle a tellement de travail…

La brave femme lui jeta un coup d'œil puis hocha la tête.

— C'est vrai, admit-elle. Mais ce n'est pas plus long d'accrocher un blouson que de le jeter n'importe où. Du temps de M. Montgomery, vous faisiez du nettoyage par le vide de temps à autre, au moins quand il annonçait son retour d'Angleterre !

Constant ébaucha un sourire. Pour Mme Marchand, il ne deviendrait pas « M. Montgomery », ce nom-là désignerait à tout jamais Benedict et personne d'autre. Néanmoins, elle abandonna son balai quelques instants pour venir lui verser un café et lui beurrer des tartines.

— J'ai commencé à vider les placards, déclara-t-elle.

Axelle l'avait chargée de trier les vêtements de Ben, ceux à jeter et ceux à donner.

— Les cravates de votre père, vous devriez les garder, elles sont superbes, elles pourront vous servir… Et puis qu'allez-vous faire de sa chambre, maintenant ? Il ne faudrait pas que ça ressemble à un sanctuaire ! À votre place, j'enlèverais tout ce qui rappelle son handicap, les grosses poignées dans la salle de bains, le trapèze au-dessus du lit, les choses qui l'aidaient…

Émue, Mme Marchand sortit un mouchoir de la poche de son tablier et s'essuya les yeux. Constant n'avait pas réfléchi à cette question de chambre et il trouvait sinistre de devoir y penser. Effacer toutes les traces de l'existence de Ben lui semblait sacrilège, pourtant Gaby n'avait pas tort. Au fond, pourquoi ne s'installerait-il pas à la place de son père ? Au rez-de-chaussée, il serait mieux placé pour surveiller la cour, et surtout il pourrait faire entrer Patch par l'une des portes-fenêtres les soirs d'hiver. Dormir avec son chien couché au pied du lit devait être un bonheur indicible.

— Mais dites-moi, reprit Mme Marchand, c'est vous qui héritez, non ? La maison, les meubles et tout le tintouin !

Il la regarda avec effarement avant de répliquer :

— Ce n'est pas si simple, et de toute façon je laisse Axelle s'en occuper, je m'en remets à elle.

Cette idée-là était apaisante. Axelle prenait toujours les bonnes décisions, il lui faisait confiance et, de son côté, il veillerait sur elle, comme toujours.

— Vous savez, vous êtes un brave homme, dit Mme Marchand d'une drôle de voix.

Cette fois, elle semblait carrément bouleversée, et Constant lui sourit de nouveau, à tout hasard. Il aimait bien cette expression de « brave homme », qui signifiait pour lui gentil et courageux. Beaucoup mieux que le : « T'es trop con quand tu t'y mets ! » asséné par Douglas dans la brasserie de Saint-Lazare où ils avaient dîné en sortant de chez le notaire. Mais après, ils avaient bien discuté tous les deux. Doug n'était pas méchant et il regrettait ce qu'il avait fait. Il regrettait aussi qu'Axelle le sache désormais. Il regrettait la France, le temps perdu à bouder et à faire des sottises, sa brouille avec Ben qui commençait à peine à se démêler, leur réconciliation tronquée par cette abrutie de jument. Il l'avait dit spontanément, Cette-abrutie-de-jument, en imitant la voix de son grand-père, mais sans ironie, juste avec affection. Et puis il s'était inquiété de savoir si sa sœur arriverait à effacer l'ardoise et à lui faire signe, un jour. Constant n'avait pas répondu, pourtant il avait sa petite idée là-dessus.

— On dirait que la pluie s'est arrêtée, constata-t-il. Bon, faut que j'y retourne. À plus tard, madame Marchand !

Il remit ses bottes, refit des traces de semelles sur le carrelage humide. À la porte, il s'arrêta, se retourna.

— Pour absorber le désordre, peut-être pourriez-vous nous faire quelques heures de plus, à l'occasion ?

— Faut voir, marmonna-t-elle en reprenant sa serpillière.

Mais il avait surpris un éclair de satisfaction sur son visage. Il se félicita d'avoir pensé à la rassurer car ni lui ni Axelle n'avait rien précisé depuis le décès de Ben. Bien sûr qu'ils la gardaient, ils seraient incapables de gérer la maison sans elle ! Certain qu'Axelle approuverait son initiative, il posa une dernière question :

— À propos, vous n'avez pas peur des chiens ?

— J'aime les bêtes, j'ai deux chats chez moi. Si c'est pour votre berger allemand que vous vous inquiétez, nous avons déjà sympathisé, figurez-vous.

Eh bien, voilà, il suffisait de le demander. Réconforté, Constant gagna la cour au moment où le deuxième lot revenait des pistes. De loin, Axelle agita la main dans sa direction, ainsi qu'elle le faisait toujours. La vie continuait, même si Ben n'était plus là, dans son fauteuil roulant, à engueuler les apprentis pour un oui ou pour un non. Axelle s'en chargeait, elle savait le faire, la preuve elle était en train de houspiller un gamin qui laissait son cheval boire comme un trou sans lui couper l'eau.

— Faut tout leur dire, bougonna Constant.

Il s'assit sur un coffre à grains et contempla son royaume.

*

Axelle n'avait pas sommeil, pourtant ses yeux se fermaient de béatitude. À côté d'elle, Xavier caressait doucement sa nuque, ses épaules, son dos. Un moment silencieux après l'amour, où les gestes parlaient plus sûrement que les mots. Sans bouger la tête, elle leva les yeux vers la pendulette qui indiquait six heures. Ils avaient donc passé tout l'après-midi au lit, sans notion de temps, à se lover l'un contre l'autre, l'un dans l'autre, à s'aimer. Une parenthèse au milieu d'un programme qui allait se révéler de plus en plus contraignant. Elle devait songer aux engagements de la saison à venir, se montrer sur les hippodromes, gagner des courses et séduire de nouveaux propriétaires. Macassar serait un atout maître pour continuer à imposer le nom de Montgomery.

Luttant contre une douce somnolence, elle se retourna et plongea son regard dans celui de Xavier.

— Je suis bien avec toi, ici et maintenant, murmura-t-elle.

— Ici ou ailleurs, maintenant et plus tard, j'espère ?

— Oui, je l'espère aussi.

— Je t'ai trouvée, je ne vais plus te lâcher.

— Sais-tu ce que signifie l'expression : « Un cheval qui tire au renard » ? Non ? Eh bien, c'est un cheval qui ne supporte pas d'être attaché. Dès que tu boucles le licol, il se débat furieusement.

— Que fait-on avec ces chevaux-là ?

— On se garde bien de les attacher !

Ils rirent ensemble puis il ajouta :

— Message reçu cinq sur cinq, mademoiselle. Mais je ne suis pas un empêcheur de tourner en rond, et je vois bien que tu ne seras jamais très disponible. Peut-être que ça fait partie de toutes ces choses qui me plaisent chez toi ?

Il lui embrassa le bout du nez, la laissa se lever et la suivit dans la salle de bains.

— Des après-midi comme celle-ci, nous n'en aurons pas souvent l'occasion, hélas ! dit-elle en entrant dans la douche.

— Des grasses matinées non plus, et aucun dimanche pour flâner. J'ai bien saisi le principe.

Il la rejoignit, lui savonna le dos, l'aida à se rincer les cheveux. Une fois rhabillés, ils descendirent à la cuisine où Constant préparait une nouvelle recette de gratin de poisson qui avait un aspect peu engageant. Mais Constant n'était pas seul, Antonin lui tenait compagnie, installé sur l'un des tabourets.

Au premier regard, dès qu'Axelle franchit la porte avec Xavier derrière elle, Antonin comprit. Il détailla les cheveux mouillés de la jeune femme, son air heureux, sa main dans celle de Xavier. Même s'il avait renoncé à ses illusions, il éprouva une violente bouffée de jalousie et d'amertume. Qu'est-ce qu'elle pouvait bien trouver à ce grand type tout maigre ?

— Je suis venu t'apporter le certificat médical, réussit-il à dire.

— Tu es apte à reprendre le travail ? Génial !

Elle n'avait pas à se forcer pour être aimable, on la sentait radieuse.

— Et si on fêtait ça avec une petite coupe de champagne ? À propos, où en es-tu de ton poids ? La convalescence ne t'a pas…

— Engraissé ? Non. Les séances de kiné étaient plutôt dures mais je ne me suis pas vengé sur les pâtisseries.

Il parlait de façon mécanique, essayant de ne pas montrer son aigreur. Constant déboucha une bouteille et servit tout le monde sur le comptoir.

— Nous avons dix chevaux en moins pour l'instant, rappela Axelle d'un ton désinvolte.

— Il en reste assez pour faire une belle saison d'automne, grommela Constant.

— Quel dommage que votre père ait donné le mauvais exemple en partant ! lança Antonin à Xavier.

Il n'avait pas pu retenir sa réflexion, qui jeta un froid.

— Mon père est versatile, et je ne cautionne pas ses agissements.

— En tout cas, Jason va me manquer. Il devrait gagner ses prochaines courses, mais ce ne sera pas avec moi… Heureusement qu'il nous reste des chevaux comme Macassar ou Crabtree !

— Macassar sera monté par Romain cette année, intervint Axelle.

Sa décision n'avait rien d'étonnant. Romain s'en était très bien sorti dans le grand prix, lui retirer le cheval maintenant serait une injustice. Néanmoins, Antonin cherchait l'affrontement et il poursuivit :

— La série des mauvaises surprises s'arrête là ?

— Pas forcément. D'autres propriétaires peuvent s'en aller. Celui de Pamela, par exemple, n'a pas l'air très chaud pour rester. La mort de Ben les inquiète tous et ils vont me guetter au tournant, regarder chaque course à la loupe. À moi de faire, ou plutôt de *refaire* mes preuves avec ce que j'ai dans l'écurie pour l'instant. Si tu as peur de manquer de champions, Antonin, tu as toujours la possibilité de monter pour d'autres entraîneurs quand tu n'as pas d'engagements avec moi.

Sa voix était claire, calme. Un simple rappel à l'ordre, mais sans concession, comme aurait pu le faire Benedict en son temps. Antonin se renfrogna, plus très certain de vouloir la bagarre. D'un point de vue professionnel, Axelle allait s'en tirer, elle possédait la volonté et le talent nécessaires. Mieux valait ne pas la provoquer, surtout pour une mauvaise raison comme la jalousie.

— À mon avis, on va se régaler ! s'exclama joyeusement Constant.

Il venait d'achever la confection de son plat qu'il considérait avec satisfaction.

— Quarante minutes au four, et à table ! Juste le temps d'aller faire mon petit tour d'inspection dans la cour…

— Tu restes dîner ? proposa Axelle à Antonin.

— Je ne voudrais pas vous déranger…, répondit-il en se tournant vers Xavier.

Ils échangèrent un long regard, où chacun prit la mesure de l'autre. Antonin ne pouvait pas se poser en rival, pourtant il ne parvenait pas à s'avouer battu.

— Reste donc, répéta Axelle gentiment.

Mais, en disant ça, elle prit la main de Xavier d'un geste spontané. Elle signifiait ainsi à Antonin qu'il n'y avait aucune guerre à déclarer, qu'elle avait choisi cet homme-là et qu'elle ne comptait pas s'en cacher.

*

Jarvis tira le guéridon un peu plus loin du mur, arrangea deux chaises de part et d'autre, puis recula pour juger de l'effet. Non, ce n'était pas encore ça. Comment ces fichus meubles étaient-ils rangés avant qu'on ne les déplace, tous, pour laisser le passage au fauteuil roulant de Ben ? Jarvis avait oublié, il s'était écoulé plus de dix ans depuis l'accident de son frère.

Haussant les épaules, il décida qu'il ferait mieux d'aller dehors plutôt que de jouer au décorateur. Il se moquait bien de la place des tables et des fauteuils, il n'avait plus goût à rien. Fuyant le Suffolk, il s'était imaginé trouver un peu d'apaisement dans sa maison de Londres, mais il s'y ennuyait.

Son jardin lui parut long, étroit, mièvre avec toutes ces roses qui ne cessaient de refleurir malgré l'automne bien installé. Benedict ne viendrait plus, Kathleen ne lui accrocherait plus de fleur à la boutonnière. Finies, les discussions au coin du feu les soirs d'hiver, les sorties entre frères dans Saint James's Park ou Mayfair pour tester un nouveau restaurant, toute cette complicité qui datait de l'enfance et ne s'était pas démentie malgré les aléas de la vie.

Jarvis s'installa sur l'une des chaises longues en teck huilé, croisa les mains sur son estomac, ferma les yeux. Où était Ben, à présent ? Au ciel ? Il leur arrivait de parler religion, ces derniers temps, une préoccupation liée à l'âge et à la crainte d'être séparés pour toujours.

« Mais non, on se reverra ! Le premier arrivé attend l'autre. » Ben finissait par rire et tapotait le genou de son frère si celui-ci était à portée de main. Par quel miracle s'entendaient-ils aussi bien ? Jarvis se souvenait encore de ses réveils difficiles, adolescent, quand leur père exigeait que tout le monde soit debout avant six heures. Benedict venait s'asseoir au pied de son lit et le secouait gentiment. « Donne-moi une seule bonne raison de me lever », ronchonnait Jarvis, le nez dans son oreiller. Invariablement, Ben répondait d'une voix gaie, comme une évidence réjouissante : « C'est le matin, mon vieux, il va faire jour ! » Dans la maison biscornue, Gus obligeait sa famille à vivre au rythme du soleil, des saisons, et bien sûr de ces satanés pur-sang. Jarvis détestait tout ça, il voulait retourner en Angleterre, mais quitter son grand frère l'attristait. Pourtant, il avait fini par le faire, afin d'exister de son côté. Exister ! Quelle vanité…

Il rouvrit les yeux, contempla le ciel gris. Avait-il senti une goutte de pluie ? Il ne devait pas se plonger dans le passé, ou bien il finirait tout à fait déprimé. Songer à Benedict était douloureux, inutile. Et surtout, il ne fallait pas évoquer cette très lointaine journée de courses à Ascot, lorsqu'ils avaient fait la connaissance de Grace. « Une héritière pour toi qui cherches à te caser, *mon vieux* ! » De six ans son aîné, Ben appelait son petit frère mon vieux, par dérision. Et il ne se faisait aucune illusion sur les ambitions de son cadet.

Non, décidément, pas Ascot, pas Grace, pas tout ce qui avait suivi. Jarvis abandonna sa chaise longue. De quoi avait-il l'air, vautré là alors que l'averse menaçait ? Il gagna la maison, remontant la pente douce construite exprès pour le fauteuil de Benedict. Les travaux avaient eu lieu en même temps dans la maison de Londres et la propriété du Suffolk, Grace organisant les deux chantiers à toute vitesse. Savoir Ben infirme pour la vie avait été un véritable crève-cœur, ils avaient tous pleuré durant des semaines. Jarvis avait même cru que c'en était fini de l'entraînement, de l'écurie de Maisons-Laffitte, de la casaque des Montgomery sur les champs de courses. Sauf que Benedict était un être exceptionnel, qui refusait de se laisser terrasser par la vie. D'ailleurs, sans ses chevaux, il serait mort de désespoir. « Comment peux-tu ne *rien* faire de ton existence, Jarvis ? » demandait-il avec une sincère curiosité. Ensuite, ils en riaient ensemble, ils étaient si différents ! Et si proches…

Jarvis pénétra dans le salon, ferma la baie vitrée. Son agencement du guéridon et des chaises autour était une abomination. Kathleen allait hurler en découvrant ça. Tant mieux, elle se chargerait elle-même de trouver une place pour chaque chose. Comme sa mère, Kathleen avait un don pour l'élégance et le raffinement. Mais, de Benedict, quel trait de caractère avait-elle donc hérité ?

— Papa ? Ah, tu es là ! Mon Dieu, tu bouges les meubles ?

Superbe dans son trench-coat crème et ses bottes noires, Kathleen traversa le salon pour venir l'embrasser.

— Tu as mille fois raison, nous devrions tout refaire, changer les tissus, les moquettes… Tiens, j'en parlerai à maman, ça la distraira peut-être de venir passer huit jours ici.

Kathleen posait sur lui un regard affectueux et inquiet.

— Tu vas bien, papa ?

— Je m'ennuie de Ben, répondit-il spontanément.

Elle se détourna en murmurant :

— Moi aussi.

D'un mouvement gracieux, elle se débarrassa de son trench qu'elle jeta sur une bergère.

— Veux-tu que nous parlions ?

— De quoi, chérie ?

Durant quelques instants, elle le scruta de manière intense, puis elle baissa les yeux, parut renoncer à ce qu'elle s'apprêtait à dire. Le silence se prolongea sans que Jarvis tente quoi que ce soit pour le rompre.

— Tu aimerais dîner au Saint-Alban ? finit-elle par proposer.

— Trop grand, trop de monde…

— Alors, au Gordon Ramsay ? C'est petit, c'est bon, c'est français. Trois étoiles au Michelin !

— Admettons.

— Je monte me changer, j'en ai pour un quart d'heure à peine.

Ce qui signifiait qu'elle ne descendrait pas avant au moins une heure.

— Pourquoi ne pas nous ouvrir un Nyetimber en apéritif ? suggéra-t-elle.

Il la regarda quitter la pièce, à la fois amusé et attristé par sa désinvolture. Elle était belle, futile, oisive, inutile. Et, sans le savoir, elle en souffrait.

— Ma fille, dit-il à voix haute. Ma très grande fille…

L'admiration et l'amour de Kathleen envers Benedict avaient longtemps intrigué Jarvis. Une prescience ? Elle ignorait tout, cependant son instinct parlait pour elle lorsque, gamine, elle se jetait au cou de son oncle Ben avec des mines de chaton égaré. Jarvis la regardait faire et n'arrivait pas à être jaloux. En épousant Grace, il avait accepté en bloc une très belle jeune fille et une très grosse fortune, assorties de cette insidieuse paternité. Grace ne jouait pas assez bien la comédie pour qu'il puisse se croire élu, aimé. Mais le silence les avait tous sauvés, ils s'étaient bien comportés les uns envers les autres. Les vertus du non-dit, pour la paix des familles… Heureusement, il y avait eu ce beau regard de Benedict, à l'église, le jour du mariage. Dans son rôle de témoin, il avait tendu les alliances à Jarvis au moment du consentement, et ses yeux lui avaient demandé pardon, lui faisant une promesse solennelle bien différente de celle qui allait s'échanger.

Vraiment, ne plus penser à tout ça, ainsi qu'il se l'était promis tout à l'heure dans le jardin. Il descendit à la cuisine, fouilla le réfrigérateur en quête de ce domaine Nyetimber, un blanc mousseux du Sussex qui pouvait tromper n'importe quel Champenois. Kathleen dénichait toujours des crus extravagants chez Harrod's ! Il aurait préféré qu'elle consacre son temps à autre chose, par exemple à l'amour, mais elle n'en prenait toujours pas le chemin. Une tare familiale, là encore ?

— Je suis prête !

Il lui tendit un verre et trinqua avec elle.

— Crois-tu qu'Axelle viendra nous voir de temps à autre ? demanda-t-elle d'un ton circonspect.

En avait-elle envie ? Ses sentiments pour sa petite-cousine étaient mitigés. Elle aimait la prendre sous son aile protectrice, lui donner des cours de féminité ou de mode, mais elle avait souvent paru exaspérée lorsque Benedict tressait des lauriers à sa petite-fille chérie.

— Je pense qu'elle n'aura pas le temps. Pas maintenant, en tout cas. Mais nous essaierons de nous réunir pour les fêtes, ta mère organisera ça. Il ne faut pas que les traditions se perdent et, surtout, il faut réintégrer Doug dans la famille.

Ils n'étaient plus assez nombreux pour laisser l'un d'entre eux à la traîne, vilain canard ou pas.

— Ben l'aurait voulu, alors, on le fera ! affirma Kathleen.

Ils échangèrent un coup d'œil satisfait. Chacun savait que l'autre taisait des choses, et c'était très bien ainsi.

*

L'orage avait éclaté vers minuit et, à deux heures du matin, Douglas finit par sortir de son lit. Les roulements de tonnerre ne s'éloignaient pas, tandis que la foudre, à intervalles réguliers, faisait trembler les vitres.

Bien entendu, l'électricité ne fonctionnait plus. À l'aide d'une lampe électrique, Douglas s'habilla avant de descendre. Dans le hall, il enfila ses bottes, un ciré et une casquette, puis il prit les clefs de la vieille Austin sur la commode.

Le haras n'était qu'à deux kilomètres mais la route semblait noyée. Même en roulant doucement, la voiture soulevait des gerbes d'eau, les essuie-glaces ne servaient pas à grand-chose, et Douglas dut se cramponner au volant, les yeux écarquillés.

— Jamais vu un déluge pareil…, maugréa-t-il.

Il aurait mieux fait de rester à l'abri, au chaud. Un éclair illumina les clôtures blanches, qu'il longeait de trop près, et il donna un brusque coup de volant.

— Du calme, on arrive…

À travers son pare-brise ruisselant, il distingua vaguement les bâtiments du haras dans la lumière des phares, et il s'arrêta le plus près possible de l'écurie principale, celle des poulinières. Jaillissant hors de l'Austin, il se précipita sur la haute porte qu'il déverrouilla avant de la faire coulisser. Ici non plus, il n'y avait pas d'électricité.

— Et merde !

Comme il connaissait les lieux par cœur, il ne tâtonna pas longtemps avant de décrocher une puissante lampe torche pendue à un crochet. Autour de lui, il entendait des bruits de paille piétinée, des glissements de sabots, une ou deux juments qui renâclaient.

— Eh bien, mesdames, on fait les folles ?

Il suffisait que l'une d'entre elles prenne vraiment peur, et elle pouvait bousculer son poulain ou le blesser dans la panique.

— Ce n'est qu'un orage, il finira par passer. En attendant, je propose une tournée de carottes, à condition que je trouve le sac…

Pour les apaiser, il parlait à voix haute tout en jetant un coup d'œil dans chaque box. Il s'arrêta devant celui de Roquette, une jument très nerveuse qui donnait de grands coups de tête et roulait des yeux.

— Reste tranquille, ma belle, ça gronde moins fort dehors, tu entends ?

Comme pour lui donner tort, un nouveau coup de tonnerre ébranla tout le bâtiment, puis la pluie redoubla de violence sur le toit. La jument allait et venait d'un mur à l'autre, mais chaque fois elle évitait son poulain. Douglas repartit vers le fond de l'écurie, là où se trouvait la réserve de grains. S'aidant de sa lampe torche, il trouva un grand sac de carottes, en jeta une vingtaine dans un seau en plastique.

— Je vais faire la distribution, mesdames, il y en aura pour tout le monde…

— Pour moi aussi ?

Douglas eut un haut-le-corps et faillit lâcher son seau.

— Richard ? Bon sang, je ne vous ai pas entendu arriver !

— On n'entend rien avec ce chahut d'orage. Qu'est-ce que vous faites ?

— J'essaie de les apaiser un peu.

— Nous avons eu la même idée. D'ailleurs, en voyant l'Austin devant la porte, j'ai trouvé ça… réjouissant.

— Quoi donc ?

— De ne pas être le seul à me faire du souci.

Ils se turent quelques instants, écoutant distraitement la pluie. Richard n'avait pas le compliment facile, et Douglas comprit qu'il venait d'en recevoir un. Depuis combien d'années ne lui en avait-on pas adressé ?

— Je vous passe la lampe, se contenta-t-il de dire.

Son seau sous le bras, il avança dans l'allée, s'arrêta devant le premier box qui était celui de Lady Ann. Richard éclaira la jument et sa pouliche, qui semblaient assez tranquilles, puis il baissa le faisceau lumineux. Douglas ouvrit la grille, donna ses carottes. Impossible de ne pas penser à Benedict à cet endroit précis, et il savait que Richard y pensait aussi, forcément.

— Vous savez, Doug, cette pouliche aura de la classe, ou je ne m'y connais plus.

— Je le crois aussi, répondit Douglas d'une voix étranglée.

Mais il aurait tellement voulu l'arrêter, le jour où elle s'était précipitée dans l'allée ! Combien de temps encore entendrait-il le bruit de la chute de son grand-père sur le ciment ?

— Personne n'est responsable, affirma Richard en lui posant la main sur l'épaule.

Un peu plus loin, Roquette recommençait à s'agiter. Douglas ferma la grille et passa au box suivant. À cet instant précis, la lumière revint brusquement, projetant un éclairage cru dans tout le bâtiment. Les deux hommes clignèrent des yeux, échangèrent un regard, puis un sourire.

— Continuez la tournée, suggéra Douglas, moi, je vais aller jeter un coup d'œil sur l'écurie extérieure.

Il remit sa casquette mouillée et sortit sous le déluge. Les poulains en âge d'être séparés de leurs mères devaient se sentir très seuls. Pataugeant dans les flaques, il se surprit à siffloter. Qu'y avait-il de si gai à se faire tremper, une nuit d'orage, au fin fond du Suffolk ?

« Je veux bien rester encore un peu au purgatoire, Axelle ! Je n'y suis pas si mal… »

Il se sentait différent de celui qu'il avait été jusque-là. Changé, meilleur. Et il était en train d'acquérir la certitude que tout finirait par s'arranger. Déjà, l'angoisse qui l'accompagnait depuis des mois s'était dissipée. L'inaction, la culpabilité, le mépris de soi et la peur de l'avenir ne pesaient presque plus sur lui. Un jour, l'abominable Étienne et son sbire ne seraient plus que le mauvais souvenir d'un faux pas. Réconcilié avec lui-même, Douglas ferait la paix avec sa sœur un jour prochain.

*

L'aube se levait à peine quand le premier lot arriva à la piste. En frissonnant, Axelle releva le col de son blouson. Elle avait eu beau marcher vite, depuis la maison, elle ne parvenait pas à se réchauffer ce matin. Avec l'automne, les jours raccourcissaient, le temps changeait, cette fois l'été était bien fini.

Postée à l'entrée d'une allée, elle commença à distribuer des ordres à ses cavaliers. Une dizaine de chevaux se contenteraient d'un galop de chasse sur le rond Boileau, six autres partiraient sur le rond Poniatowski pour un canter, et les cinq derniers allaient effectuer un travail sérieux botte à botte sur la ligne droite de la piste Lamballe. Mais d'abord, un indispensable trotting pour tout le monde.

Elle les regarda s'éloigner en file indienne, observant les réactions de chacun des pur-sang.

— Mademoiselle Montgomery ?

Un inconnu venait de s'arrêter près d'elle et lui tendait la main.

— Jean-François Leclerc. On m'a dit que je pourrais vous trouver ici…

Rien qu'à ses vêtements, trop élégants, et à ses mocassins déjà couverts de sable, Axelle sut qu'elle n'avait pas affaire à un homme de cheval.

— J'ai fait l'acquisition de deux yearlings l'année dernière, aux ventes de Deauville, annonça-t-il d'un ton hésitant. À présent, ils arrivent en âge d'être mis à l'entraînement, et ce sont d'excellents produits. Pensez-vous que vous pourriez les prendre chez vous ?

Du coin de l'œil, Axelle vérifia que ses chevaux trottaient sagement, puis elle prit le temps de dévisager son interlocuteur. Il devait avoir une cinquantaine d'années, avec un sourire avenant et un regard franc qui le rendaient plutôt sympathique, toutefois elle voulait en apprendre davantage avant de se prononcer.

— Pourquoi chez moi, monsieur Leclerc ?

— Pour la réputation de l'écurie Montgomery, tout simplement. Ce sont mes premiers chevaux et je ne veux pas me tromper d'entraîneur. Votre palmarès est éloquent !

Elle esquissa un sourire mais passa à l'essentiel afin d'éviter tout malentendu.

— Vous devez savoir que mon grand-père, Benedict, est décédé ?

— Oui, c'est très malheureux.

Il se composa une tête de circonstance, sans doute par politesse, néanmoins il attendait toujours une réponse au sujet de ses deux poulains, et c'était bien à Axelle qu'il voulait les confier.

— Nous pourrions discuter de tout cela au calme, à la maison, proposa-t-elle. Mais là, j'ai des chevaux à faire travailler, je...

— Prenons rendez-vous, suggéra-t-il.

Ils convinrent de se voir le lendemain après-midi et se serrèrent une seconde fois la main. Lorsqu'il s'éloigna en se tordant les pieds dans le sable, Axelle le suivit du regard, perplexe. Un nouveau propriétaire serait évidemment le bienvenu, mais elle hésitait encore à croire qu'il l'ait choisie, elle, parmi tous ses confrères.

« Et pourquoi pas ? Après tout, les résultats de la dernière saison sont magnifiques, c'est vrai, et la plupart du temps j'étais seule sans Ben sur les champs de courses ! »

Pour ne pas se réjouir en vain, elle décida de se renseigner sur ce Jean-François Leclerc d'ici au lendemain. Puis elle fit volte-face et partit d'un pas rapide vers les pistes. Elle savait exactement où elle allait se placer afin d'avoir la plus juste appréciation possible de ce galop décisif qu'elle avait demandé à ses meilleurs éléments. Ils devaient être en train de se préparer au départ, six cents mètres plus bas.

Elle traversa la piste descendante, escalada le talus central. Pour l'instant, il régnait un silence complet sur la forêt, hormis quelques chants d'oiseaux. Le ciel plombé menaçait de lâcher des trombes d'eau, et elle espéra que ses chevaux auraient le temps de passer avant l'averse. D'un geste machinal, elle se mit à jouer avec ses jumelles.

Avant de distinguer les cinq points à l'horizon, elle perçut un infime changement dans l'atmosphère, une vibration de la terre. Puis le sourd martèlement devint perceptible, s'amplifia, et elle vit au loin les cinq pur-sang, de front, qui semblaient fondre sur elle. Ils étaient encore ensemble, épaule contre épaule, commençant à fournir leur effort, mais l'un d'eux finirait par se détacher. L'amplitude et la cadence des foulées augmentaient insensiblement, dans une accélération éblouissante. Ils n'étaient plus qu'à une cinquantaine de mètres quand Macassar prit un léger avantage, le creusa, parut s'envoler.

Ils défilèrent devant elle dans un grondement de train fou, Macassar en tête, aérien, irrésistible.

— Bon sang ! lâcha-t-elle d'une voix blanche.

Elle les suivit des yeux, s'obligeant à regarder les quatre autres qui luttaient vaillamment entre eux. En quelques secondes, ils disparurent, et le silence revint.

« Tu as vu ce que j'ai vu, Ben ? Ça y est, je le tiens, mon crack ! »

Mais elle ne pouvait plus parler à son grand-père. Il ne viendrait plus sur les pistes, ne répondrait plus au téléphone, ne lui donnerait plus le moindre conseil. L'entraînement Montgomery, c'était elle toute seule, à présent.

— Avec un cheval de légende ! cria-t-elle en renversant la tête en arrière.

Les bras levés en signe de victoire, elle exultait, puis elle dévala le talus en deux bonds. Comme une gamine, elle avait envie de courir, mais elle se retint et salua un entraîneur qui arrivait pour surveiller un travail à son tour. Par chance, personne ne l'avait aperçue faisant le clown là-haut !

À la sortie d'une allée de dégagement, elle rejoignit ses cavaliers qui revenaient, au pas. Crabtree s'arrêta le premier à côté d'elle.

— Il a fait du bon boulot, hein ? lui lança Antonin. Il est puissant, régulier, il progresse !

C'était le premier galop sérieux qu'Antonin montait depuis son accident, et Axelle s'en voulut de ne pas lui avoir prêté davantage attention.

— Et toi, demanda-t-elle gentiment, ça va ?

— Aucune douleur, je suis juste un peu raide.

Elle hocha la tête avant de se tourner vers l'Artiste qui soufflait bruyamment, les naseaux dilatés et les veines saillantes.

— Rétif au départ, il le paye à mi-distance, expliqua Christophe avec une grimace.

Elle inspecta les deux autres pur-sang puis s'approcha enfin de Macassar.

— Lui, il a allumé les réacteurs ! s'extasia Romain, aux anges.

— Oui, j'ai remarqué…

Passant la main sous le tapis de selle, elle constata que le cheval avait à peine transpiré.

— Tu l'as sollicité ?

— Non, à aucun moment. Il se règle tout seul, et dès qu'il a trouvé sa foulée, il n'y a plus qu'à le suivre. Je m'entends bien avec lui.

— Je sais, Romain.

Craignait-il, avec le retour d'Antonin, que le cheval ne lui échappe en course ? Jamais elle ne commettrait pareille erreur.

— Tant qu'il galopera comme ça, il est à toi ! Allez, vous pouvez rejoindre les autres et rentrer…

Les yeux toujours rivés sur Macassar, elle céda à une brusque impulsion.

— Romain ? Attends, donne-le-moi.

Le garçon comprit tout de suite ce qu'elle voulait et il sauta à terre. Elle s'approcha de lui, plia la jambe gauche pour qu'il la hisse en selle. Depuis des années, elle ne montait plus à cheval, mais dès qu'elle se posa sur Macassar la sensation fut si familière qu'elle en eut la gorge serrée. Ramassant ses rênes, elle laissa aller le pur-sang, émerveillée de le sentir bouger, de percevoir sa chaleur, de voir les muscles de ses épaules qui roulaient sous sa robe bai brun.

« Dieu que j'ai aimé, adoré ça ! » Ben lui aurait dit de ne pas jurer, même au fond de sa tête. Il lui avait aussi dit qu'elle ne pouvait pas se promener les fesses en l'air sur les pistes si elle voulait rester crédible et que, de toute façon, un cheval se juge à pied.

— Va, mon Macassar, souffla-t-elle.

Il y avait longtemps qu'elle en mourait d'envie, sans se l'avouer, et, bien que le pur-sang soit au pas, elle retrouva d'un coup tout le bonheur du cavalier, avec cette impression unique, juchée là-haut, d'être la reine du monde.

— Eh bien, pour une surprise ! s'exclama Antonin lorsqu'elle le dépassa.

Macassar marchait vite, de sa foulée ample de grand cheval, prenant d'instinct le chemin de l'écurie.

— Il faut toujours qu'il aille devant, ironisa Antonin.

Mais Axelle ne l'entendit pas, perdue dans ce plaisir qu'elle s'offrait pour quelques instants encore. Elle ne s'aperçut pas non plus que la pluie commençait à tomber tandis qu'ils franchissaient la sortie du centre d'entraînement. Derrière elle, tout le lot s'était regroupé en silence, les apprentis échangeant des regards intrigués.

Alors que les fers des sabots claquaient en rythme sur le bitume de l'avenue, Axelle reconnut de loin la silhouette de Xavier, debout près du portail. Il devait l'attendre et la cherchait du regard, sans penser à lever les yeux car elle revenait toujours à pied des pistes. Il se déplaça un peu pour voir si elle n'était pas cachée par les chevaux et il eut l'air tout désappointé de ne pas la trouver.

— Je suis là-haut, dit-elle en s'arrêtant tout près de lui.

Surpris, il recula d'un pas pour avoir une vision d'ensemble et émit un sifflement admiratif.

— Waouh… Tu es belle, comme ça ! Ne bouge pas, surtout.

Sortant son téléphone portable, il prit deux photos.

— C'est toi qui l'as monté, aujourd'hui ?

— Non, je me contente de le ramener. Le galop de ce matin était un travail de professionnel, que je ne saurais plus faire.

— Et comment s'est-il comporté ?

— Il a été fabuleux !

À regret, elle se laissa glisser à terre. La récréation était finie, et sans doute ne s'en accorderait-elle pas d'autre avant longtemps. À présent, il pleuvait à verse, aussi se dépêcha-t-elle de rentrer Macassar dans son box.

— Si je m'écoutais, dit-elle à Xavier tout en enlevant la selle et le tapis, je le couvrirais de bisous ! Mais je n'ai plus douze ans, et c'est un cheval de course, pas une peluche…

— Je peux le remplacer, aucun problème.

Elle le rejoignit, lui passa les bras autour du cou, puis se mit sur la pointe des pieds pour l'embrasser.

Ses lèvres étaient douces, tièdes, sa langue sucrée comme s'il venait de manger un bonbon. Durant quelques instants, Axelle ne pensa plus à rien d'autre qu'à cet homme qu'elle étreignait. Macassar passa au second plan, l'averse, le personnel de l'écurie qui pouvait les voir, absolument tout. Lorsqu'elle reprit son souffle, elle appuya son front contre la chemise de Xavier et chuchota :

— Je t'aime.

Avait-elle déjà prononcé ces mots ? Elle n'en avait pas le souvenir. Dans chacune de ses aventures, elle s'était surveillée, muselée, obligée à garder ses distances. Maintenant, elle voulait se laisser aller. Elle sentit qu'il lui prenait le menton, l'obligeait à lever la tête.

— Tu peux me le redire ?

— Je t'aime, répéta-t-elle en plongeant son regard dans celui de Xavier.

— Jamais rien entendu d'aussi merveilleux… Je vais l'enregistrer et je l'écouterai en boucle. Je le mettrai en jingle de bienvenue sur mon ordinateur, en message d'accueil sur mon répondeur. Je le passerai aussi comme berceuse à nos enfants pour les endormir, qu'en dis-tu ?

— Je dis que tu es fou !

— Tout à fait.

L'arrivée de Romain, qui venait s'occuper de Macassar, les obligea à s'écarter l'un de l'autre.

— Allons vite prendre un café avant le deuxième lot, décida Axelle.

Main dans la main, ils coururent sous la pluie jusqu'à la maison. Dans la cuisine, Constant avait laissé la cafetière à chauffer et ils se servirent deux grandes tasses. En prenant le sucrier, Axelle heurta le téléphone qu'elle considéra tristement.

— Si tu savais à quel point j'aimerais appeler Ben, ce matin ! Pendant des années, pour chaque bonne ou mauvaise nouvelle, je l'ai fait, et il me disait toujours ce qu'il fallait. Tout à l'heure, j'ai vécu deux secondes magiques sur le talus. Des secondes rares, qui nécessitent des années de préparation, d'efforts, de chance. Et Ben n'est plus là pour les partager, alors qu'il était le seul qui aurait pu…

Elle s'interrompit, craignant de le blesser.

— Comprendre ? acheva-t-il à sa place.

— Oui. Comprendre et apprécier à sa juste valeur. Mais ne te sens pas exclu, Xavier.

— Aucun risque. Tu m'as dit que tu m'aimais, ça me suffit. J'ignore tout de ton métier, je vois seulement que c'est difficile et hasardeux. Avec le temps, j'apprendrai des choses, je deviendrai un meilleur interlocuteur, promis !

Pour la deuxième fois de la matinée, il évoquait l'avenir, avec un sourire irrésistible qui la fit fondre. Par la fenêtre entrouverte, la voix forte de Constant leur parvint : « À cheval ! »

Axelle soupira, jeta un coup d'œil au-dehors et vit qu'il pleuvait toujours.

— Je dois y aller. Attends-moi ici, sinon tu vas te faire tremper.

De toute façon, elle ne souhaitait pas qu'il l'accompagne, elle avait besoin de toute sa concentration pour faire travailler ses pur-sang.

— Axelle ?

Elle remettait son blouson, l'esprit déjà ailleurs.

— Tu pourrais appeler ton frère.

Il l'avait dit tout doucement, comme s'il redoutait sa réaction.

— Doug ? s'indigna-t-elle. Pour lui parler de Macassar ? Ce serait…

Mais elle ne savait pas très bien ce que ce serait. Paradoxal ? Prématuré ? Bien sûr, Douglas et elle se comprenaient à demi-mot, ils possédaient les mêmes références, avaient vécu le même passé, et ils représentaient à eux deux la dernière génération des Montgomery. Quels que soient les torts ou les erreurs de chacun, peut-être pourraient-ils faire front ensemble.

S'arrêtant près de la porte, Axelle se retourna pour sourire à Xavier.

— J'y penserai, dit-elle.

Dans la cour, des chevaux s'ébrouaient, se mettaient en route et, de nouveau, la voix de Constant retentit : « À la piste ! » Cet appel, si familier, avait quelque chose de rassurant, de prometteur. Axelle sentit que toute son allégresse revenait, et elle quitta la maison le cœur léger. Sur le perron, elle observa ses pur-sang qui gagnaient l'avenue en file indienne, rejoints par d'autres, venus de la grande cour. D'un geste machinal, elle voulut toucher ses jumelles et s'aperçut qu'elle les avait oubliées sur le comptoir de la cuisine, à côté du téléphone. Mais pourquoi conserver ce poids inutile autour du cou ?

Elle s'apprêtait à descendre les marches du perron lorsqu'on lui mit les jumelles devant les yeux.

— Tu n'en as pas besoin ? demanda Xavier.

— Non, je te les confie.

Elle s'élança sous la pluie, se retourna pour crier joyeusement :

— Prends-en soin, c'est mon talisman !

Puis elle leva la main, faisant signe à Constant qu'elle partait à la piste.

Composé par Facompo
à Lisieux (Calvados)

Achevé d'imprimer en septembre 2015
par CPI à Barcelone

POCKET – 12, avenue d'Italie – 75627 Paris cedex 13

Dépôt légal : mars 2014
S19650/04